ANNA-LENA WENZEL

LIEBE

Textem Verlag

Kleiner Stimmungs-Atlas in Einzelbänden
Hg. Gustav Mechlenburg, Nora Sdun
Gestaltung: Christoph Steinegger/Interkool
Korrektur: Textem
Bd. 14 – L: Liebe, Anna-Lena Wenzel

Druck: druckhaus köthen
ISBN: 978-3-941613-92-8
www.textem-verlag.de

»Über Liebe, als Beziehung zwischen den Geschlechtern, gebe es nichts Neues mehr zu berichten, das habe die Literatur dargestellt in allen Varianten ein für allemal, das sei für die Literatur, sofern sie diesen Namen verdient, kein Thema mehr – solche Verlautbarungen sind zu lesen; sie verkennen, dass das Verhältnis zwischen den Geschlechtern sich ändert, dass andere Liebesgeschichten stattfinden werden.«

Max Frisch[1]

1) Frisch, *Montauk*, S. 72

Herbert Hoffmann
Detail aus Motivtafel. Original um 1962

Foto: Franziska Nast, Schwendi bei
Heiden (CH), 2007

BEGRIFFSVERZEICHNIS

ABSCHIED

Wenn man auseinandergeht, verabschiedet man sich nur vorübergehend. Geht eine Beziehung zu Ende, spricht man von einer endgültigen ➢ Trennung (269). Egal wie temporär ein Abschied ist, setzt er Loslassen(-können) voraus. Gilt für manche: besser kurz und radikal, wird der Abschied von anderen oft hinausgezögert: Eine mehrmals wiederholte letzte Umarmung, ein mehrmaliger Blick zurück. Besonders schwierig ist der Abschied, wenn nicht gewiss ist, wann man sich wiedersieht. Dann geht die Ungewissheit, das ➢ Warten (298) los.

Der Schmerz und gleichzeitig das Unwiderrufliche des Weg-Gehens bei einem Abschied, der zugleich das Ende einer Beziehung ist, wird bei Michael Lentz in seinem Buch *Liebeserklärung* anschaulich:

»›Geh jetzt‹, sagst du, ja, ich gehe, bin schon weg, bin durch die Tür, ein letzter Koffer, die Treppen runter, aus dem Haus auf die Straße treten, kein Blick zurück, dahin, wo du nach unserer ersten Nacht am Fenster standest, mit einem Mal scheint alles gelöscht, eine Dreivierteljahresgeschichte, die zu Ende gegangen ist, weggehen, zurücklassen, hängt der Kopf auch nach, die Beine tragen einen fort, nehmen dich mit.«[2]

Bei Ulrich Peltzer in *Teil der Lösung* werden hingegen zwei Abschiedsszenen beschrieben, die wie Seismografen für den jeweiligen Stand der Beziehung stehen.

2) Lentz, *Liebeserklärung*, S. 188

Ist die erste noch durch die ➢ UNSICHERHEIT (284) und Distanz des anfänglichen Kennenlernens geprägt, geht es bei der zweiten schon wesentlich emotionaler zu:

»›Ich muss links.‹

Er nickte, schluckte.

›Ich wohn da vorne.‹

Christian legte seine Hand auf ihre.

›Sehen wir uns wieder?‹

›Wir sehen uns wieder‹, sagte sie und trat zurück. Als könne man ins Innere eines Menschen gucken, mit solchen Augen.

Sie drehte sich entschlossen um und ging. Wurde rasch von der Dunkelheit verschluckt, nur ihr orangefarbener Rock. Ein orangefarbener, mit jedem Schritt blasser werdender Fleck, dem er hinterherblickte, bis nichts mehr von ihr übrig war. Nele Fridrich, flüsterte er, Nele, Nele, Nele Fridrich, flüsterte den Namen noch, als er nach einer halben Stunde auf der Eberswalder Straße aus der U-Bahn stieg.«[3]

»›Von hier gehe ich alleine weiter.‹

Christian klappte den Ständer herunter und stellte das Fahrrad ab.

Sie starrten sich schweigend an, Nele mit mahlenden Kiefern, bis sie:

›Ich will dich wiedersehen‹, sagte und schluckte.

Sie fixierte die Stelle an seinem Hals und hob dann abrupt ihren Blick.

Für Dritte sicher ein seltsames Bild, wie die beiden dastanden und sich auf ihre Unterlippen bissen.

3) Peltzer, *Teil der Lösung*, S. 266

Fast, als würde sie ihn anspringen, umarmte sie Christian und küsste ihn leidenschaftlich, so ungestüm, dass ihre Zähne gegeneinanderschlugen.

Sie entwand sich seinen Armen.

›Guck nicht so.‹

›Ich gucke überhaupt nicht‹, sagte er. Auf seiner Zunge war Blut.

›Guck mir nicht nach, wenn ich wegfahre.‹

Sie stieg auf ihr Fahrrad. Ergriff mit ausgestrecktem Arm seine Hände, um die Handflächen zu küssen und dann an ihre Wange zu halten.

›Ich gucke nicht. Wenn du mir das sagst, werde ich das tun.‹

Er wandte ihr den Rücken zu.

›Bleib so.‹

›Natürlich.‹

›Egal, was ist, du drehst dich auf keinen Fall um.‹

›Yes, my dear.‹

Er hörte, wie sie ihre Nase hochzog.

›Ich fahre jetzt.‹

›Gut.‹

›Auf keinen Fall.‹

›Auf keinen Fall.‹

›Das war wunderschön.‹

Christian nickte, ohne etwas erwidern zu können. Er zündete sich eine Zigarette an, die nicht zerknickt war, und rauchte sie unter den Gleisen zu Ende, bevor er (Minuten später) die Treppen zum Bahnhof hochstieg.«[4]

4) Peltzer, *Teil der Lösung*, S. 286 f.

Die Schwere des Abschieds wird bei Ulrike Edschmid noch gesteigert, weil das Ende der Beziehung zugleich der Gang in den Untergrund des früheren Geliebten ist. Im Untergrund ist keine Beziehung mit jemandem »im Leben« möglich, es ist schlicht zu gefährlich. In *Das Verschwinden des Philip S.* schreibt sie:

»Abschiede sind unbegreiflich wie der Tod. Philip S. und ich trennen uns an einer Haltestelle. Wir umarmen uns kurz und unauffällig. Dann kommt der Bus, ich steige ein, der Bus fährt an. Ich sehe ihn durch die Scheibe. Er schaut mir nicht nach. Er sitzt auf einer Bank und verbirgt sein Gesicht in den Händen.«[5]

AFFÄRE

Es gibt eine Vielzahl von Bezeichnungen für die Beziehungszwischenformen, die eine bereits bestehende Beziehung ergänzen. Je nachdem, wie sie sich gestalten, ob sie von vornerein zeitlich begrenzt sind oder einen offenen Charakter haben, werden sie als »Geschichte« bezeichnet oder sind nur eine »Liaison«. Häufig definieren sie sich über den Treuebruch, der ihnen innewohnt – wie beim »Fremdgehen« oder dem »Seitensprung«. Am gebräuchlichsten ist wohl der Ausdruck »Affäre« – wobei diesem ein Hauch von Skandal anhängt. Und die Annahme, dabei würde jemand hintergangen, also ➢ BETROGEN WER-

5) Edschmid, *Das Verschwinden des Philip S.*, S. 135

DEN (48). Denn das ist das Klischee: Man hat heimlich eine Affäre, die streng geheim gehalten werden muss, weswegen man ständig auf der Hut sein sollte, was heißt, sich in der Öffentlichkeit nicht zusammen zu zeigen, das Handy nicht unbedarft in die Hände des Partners zu geben, Mails am besten verschlüsselt zu senden. Wenn der betrogene Partner dann doch den Braten riecht, eventuell gar einen Detektiv auf den Partner ansetzt oder – etwas zeitgemäßer – in seinen Social-Media-Kontakten schnüffelt, ist der Aufruhr groß und nicht selten eine ➢ TRENNUNG (269) die Folge. Doch eine Affäre muss nicht zwangsweise heimlich passieren. Sie kann auch einvernehmlich in eine ➢ DREIECKSKONSTELLATION (78) münden. Und sie muss auch nicht ausschließlich als Treuebruch wahrgenommen werden, sondern kann eine bewusst gesuchte Auffrischung der Paarbeziehung sein. So schreibt Walter von Rossum über die Beziehung von Jean-Paul Sartre und Simone de Beauvoir:

»Sie meistern die Klippe so vieler Liebesbeziehungen. Sie ersetzen die dünne Säule der Lust durch eine neue Reichweite der kommunikativen Symbiose. Sie bleiben ein Paar, das vieles kann, aber einiges nicht mehr muß. Ein Paar, das den Sprengstoff der Entfernungen und Trennungen nicht nur überlebt, sondern in einen neuen Pakt tiefer Teilhabe verwandeln kann. Tastend, aber konsequent haben sie sich gemeinsam aus dem Radius der traditionellen Paardefinition herausbewegt und andere Intimitäten begründet.«[6]

6) Rossum, *Simone de Beauvoir und Jean-Paul Sartre*, S. 45

Diese Geschichten können kurz verlaufen (One-Night-Stands), sich aber auch über Jahre hinziehen. Oftmals ist der Erwartungs- und Definitionsspielraum dessen, was sich zwischen den Personen abspielt, größer als bei einer Paarbeziehung. Beschränkt sich die Affäre auf das Körperliche oder geht sie mit einer Freundschaft einher? Geht es nur um Sex oder auch um Nähe? Findet sie rein im Privaten statt oder schließt sie die Öffentlichkeit mit ein? Ist sie offen, das heißt, wird der eigentliche Partner miteinbezogen? Ist man als Affäre austauschbar oder gibt es auch hier einen Anspruch auf Exklusivität? Eine schöne Definition dessen, was eine Geschichte sein kann, liefert Jorge Semprun in *Der weiße Berg*:

»›Was ist eine Geschichte, deiner Meinung nach?‹, hatte Franca eines Tages gefragt. ›Eine Geschichte eben‹, antwortete er, ›Spuren, Narben, Erinnerungen, Gesten, Schlüsselwörter, wildes Lachen, Zärtlichkeit, Gewalt, ein Ritual, vielleicht auch Routine! Eine Geschichte, Gegenwart, die dauert, die nicht aufhört, sich Erinnerungen zu schaffen, Pläne zu schmieden‹.«[7]

Eine solche Geschichte kann positiv – erfrischend und bereichernd – empfunden werden, aber auch bei demjenigen, der betrogen wird, ambivalente Gefühle hervorrufen und zu dramatischen Szenen führen. Wie selbstverständlich beschreibt dagegen Jana Hensel in *Neue deutsche Mädchen* eine ihrer Geschichten:

»Liebe genügte uns als Label, als Etikett für allenfalls einen Abend und war ein Gefühl, das wir

7) Semprun, *Der weiße Berg*, S. 70 f.

einander je nach Stimmung und Situation offenbarten oder voreinander verbargen, weil wir keine Lust hatten oder es zum gegebenen Zeitpunkt lieber mit jemand anderem teilen wollten. Abgesehen davon war er verheiratet, und ich lebte in einer Beziehung mit einem Mann, den ich liebte wie am ersten Tag. An jenem Abend jedenfalls saßen wir bei ihm in der Küche, Briefe seiner Kinder lagen auf dem Tisch, wir rauchten und tranken Wein. Plötzlich stand er auf und beugte sich über mich, während ich noch sprach.

Er schob seine Hand unter mein Kinn, drehte meinen Kopf sanft, aber bestimmt in seine Richtung und küßte meinen Mund lange und mit einer Geduld, die er in kaum einer Unterhaltung aufgebracht hatte, um sich danach, wieder entschied er, wann das war, auf seinen Stuhl zu setzen, einen Schluck aus seinem Glas zu nehmen und meinen zuletzt ausgesprochenen Gedanken aufzunehmen, als wäre nichts passiert.«[8]

An anderer Stelle erklärt sie diese freie Definition von Liebe mit ihrem damaligen Lebensgefühl:

»[Unsere Affären] manifestierten den Übergang, sie zelebrierten das Unentschiedene, feierten das Improvisierte und bildeten wie in einem Abguss aus Gips die vielleicht passgenaueste Form unseres Lebens. Eine Form, in der sich die Lust nach Inszenierung und Neuerfindung miteinander verbanden und die sich gleichzeitig einer chronologischen Erzählung von Liebe genauso verweigerte, wie wir uns

8) Hensel/Raether, *Neue deutsche Mädchen*, S. 30 f.

der chronologischen Erzählung unseres bisherigen Lebens verweigerten.«[9]

Ihre Mitautorin Elisabeth Raether liefert ebenfalls eine recht unromantische Erklärung für ihre Seitensprünge, wenn sie ihre Affären als Kalkül bezeichnet: »Meine Untreue, das muss ich heute so sagen, beruhte immer auf einem Kalkül. Ein Seitensprung war für mich nie ein impulsiver Akt oder Ausdruck unbändiger Leidenschaft, die alle Regeln ignoriert und feste Formen scheut. Es ging dabei so wenig um unbekümmerte Lebensfreude wie im System des Konkubinats der chinesischen Monarchie, das schließlich vor allem dem Machterwerb diente. Wie die polygame Ehe der Mormonen mehr mit Ideologie als mit Hingabe zu tun hat, lag auch meiner Untreue eine Idee zugrunde. Die Idee, die ich nicht formulierte, sondern nur diffus als Gefühl wahrnahm, bestand darin, dass es für mich immer eine Alternative für die jeweilige Situation gegen sollte.«[10]

In Toni Morrisons *Liebe* hat die Hauptfigur Christine eine Menge schillernder Affären – mit häufig ungutem Ausgang:

»Wenn sie es recht bedachte, so hatte jede ihrer ernsthaften Affären sie geradewegs in den Knast geführt. Erst Ernie Holder, den sie mit siebzehn geheiratet hatte und mit dem sie in einem illegalen Klub aufflog. Dann Fruit, dessen Flugblätter sie verteilte

9) Ebd., S. 40

10) Ebd., S. 194

und mit dem sie am längsten zusammengelebt hatte – er brachte dreißig Tage ohne Bewährung wegen Anstiftung zum Aufruhr ein. Andere Beziehungen gipfelten und endeten in Dramen, für die der Staat präzise juristische Bezeichnungen hatte. Und schließlich Dr. Rio. Ein Cadillac. Ein Hammer. Eine sanfte fast widerwillige Festnahme.«[11]

In *Verbrechen und Strafe* hingegen, lässt Fjodor Dostojewskij einen seiner Protagonisten das Fremdgehen preisen, das hier als »Hörner-aufgesetzt-Bekommen« bezeichnet wird:

»[W]ir wollen uns jetzt den Hörnern widmen! Ich gebe zu, das ist mein Steckenpferd. Dieser üble Puschkinsche Husarenausdruck ist im künftigen Lexikon sogar undenkbar. Und überhaupt – Hörner! Was ist das? Oh, was für ein Irrtum! Welche Hörner? Wieso Hörner? Was für ein Unsinn! Im Gegenteil, in der freien Ehe wird es keine mehr geben! Hörner sind nur die organische Folge jeder gesetzlichen Ehe, eine Korrektur sozusagen, ein Protest, und in diesem Sinne sind sie sogar überhaupt nicht erniedrigend. Und wenn ich mich je – diese Absurdität vorausgesetzt – im Stand einer gesetzlichen Ehe befinden sollte, werde ich mich über eure verdammten Hörner sogar freuen; und dann zu meiner Frau sagen: ›Meine Teure, bis jetzt habe ich dich nur geliebt, jetzt aber achte ich dich, denn du hast mit Erfolg protestiert!‹ Sie lachen? Das kommt daher, weil sie es nicht fertigbringen, sich von Vorurteilen zu befreien! Teufel

11) Morrison, *Liebe*, S. 131

noch mal, ich verstehe ja, warum es unangenehm ist, wenn man in der gesetzlichen Ehe betrogen wird: Aber das ist doch nichts anderes als eine üble Folge eines üblen Faktums, das für beide erniedrigend ist. Wenn aber Hörner offen aufgesetzt werden, wie in der freien Ehe, dann existieren sie einfach nicht mehr. Sie sind sogar undenkbar und können nicht einmal Hörner genannt werden. Im Gegenteil: Ihre Frau wird Ihnen lediglich beweisen, wie hoch sie von Ihnen denkt, weil sie darauf vertraut, daß sie sich ihrem Glück nicht in den Weg stellen und daß sie zu weit entwickelt sind, um ihr Verhältnis zu einem anderen Mann übelzunehmen. Teufel noch mal, ab und zu mal ich mir aus, daß ich vielleicht selbst, wenn man mich heiraten würde, ach was, wenn ich heiraten würde (egal ob frei oder gesetzlich), eines Tages meiner Frau, falls sie zu lange zögert, einen Liebhaber ins Hause bringen würde. ›Meine Liebe‹, sage ich zu ihr, ›ich liebe dich, aber darüber hinaus wünsche ich, daß du mich achtest – hier ist er!‹ Habe ich nicht recht? Ist es nicht richtig, was ich sage?«[12]

Per Olov Enquist greift in Der Leibarzt die Frage der Schuld auf. Aber statt das schlechte Gewissen zu beschwören, dreht Enquist die Geschichte um und beschreibt den Seitensprung als einen Akt, der die Unschuld zurückbring, in diesem Fall die Unschuld zu lieben:

»Sie zog ihm ein Kleidungsstück nach dem anderen aus. Er hinderte sie nicht. Seine Gestalt wirkte so

12) Dostojewskij, *Verbrechen und Strafe*, S. 507

klein, zerbrechlich und dünn neben ihrem Körper, aber er ließ es geschehen.

Sie hatten sich auf das Bett gelegt. Sie hatte lange, lange seinen Körper umarmt, ihn ganz still gestreichelt, und schließlich hatte er aufgehört zu schluchzen. Sie hatte sie beide mit einer Decke aus Daunen bedeckt. Er war eingeschlafen.

Gegen Morgen hatten sie sich geliebt, sehr still, und als sie ging, hatte er geschlafen, wie ein glückliches Kind. […]

Er war am Nachmittag nach der ersten Nacht mit Caterine erwacht und hatte lange still in seinem Bett gelegen.

Er konnte das, was geschehen war, nicht einordnen. Es schien ihm unmöglich, es zu lernen. Dieser Text war neu für ihn.

Vielleicht war es kein Text.

Er glaubte, in einem warmen Wasser zu schwimmen, wie eine Leibesfrucht im Fruchtwasser, und wußte, das Gefühl, das noch in ihm war, kam von ihr. Als er die Königin gedeckt hatte, war der Schrecken so groß gewesen, daß ein Gefühl der Unreinheit geblieben war. Jetzt war er nicht mehr ›Unschuld‹, doch zu seiner Verwunderung war das nichts, was ihn mit Stolz erfüllte, nein, Stolz war es nicht. Er wußte ja, Unschuld, die kann jeder verlieren. Aber wer kann seine Unschuld zurückgewinnen? Er hatte in dieser Nacht seine Unschuld zurückgewonnen. Jetzt war er eine Leibesfrucht. Er konnte deshalb aufs neue geboren werden, vielleicht als Vogel, vielleicht als Pferd, vielleicht als Mensch, und dann als Bauer, der über einen Acker wanderte. Er konnte zur Freiheit von

Schuld geboren werden. Er konnte aus diesem Fruchtwasser wiederauferstehen. Das war der Anfang. Bei Caterine hatte er seine bei der Königin verlorene Unschuld wiedergewonnen.«[13]

Katharina Hagena schildert in *Der Geschmack von Apfelkernen* ebenfalls einen Seitensprung, der nicht dem Klischee des leidenschaftlichen One-Night-Stands entspricht. Dafür ist die Begegnung zu emotional. Vielmehr werden alte Geschichten verhandelt – und Tränen geweint:

»Er schaute sie an, eine Strähne ihres blonden Haars hatte sich aus der Hochsteckfrisur gelöst. Noch ehe er es sich anders überlegen konnte, nahm er die Strähne und steckte sie ihr hinters Ohr. Erschrocken griff sie nach ihrem Haar und erwischte seine Hand. Berthas Hand war kalt und roch nach Meer. Ja, hatte sie geflüstert. Ja, Anna habe gesprochen. Sie habe es aber nicht richtig verstanden. Doch ja, es habe etwas mit ihm, Herrn Lexow zu tun gehabt. Carsten Lexow war wie von Sinnen. Jene Nacht lag jetzt fünfzehn Jahre zurück. Er hatte seither jeden Tag seines Lebens an sie gedacht. Er sank vor Bertha auf die Knie und stammelte etwas, sie schaute, ratlos, aber voller Mitgefühl und nahm sein Gesicht zwischen ihre Handgelenke. An ihren nassen Krabbenfingern klebten winzige rosa Fühler und Beinchen. Das Zeitungspapier mit den Schalen rutschte von Berthas Beinen. Da vergrub er sein Gesicht in ihrem Schoß, sein Körper

13) Enquist, *Der Leibarzt*, S. 97–99

zuckte, ob vom Weinen oder von etwas anderem, vermochte Bertha nicht zu sagen. Sie strich ihm mit dem Unterarm über den Rücken wie bei einem Kind.

[...] Herr Lexow wurde ruhiger, ließ aber seinen Kopf, wo er war. Er griff nach Berthas Beinen, die in dicken Schuhen steckten, und begann mit seinen Händen von den Fesseln aufwärts bis unter ihren Rock zu streichen. Er legte sein Gesicht in ihre Schürze und atmete den Fischgeruch ein. Bertha dachte nun nicht mehr an ein kleines Kind. Sie wurde ganz still und hielt den Atem an. Abgerissene Sätze, Liebesworte, erregtes Schluchzen drangen an ihr Ohr, und sie ließ ihn gewähren. Saß nur stumm da, runzelte die Stirn und fühlte, wie ihr Unterleib immer wärmer und schwerer wurde. Und obwohl sie Hinnerk liebte und Herrn Lexow nicht, hatte sie so etwas in ihren fünf Jahren Ehe noch nie gefühlt. Carsten Lexow richtete sie auf und küsste sie und wusste, es war nicht der gleiche Mund wie in jener Nacht. Schon wollte er von ihr ablassen, da sah er, wie Tränen ihre Wangen hinunterflossen. Nicht nur eine oder zwei, sondern viele, eine ganze Flut. Ihre Schürze war über der Brust schon klatschnass, aber ihre Schultern bewegten sich nicht, und sie gab auch keinen Laut. Ihr Hals war rot und nass und salzig, als er ihn küsste. Sie stand abrupt auf, wischte sich die Hände an der Schürze trocken und ging ins Schlafzimmer, das gegenüber der Küche lag. Dort zog sie die grünen Vorhänge vor die Fenster und band sich die Schürze ab. Sie zog sich die Schuhe aus, den Rock und die Bluse, und legte sich ins Bett. Carsten Lexow zog sich die Hose, das Hemd und die Strümpfe aus und legte alles auf den Boden vor dem Bett. Er kam zu ihr und nahm sie in den Arm, während er an die Nacht im Garten dachte. Hatte er damals die Falsche geliebt und die Richtige geküsst? Oder die Richtige geliebt und die Falsche geküsst? War da vielleicht nicht doch ein Apfelgeschmack zwischen dem Fisch und Salz? Doch während der ganzen Zeit, die Carsten Lexow in Berthas Bett verbachte, rannen ihr die Tränen wie zwei Meeresarme übers Gesicht.

In derselben Nacht schlief sie auch mit ihrem Mann, der Schwarzbrot und Krabben und Spiegelei zum Abendessen bekam. In der Küche standen die erdigen Dahlienknollen, im Dämmerschein der Küchenlampe leuchteten sie gelblich. Sie sagte: Herr Lexow sei da gewesen und habe den Korb vorbeigebracht.«[14]

Doris Lessing beschreibt in ihrem Erzählband *Ein nicht abgeschickter Liebesbrief* das Fremdgehen zwischen zwei Verheirateten ähnlich konsequenzlos für die bestehenden Ehen wie Hagena. Obwohl sich aus der ersten Begegnung eine langjährige Affäre entwickelt:

»Frederick und Muriel beobachteten, ohne ein Wort gesagt zu haben, ihre Abfahrt [die Abfahrt ihrer Ehepartner], drehten sich einander zu und umarmten sich. Diese Umarmung läßt sich am besten als die unausweichliche Fortsetzung ihres Gesprächs beschreiben. Frederick fuhr dann einige hundert Meter

14) Hagena, *Der Geschmack von Apfelkernen*, S. 188–190

in ein Wäldchen hinein, wo der Reif auf dem Gras glitzerte, hielt das Auto an, warf seinen Mantel zu Boden, und dann liebten er und Muriel sich – nein, das ist nicht richtig, hatten Sex miteinander, mit Kraft, Genuß und Freude, während nichts zwischen ihnen, ihrer Nacktheit und einigen Frostgraden lag als eine Tweedschicht. Dann zogen sie sich an, stiegen ins Auto und fuhren zur Stadt zurück, wo Frederick Muriel zu ihrem eigenen Haus brachte, mit ihr zum versprochenen Nachtschluck hineinging und dann mit seiner eigenen Frau nach Hause fuhr. Beide Ehepaare liebten sich diese Nacht ausgiebig, wie es die Atmosphäre während des ganzen Abends versprochen hatte.«[15]

Warum lässt man sich auf eine Affäre ein? Rainald Goetz benennt in *Johann Holtrop* einige Gründe:

»[N]ach inzwischen über fünfzehn, sechzehn, siebzehn Jahren Ehe an der Seite ihres maßlos auf sich und seine Arbeit bezogenen Mannes, in Salger das Modernere, Offenere, auch Weichere und Vitalere des jüngeren Mannes attraktiv zu finden und in der möglichen Affäre ganz zielgerichtet den Nukleus eines vielversprechenden neuen Lebens zu sehen.«[16] Sie entscheidet sich jedoch gegen eine Affäre und bleibt an der Seite ihres Mannes. Doch allein die Vorstellung (➢ IMAGINATION, 148), dass eine solche möglich wäre, hat sie verändert.

15) Lessing, *Ein nicht abgeschickter Liebesbrief*, S. 125

16) Goetz, *Johann Holtrop*, S. 307

ALTERSUNTERSCHIED

Beziehungen mit Altersunterschied sind vor allem historisch gesehen recht üblich, obwohl es bedeutet, dass zwei Menschen mit ganz unterschiedlichen Erfahrungshorizonten aufeinandertreffen. Gut läuft es, wenn beide von den Eigenschaften des jeweils anderen profitieren können, ohne dass dabei Machtgefälle entstehen oder sonstige Ungleichheiten das Paar auseinandertreiben. Wenn zum Beispiel Reife mit Neugierde aufgewogen wird.

Entscheidend für das Gelingen ist sowohl, wie groß der Altersunterschied zwischen den Partnern ist, als auch die jeweiligen Intentionen. Ist es wirklich Liebe oder geht es um (materielle) Sicherheit, Macht oder Jugendlichkeit? Wird jüngeren Frauen gerne unterstellt, es nur auf das Geld des älteren Partners abgesehen zu haben oder unter einem Vaterkomplex zu leiden, wird die Entscheidung des Mannes für eine jüngere Frau gerne als Erfrischungskur gewertet, bei der es offensichtlich nur um äußere Reize geht. Suchen jüngere Partner Erfahrung und Einfluss bei den älteren, ist es andererseits die Unbedarftheit und Vitalität der jüngeren, die für die Älteren attraktiv ist. Die Krux: Zwar hilft ein jüngerer Partner das eigene Alter zu vergessen, doch wird es auf diese Weise jeden Tag umso deutlicher in Erinnerung gerufen und kann zu ungesunden (künstlichen) Verjüngungsbemühungen führen.

Die Konnotationen, mit denen diese Altersunterschiede bewertet und kommentiert werden, sind jedenfalls sehr unterschiedlich, je nachdem, ob es sich um einen alten Knacker mit jungem weiblichen Hüpfer handelt, eine Frau im besten Alter mit jugendlichem Liebhaber, einen gediegenen Herren mit männlicher junger Muse oder ob sich der Partner im Alter der (potentiellen) Kinder des anderen befindet. Eine klare Grenze wird jedoch bei Jugendlichen unter 16 Jahren gezogen: nach deutschem Gesetz macht sich derjenige strafbar, der bereits über 21 Jahre alt ist, und mit einem Jugendlichen von unter 16 Jahren sexuell verkehrt, wobei er dabei die fehlende Fähigkeit des Opfers zur sexuellen Selbstbestimmung ausnutzt.

Ein besonders drastisches Beispiel für eine Beziehung zwischen ungleich alten Partnern liefert Toni Morrison in ihrem Buch *Liebe*:

»›Und Sie waren … wie alt?‹

›Zwölf. Mein Großvater nahm sie zur Frau, als sie elf war. Wir waren die besten Freundinnen. Heute bauten wir noch Sandburgen am Strand, am nächsten Tag saß sie auf seinem Schoß. Heute hockten wir in unserem Spielhaus aus bunten Decken, am nächsten Tag schlief sie in seinem Bett. Heute ließen wir noch Steinchen und Bälle hüpfen, einen Tag später vögelte sie meinen Großvater. […] Es macht was mit deinem Kopf, wenn du vor deiner ersten Periode heiratest. Sie braucht ärztliche Hilfe, findest du nicht?‹ Christine blies Rauch über ihre Ringe. ›Eine Jungfrau ist das eine, aber ein Kind ist was andres‹, sagte sie und ging, Junior diesen Gedanken überlassend.«[17]

17) Morrison, *Liebe*, S. 189

Bei Fjodor Dostojewski in *Verbrechen und Strafe* ist der Altersunterschied ebenfalls erheblich, doch wird er aus der Perspektive des älteren Herrn kommentiert und fällt dementsprechend positiver aus:

»[W]as macht es schon, daß ich fünfzig bin und sie noch keine sechzehn? Wer findet etwas dabei? Es ist doch verlockend, nicht wahr? Wirklich verlockend, ha-ha! Sie hätten mich sehen sollen, wie ich mit Papa und Mama Konversation gemacht habe! Man hätte viel dafür gegeben, mir dabei zuzusehen! Dann erscheint sie, macht einen Knicks und trägt noch – können Sie sich das vorstellen? – ein kurzes Kleidchen, ein noch geschlossenes Knöspchen, errötet, glüht wie der Morgenhimmel (man hatte ihr Bescheid gesagt, natürlich). Ich weiß nicht, was Sie von Frauengesichtern halten, aber nach meinem Geschmack sind diese sechzehn Lenze, diese noch kindlichen Äuglein, diese Schüchternheit und diese verschämten Tränchen – nach meinem Geschmack wiegt das schwerer als Schönheit, sie aber ist außerdem bildhübsch. Helles Haar, das sich in kleinen Lämmerlöckchen kräuselt, volle Lippen, kirschrot, die Füßchen – ein Entzücken! ... Wir wurden miteinander bekannt gemacht. Ich erklärte, daß meine häuslichen Verhältnisse mich zur Eile drängten, und bereits am nächsten Tag, das heißt vorgestern, fand die Verlobung statt. Seitdem nehme ich sie, sobald ich gekommen bin, auf meinen Schoß und lasse sie nicht mehr herunter ... Sie glüht wie das Morgenrot, und ich küsse sie alle Augenblicke; Mama klärt sie selbstverständlich auf: ›Er ist‹, sagt sie, ›dein Gatte, und das gehört sich so.‹ Kurz – die reinste Wonne! Mein jetziger Stand, der des Bräutigams, kann durchaus größere Vorteile bieten als der des Gatten. Da erlebt man la nature et la vérité, ha-ha-ha! Ich habe mich ein paarmal mit ihr unterhalten – das Mädchen ist keineswegs dumm; manchmal wirft sie mir verstohlen einen Blick zu – das brennt ordentlich! Und wissen Sie, sie hat das Gesichtchen einer Madonna von Raffael.«[18]

Bei Milan Kundera in *Die unerträgliche Leichtigkeit des Seins* wird der Altersunterscheid ebenfalls romantisch verklärt:

»Er empfand damals eine unerklärliche Liebe für dieses Mädchen, das er kaum kannte; sie kam ihm vor, wie ein Kind, das jemand in ein pechbestrichenes Körbchen gelegt und auf dem Fluss ausgesetzt hatte, damit er es am Ufer seines Bettes barg.«[19]

Maria Nurowska dreht in *Der russische Geliebte* den Spieß um – hier ist es die Frau, die einen jüngeren Geliebten hat und thematisiert sofort, wie absurd dieser Gedanke erscheint:

»Was für ein Wahnsinnsgedanke! Dieser junge Mann paßte in keiner Weise zu meinem Leben. Er war zu farbig neben meiner grauen Unscheinbarkeit, selbst wenn ich zwanzig Jahre jünger wäre, der Abgrund zwischen uns wäre genauso groß. Außerdem war das Auftauchen eines Mannes in meinem Leben ein Ding der Unmöglichkeit, das hatte ich mir

18) Dostojewski, *Verbrechen und Strafe*, S. 650

19) Kundera, *Die unerträgliche Leichtigkeit des Seins*, S. 10

längst eingestanden. Doch so ein Mann wie er, selbst wenn es nur um eine Nacht ginge …«[20]

Aus der Perspektive der Frau beschreibt Marguerite Duras in *Der Liebhaber* die Affäre zwischen einer sehr jungen »weißen« Frau und ihrem älteren vietnamesischen Liebhaber. Es geht ebenfalls um das Gefühl der Unmöglichkeit, in diesem Fall aufgrund der Gesetzeswidrigkeit, die begangen wird:

»Auch eine andere Angst quält ihn, nicht weil ich weiß bin, sondern weil ich so jung bin, so jung, daß er ins Gefängnis käme, würde unsere Beziehung entdeckt. Er sagte mir, ich solle meine Mutter und vor allem meinen älteren Bruder weiter belügen, solle niemanden das Geringste verraten. Ich belüge sie weiter. Ich lache über seine Angst. Ich sage ihm, wir seien viel zu arm, als daß meine Mutter einen Prozeß anstrengen könnte, im übrigen habe sie alle Prozesse, die sie angestrengt hat, verloren, gegen das Katasteramt, gegen die Verwalter, gegen die Gouverneure, gegen das Gesetz, sie versteht es nicht, Prozesse zu führen, kann nicht Ruhe bewahren, warten und nochmals warten, sie kann nicht, sie schreit und vergibt die Chancen. Auch diesmal wäre es so, es lohne nicht, Angst zu haben.«[21]

In *Rot* nimmt Uwe Timm die Perspektive des einundzwanzig Jahre älteren Herren ein und beschreibt

20) Nurowska, *Der russische Geliebte*, S. 65

21) Duras, *Der Liebhaber*, S. 106 f.

dessen Gedanken im Angesicht seiner bildhübschen Geliebten:

»Natürlich habe ich mich oft gefragt, was sie an mir findet. Nicht daß ich an übertriebenen Selbstzweifeln leide, nein, aber ich bin Realist, ich muß es sein, schon von Berufs wegen. Sie einundzwanzig Jahre jünger, ihr Haar, ein Irrsinnsblond, allerdings etwas nachgebleicht, eine Figur, die, wo wir hinkommen, Kommentare nach sich zieht, Mann, höre ich, wenn wir uns nachmittags im Freibad Halensee treffen, was für Beine, Mensch, Alter, he, geil, was. Das sind die Sechzehn-, die Siebzehnjährigen. Für diese Jugendlichen bin ich vom Alter her schon außer Sicht. Aber der Gedanke, sie könnten durch die laue Taxierung der Tochter meine väterlichen Gefühle verletzen, kommt denen gar nicht in den Sinn. In Szene-Cafés werde ich von den bedienenden Studentinnen gesiezt, während sie geduzt wird. Manchmal, überraschend, sehe ich mich in den Spiegeln einer Boutique, einer Parfümerie, eines Schuhgeschäfts. Meist kann ich das Bild, das in einem Augenblick vorbeigeht, nicht mit dem zusammenbringen, das ich von mir im Kopf habe. Meine innere Zeit hinkt gute acht Jahre hinterher. Ich vermute, es sind eben jene Jahre, in denen ich – in denen wir alle – noch nicht wissen, was Tod ist. Vielleicht ist das, verehrte Trauergemeinde, der Rabatt, den wir auf unser Zeitempfinden bekommen. Aber auch so höre ich immer wieder: Sie haben sich ja gut gehalten. Wobei meine Augen, finde ich, noch das beste sind, blitzblau, wie sie sagt.«[22]

22) Timm, *Rot*, S. 45

Noch deutlicher benennt Max Frisch in seinen Tagebüchern *Aus dem Berliner Journal* die Selbstzweifel:

»Mit M. beim Einkaufen für mich: Hosen, Hemden, ein Regenmantel, Socken etc., damit ich in New York anständig dastehe. Was denkt sich die junge (schwangere) Verkäuferin, die sehr liebenswürdig und hilfreich ist, über unsere Beziehung? Meine Hast vor dem Spiegel; der zeigt mir meine groteske Unzumutbarkeit für M. Dieser verfettete Alte, der ich bin!«[23]

Bei Antje Ravic Strubel sorgt in *Sturz der Tage in die Nacht* der Altersunterschied für Streit zwischen den beiden Protagonisten:

»›Mach dir nichts vor.‹

›Du machst dir was vor‹, sagte ich. ›Ich achte nur beim Wein aufs Alter. Du bist doch die, die nicht darüber hinwegkommt, dass ich jünger bin. Der Vereinsvorsitzende ist bloß eine beschissene Ausrede!‹

›So einfach ist es nicht, Erik.‹

›Nein? Du hast Schiss gekriegt, weil es dir so gut gefällt?‹

›Man kann das Alter aber nicht immer übersehen.‹

›Jeder kann das. Jeder, der will.‹

Sie lachte, es klang verächtlich. ›Das wird sich noch zeigen‹, sagte Inez, ›ob du das kannst‹. Sie war aufgestanden.

Böen ließen das Fensterglas krachen.«[24]

23) Frisch, *Aus dem Berliner Journal*, S. 169

24) Strubel, *Sturz der Tage in die Nacht*, S. 280

Die Künstlerin Françoise Gilot schildert in ihrer Autobiografie *Leben mit Picasso* die negativen Auswirkungen, die der Altersunterscheid haben kann:

»Ich stellte fest, daß er sich nach seinem siebzigsten Geburtstag ein ganzes Jahrzehnt älter fühlte und daß er plötzlich begierig war, die Kraft, die er gewöhnlich auf sein schöpferisches Werk verteilt hatte, im ›Leben‹ zu verausgaben. Und so hatte er all die Regeln, die er aufgestellt hatte und bis jetzt so peinlich befolgt hatte, radikal umgestoßen. Seine dauernde Furcht vor dem Tod war in eine kritische Phase eingetreten, und unter anderem hatte sie anscheinend einen intensiven Hunger nach dem ›Leben‹, wie er es bereits vor Jahren aufgegeben hatte. Er wollte jugendlich erscheinen, koste es, was es wolle, und er fragte mich stets, ob ich keine Angst vor dem Tod habe. Oft sagte er: ›Ich würde alles darum geben, zwanzig Jahre jünger zu sein.‹

›Was für ein Glück hast du, so jung zu sein‹, sagte er. Früher hatte er zu mir gesagt: ›Wenn ich mit einem jungen Menschen zusammenlebe, hilft mir das, jung zu bleiben.‹ Doch jetzt beklagte er sich: ›Wenn ich die ganze Zeit einen jungen Menschen um mich sehe, ist das ein ständiger Vorwurf, selber nicht mehr jung zu sein.‹ Die Tatsache, daß er nun über siebzig war, warf er mir ständig vor, als ob ich dafür verantwortlich sei. [...]

Der Gedanke macht ihn rasend, daß jemand, der ein Teil seines Lebens gewesen war, ihn überleben könnte. Er wiederholte, was er mir am Anfang gesagt hatte: ›Jedesmal, wenn ich eine neue Frau nehme, sollte ich ihre Vorgängerin verbrennen. Dann wäre ich sie los. Es gäbe sie dann nicht mehr, und sie könnte mein Leben nicht mehr komplizieren. Vielleicht würde mir das auch meine Jugend zurückgeben. Man tötet die Frau und löscht damit die Vergangenheit aus, für die sie steht.«[25]

ANSPRECHEN

Wie macht man den ersten Schritt auf dem glatten Parkett des An-und Bewerbens? Wie spricht man jemanden an, ohne zu aufdringlich zu sein? Wie verleiht man seinen Gefühlen Ausdruck? In seiner sehr direkten Form spricht man beim Ansprechen auch von Anmache, aber dies impliziert bereits, dass in diesem Fall das Ansprechen schon von einer Handlung, einem Machen, begleitet wird. Die weniger aufdringliche Art steht an der Schwelle zum Nicht-Sichtbaren und kann gar in Fluchtgedanken enden – je nach Schüchternheitsgrad und Vertrautheit mit der Situation. Manchmal wohnt diesen Situationen aber auch etwas erstaunlich Vorbestimmtes, Direktes inne. Dann wird nicht groß drum herum geredet.

Bevor es aber zum Ansprechen kommen kann, muss man wissen, wen man ansprechen kann oder will. Für Audre Lorde beginnen die Schwierigkeiten, die sie in *Zami* schildert, mit dem Erkennen potenzieller anderer lesbischer Frauen:

25) Gilot, *Leben mit Picasso*, S. 430 f.

»Manchmal trafen wir auf der 8th Street Schwarze Frauen an – *unsichtbare und dennoch sichtbare Schwestern* – oder in der Bag oder bei Laurel, und es konnte geschehen, dass unsere Blicke sich kreuzten, aber wir sahen einander nie in die Augen. Wir bestätigten unsere Verwandtschaft, indem wir schweigend aneinander vorbeigingen und in die andere Richtung guckten. Trotzdem waren Flee und ich ständig auf der Suche nach jenem verräterischen Augenaufschlag, nach jener bestimmten, anderweitig verbotenen Offenheit im Ausdruck, nach jener Entschiedenheit in der Stimme, die einen auf den Gedanken brachte, eine andere könnte lesbisch sein. War es nicht schließlich so: Nur was ich kenne, kann ich erkennen?«[26]

Cees Nooteboom schildert in *Allerseelen* dann die Unsicherheiten, die mit dem Ansprechen verbunden sind:

»Und außerdem hatte er das nie gekonnt, fremde Menschen anquatschen.

›Keine Menschen, Arthur, Frauen.‹ Das war Erna, so sicher wie das Amen in der Kirche.

›Aber ich kann es nicht.‹

›Warum nicht?‹

›Ich stelle mir immer vor, daß *ich* diese Frau bin und daß da plötzlich so ein Trumm von einem Mann auf dich zukommt und dir irgend ’nen Stuß erzählt, obwohl es ihm eigentlich nur ums Vögeln geht.‹

›Wenn es so ist, dann hast du recht.‹

›Und wenn es nicht so ist?‹

26) Lorde, *Zami*, S. 227

›Dann merkt sie das schon. Das hängt dann davon ab, was du sagst.‹

›Ich bin einfach zu schüchtern.‹

›Okay, nennen wir's so. Dreht überall auf der Welt und ist zu schüchtern, eine Frau anzusprechen. Du hast einfach zuviel Angst, dich lächerlich zu machen. Pure Eitelkeit. Aber dadurch verpaßt du eine Menge.‹
›Schon möglich.‹«[27]

Katharina Hagena gibt in ihrem Familienroman *Der Geschmack von Apfelkernen* ein Beispiel für einen sehr unbeholfenen Annäherungsversuch:

»Als das Eis endlich stumpf zu werden begann und sich unter den Brücken schon Pfützen bildeten, da fasste sich mein Vater ein Herz und nach vierzehn Tagen des täglichen Umeinanderkurvens stellte er sich förmlich vor und sagte: ›Der Gleitreibungskoeffizient von Schlittschuhen auf Eis beträgt im Schnitt 0,01. Ganz egal, wie schwer man ist, ist das nicht erstaunlich?‹

Christa wurde sehr rot und sah, dass die Eisspäne vorn auf den Zacken ihrer Schlittschuhe schon geschmolzen waren und wie Tränen vom blanken Metall rollten. Nein, das habe sie nicht gewusst, und ja, es sei schon sehr erstaunlich. Danach waren sie beide stumm. Schließlich fragte Christa, nach einer langen, langen Pause, woher er das denn so gut wisse. Und er antwortete schnell und fragte, ob er ihr mal das physikalische Institut zeigen könne. Dort gebe es auch eine Maschine, in der Trockeneins hergestellt

27) Nooteboom, *Allerseelen*, S. 71f

würde. Gern, sagte Christa, ohne aufzublicken und mit einem angestrengten Lächeln im roten Gesicht. Dietrich nickte und sagte ›Auf Wiedersehen‹, und beide gingen rasch und sehr erleichtert auseinander. Am nächsten Tag war die Lahn ganz aufgerissen, die weichen Eisschollen schoben sich bräunlich ans Ufer, und Dietrich wußte nicht, wo er die Schlittschuhläuferin wiederfinden sollte.«[28]

Bei Marguerite Duras in *Der Liebhaber* müssen dagegen nicht viele Worte fallen, damit sie zu ihm in den Wagen steigt:

»Er sagt, der Hut stehe ihr gut, sehr gut sogar, das sei ... originell ... ein Männerhut, warum eigentlich nicht? Sie sei so hübsch, sie könne sich alles erlauben.

Sie sieht ihn an. Sie fragt, wer er sei. Er sagt, er sei aus Paris zurückgekehrt, wo er studiert habe, auch er wohne in Sadec, direkt am Fluß, das große Haus mit den großen Terrassen und den blaugekachelten Balustraden. Sie fragt ihn, was er sei.

Er sagt er sei Chinese, seine Familie stamme aus Nordchina, aus Fou-Chouen. Erlauben Sie mir, Sie nach Saigon zu fahren? Sie ist einverstanden. Er sagt zum Chauffeur, er solle das Gepäck des jungen Mädchens aus dem Bus holen und im schwarzen Auto verstauen.«[29]

Iris Hanika inszeniert in ihrem Erzählband *Musik für Flughäfen* ein schlagfertiges Ansprechen:

28) Hagena, *Der Geschmack von Apfelkernen*, S. 77

29) Duras, *Der Liebhaber*, S. 56

»Alleinreisende Frauen haben immer einen Trick, wie sie alleinreisende Männer zuverlässig loswerden, die sich plötzlich zum Abenteurer erwacht und darum zuverlässig berufen glauben, die Herzen der stolzesten Frauen zu brechen. Adriana fragte alle Männer, die sie zu einem Getränk einluden oder sich im Speisesaal an ihren Tisch setzen wollten, sofort und als allererstes: ›Haben Sie denn wenigstens einen großen Schwanz?‹ Das wirkte todsicher. Manche wurden dann ausfallend, andere befiel eine große Verlegenheit; wieder andere drängten sich sogleich an sie heran, hielten ihr förmlich das Geschlecht ins Gesicht, und ›Herzeigen!‹ forderte Adriana dann, worauf auch diese ausfallend wurden. Eine vernünftige Antwort hatte sie auf diese Frage noch nie erhalten. Bis zu dem Abend, an dem Paul an ihren Tisch trat. Sie sah ihn erst, als er schon vor ihr stand und schüchtern lächelte, die Hände ineinandergehakelt, er neigte den Kopf und …

›Haben Sie denn wenigstens einen großen Schwanz?‹ blaffte Adriana ihn sofort an. Er lachte kurz auf und schüttelte den Kopf, um den das Haar schütter, aber lockig stand.

›Leider nicht‹, antwortete er. Vor Adriana flog der eiserne Vorhang hoch, die Neugier hielt ihr das Gesicht zusammen.

›Wollen Sie sich nicht setzen?‹ fragte sie.

›Danke, gerne‹, sagte er und saß ihr gegenüber, die Hände vor sich ineinandergefaltet, sehr konzentriert.

›Ich frage im umgekehrten Fall immer: ›Haben Sie außer Titten sonst noch was zu bieten?‹ Das wirkt auch sehr gut. Aber das ist bei Ihnen ja nicht nötig.‹ Dann blitzten seine Augen, und er lächelte schräg und sagte: ›Außerdem glaube ich, daß sie außer Titten noch eine Menge zu bieten haben.‹ Adriana wurde rot.

›Was nützt das aber, wenn sie keinen großen Schwanz haben?‹ fragte sie, und er legte die Stirn bekümmert in Falten.

›Aber Sie wissen doch‹, belehrte er sie, ›daß man auch mit einem kleinen Schwanz eine Menge anfangen kann.‹

›Na ja‹, sagte Adriana, ihrerseits etwas bekümmert.

›Und so klein ist er nun auch wieder nicht.‹

›Ach so‹ machte Adriana und wurde gleich wieder lebhaft. Dann stellten sie einander vor.«[30]

Ein solches ineinandergreifendes erfolgreiches Ansprechen scheint aber eher die Ausnahme zu sein. Das häufiger anzutreffende wiederholte Ansetzen und Verzweifeln beim Finden der richtigen Worte setzt Deniz Utlu in *Die Ungehaltenen* in Szene:

»Ich schrieb:

Liebe Aylin,

ja, ich kann mich auch gut daran erinnern. An unser schönes Gespräch, meine ich

gelöscht

Liebe Aylin,

wie du diesen Moderator auseinandergenommen hast

gelöscht

30) Hanika, *Musik für Flughäfen*, S. 58 f.

Liebe Aylin,
vor deinen Antworten malte ich mir aus, wie ich eine Knarre aus dem Halfter unter meinem Jackett zog und dem Moderator ins aalglatt rasierte Gesicht schoss. Peng peng.
gelöscht.«[31]

BEGEHREN

Wo kommt das Begehren eigentlich her? Warum geht es manchmal so schnell wieder? Und warum ist das Begehren gerade auf diese eine Person ausgerichtet? Carolin Emcke plädiert dafür, das Begehren als eine dynamische, suchende, sich wandelnde, sich vertiefende Bewegung zu verstehen.[32] Sie kritisiert den Glauben daran, dass mit dem Coming-of-Age eine einzelne Form des Begehrens zutage tritt, an der dann festgehalten wird. Denn sie hat ihr Begehren als neugierig und offen empfunden, das sich für verschiedene Geschlechter interessiert. Statt dies als Mangel wahrzunehmen, schätzt sie diese Pluralität und »mag Gespräche mit Menschen, die mein Begehren unverständlich finden, weil ich nichts daran selbstverständlich finde, weil ich es selbst noch einmal ausloten muss, wenn ich es beschreiben will, weil ich es mir selbst noch einmal vorhalte, als etwas Unverständliches, und es sich, wenn ich es auf diese Weise befrage, nur mehr vertieft«.[33]

31) Utlu, *Die Ungehaltenen*, S. 126
32) Vgl. Emcke, *Wie wir begehren*, S. 46
33) Ebd., S. 144 f.

Doch nicht alle können so souverän und offen mit ihren wechselnden Begehren umgehen wie Emcke. Oft wird das Begehren, wenn es in keine Schublade passt oder gesellschaftlich geächtet ist, einfach weggesperrt – und führt damit zu unerfüllter Sehnsucht. Wie bei Mitchell in Jeffrey Eugenides' Buch *Die Liebeshandlung*:

»Das Begehren zeitigte keine Erfüllung, sondern nur vorübergehende Sättigung, bis die nächste Versuchung des Weges kam. Und auch das nur, wenn man das Glück hatte zu bekommen, was man haben wollte. Wenn nicht, verbrachte man sein Leben in unerfüllter Sehnsucht«[34] Als Konsequenz widmet sich Mitchell fortan der wohltätigen Arbeit an der Seite von Mutter Teresa.

In Bernhard Schlinks *Das Wochenende* ist das Begehren qualvoll, weil es ein Verbotenes ist:

»Mein Engel, dachte Ulrich. Mein Engel mit den blonden Locken und den vollen Lippen und den hohen Brüsten. Ulrich hatte die Väter, die von ihren Töchtern vor der Pubertät sexuell angezogen werden, nie verstanden und auch nicht Humbert Humbert, der in Lolita nicht das Weib liebt, sondern das Kind. Aber er fühlte mit den Vätern und Lehrern, die von der Weiblichkeit ihrer Töchter oder Schülerinnen überwältigt waren. Nein, er fühlte nicht nur mit ihnen, er war einer von ihnen. Immer wieder kostete es ihn alle Kraft, seiner Tochter, wenn sie mit ihm redete, tatsächlich zuzuhören und nicht auf die Lippen zu

34) Eugenides, *Die Liebeshandlung*, S. 252

sehen, ihr nicht auf den hübschen Busen zu starren, wenn sie die Treppe hinunterkam, und nicht auf den Po, wenn sie vor ihm die Treppe hinaufstieg. Und im Sommer, wenn ihre Blusen und Hemden den Brustansatz frei ließen und ihr Gang ihre Brüste nicht nur zum Tanzen brachte, sondern deren Haut in kleinen Wellen zittern machte – es war eine Qual, eine süße und stolze Qual, aber eine Qual.«[35]

Bei Pierre Péju vermischen sich Erregung und Ungläubigkeit in seinem Buch *Die kleine Kartäuserin.* Wahrscheinlich ist dies die besondere Mischung, die das Begehren so leidenschaftlich werden lässt: Weil etwas undenkbar oder verboten ist, wird es umso leidenschaftlicher begehrt:

»Es war so lange her, daß zum letzten Mal ein solcher sinnlicher Stromschlag so schnell von seiner Haut in seinen Bauch gefahren war.

Der Körper einer Frau an seiner Brust, die Haare einer Frau unter seinem Mund, die Finger einer Frau, an sein Hemd geklammert! Nach diesem so beruhigenden Bummel durch das Nichts war das wie ein genüßlicher Schlag, den eine Hand im Seidenhandschuh unter die Gürtellinie setzte, das Auftauchen – aus welchem Früher eigentlich? – eines plötzlichen Begehrens, den Stoff zu zerreißen, über bleiche Brüste zu streichen, ein winziges Leben in seinen Händen zu halten, behutsam einen Körper zu umarmen, der danach lechzte, umarmt zu werden, die magische Fin-

35) Schlink, *Das Wochenende*, S. 55

gerpuppe überzustülpen, ihr Leben und Genuß zu geben, bis zum letzten Aufbäumen, zum letzten Tropfen Menschlichkeit, der in die Unmöglichkeit allen Teilens fällt.

Mit Leichtigkeit riß er Thérèse Blanchot vom Boden hoch, deren Mund an Vollards Bart knabberte, deren Zähne Vollards Lippen suchten, deren Beine Vollards Taille nicht zu umklammern schafften, deren Arme um Vollards Hals hingen.

Unvorhersehbar und absurd, aber da war dieser kurze Moment der Konfusion, der Fusion, zwischen zwei Wesen, die sich eigentlich nie hätten begegnen sollen. Ein langer, regloser Gleitflug über dem Gewerbegebiet, das um sie herum im Schatten versank.

Ohne die Umarmung zu lockern, ging Vollard auf der Brücke langsam weiter. Er war zugleich das Affenweibchen, das durch einen grauen Dschungel lief, während sein Junges sich an seinem Bauch festklammerte, und das Männchen, das sich mit dem zarten Weibchen einer anderen Art paarte. Er ging weiter.

Schwerfällig, beißend, leckend oder kleine Hautflecken streichelnd, lief der Buchhändler ohne Buchhandlung, der Leser ohne Bücher durch eine unentschlossene Dunkelheit. Auf der anderen Seite der Brücke erstreckte sich ein brachliegendes Gelände.

An der dunkelsten Stelle angekommen, sank das seltsam fiebrige Androgyn sanft in sich selbst zusammen, sackte zu Boden und rollte in eine Falte des Bodens, einen Graben ohne Tiefe, ein Loch mit schwarzem Gras und unzähligen Scherben.

Später rissen sie sich voneinander los, standen ohne ein Wort und ohne Wut auf und gingen in verschiedene Richtungen auseinander.

Jedem seine Wüste. Jedem sein eigener Schnee.«[36]

Auch bei Jean-Philippe Toussaint gibt es eine Sexszene voller Begehren, die auch deshalb so leidenschaftlich ausfällt, weil sich das Paar gerade trennt. Lust und Trauer prallen aufeinander und erzeugen eine ganz eigene Dynamik:

»[W]as sie wollte, war die Aufwallung des Herzens, war der Schwung meiner Hände und meiner Zunge, meiner Arme um ihre Schultern, meines Körpers gegen ihren Körper. Hatte ich das kapiert? Und dabei hatte ich in diesem Augenblick weiß Gott wieviel Lust sie zu küssen – und wieviel mehr jetzt, da wir uns für immer trennten, als damals, als ich sie zum ersten Mal geküßt hatte. Und da, während sie sich immer stärker an mich schmiegte, begriff ich, daß das körperliche Begehren, das nach unserem Liebesakt von dieser Nacht, nach unserem unvollkommenen, unterbrochenen, nicht zu Ende geführten Liebesakt von dieser Nacht ungestillt geblieben war, ein Ventil brauchte, damit sie die Spannungen, die sich in ihr aufgestaut hatten, freisetzen konnte. Sie mußte, damit ihre Erschöpfung eine Ende finden konnte, damit ihre Glieder sich entspannen und ihre Nerven sich beruhigen konnten, zu einem Orgasmus kommen, auf der Stelle, und plötzlich hatte ich das Gefühl, daß es eine fremde Frau war, die ich in den Armen hielt, die sich

36) Péju, *Die kleine Kartäuserin*, S. 182 f.

gegen mich preßte, feucht von Wollust und Tränen, ihre Hüften rieben sich an meinem Unterkörper mit übler Entschlossenheit auf der Suche nach Lustgewinn, das Gewaltsame des Begehrens macht mir Angst, ich spürte, wie sie meinen Mund suchte und dabei gegen mein Ohr keuchte, kurz, stoßweise atmend, stöhnend, als würden wir uns inmitten der Menge, die noch immer auf der Brücke an uns vorüberzog, ekstatisch lieben. Die Erde hatte soeben gebebt, und Marie, der die Passanten egal waren, drückte sich an mich und rieb lasziv ihr Geschlecht an meinem Schenkel, hob fiebrig mein T-Shirt, um meinen Bauch zu massieren, dabei mich an das Geländer drückend, ergriff dann meine Hand und führte sie unter ihr Kleid, ließ sie die Schenkel hochgleiten, und da spürte ich an diesem kalten und schneenassen Körper, der sich zitternd an mich presste, den unglaublich warmen Kontakt mit dem Fleisch ihres Schenkels und die inbrünstige Nähe ihres von Wollust feuchten Geschlechts, das sich unter meiner Hand zusammenzog, der Tag brach an, und ich begehrte sie in diesem Augenblick ebenfalls ganz stark, ich preßte mich an sie in der Helle des anbrechenden Tags, ich streichelte ihr Geschlecht, knetete ihre Schenkel. Der Tag ging auf über Tokio, und ich stieß ihr einen Finger ins Arschloch.«[37]

Wie in diesem Zitat wird Begehren oft als roh beschrieben, als ein körperlicher Akt, der triebgesteuert ist und deswegen nicht unbedingt etwas mit Gefühlen

37) Toussaint, *Sich lieben*, S. 76 f.

zu tun haben muss. Dass körperliche Nähe nicht automatisch mit einer ➢ HINGABE (129), im Sinne einer Öffnung auf den anderen, verbunden ist, deutet Antje Ravic Strubel in *Tupolew 134* an. Trotz des Begehrens und der körperlichen Nähe bleibt eine Distanz:

»Sie schloß die Augen. Sie schloß die Augen halb und knöpfte wie im Traum die Bluse auf, sie drückte seinen Kopf auf ihre Brust, sie wollte seinen Kopf sich bewegen sehen, seine Lippen, seine Zähne, die Hände. Es kam ihr vor, als wäre ihr Körper losgebunden, als hätte sie ihn losgelassen wie einen Ballon und sähe zu, wie er aufstieg.

Sie begehrte Meerkopf. Sie begehrte seinen konzentrierten Blick. Sie begehrte ihn, aber sie bot sich ihm nicht an. Sie versuchte nicht herauszufinden, was ihm gefiel. Sie achtete nur darauf, wo er war.

Vielleicht war es das, was ihn herausforderte, was sie von den anderen unterschied. Ihre Lust, in der sie abwesend war.«[38]

In *Der weiße Berg* stellt Jorge Semprun dem triebhaften (und teils gewaltvollen) Begehren die Erotik, als »Kultur« der Liebe, zur Seite:

»[A]ls er ihr 1967 begegnet war, kannte sie nur das Begehren und die Lust, elementare, unproblematische Triebe. Unschuldige, wie heftig sie auch sein mochten. Er hatte ihr Erotik beigebracht, die eine Art Kultur ist. Eine Sprache zumindest: durchzogen von Ungesagtem, infolgedessen von der Gewalt möglicher

38) Strubel, *Tupolew 134*, S. 235 f.

Übertretungen. Was nicht ohne Erkundung des Schändlichen geht, ohne Erlernen der freiwilligen Knechtschaft.«[39]

BESITZEN WOLLEN

Hierbei handelt es sich um den Wunsch oder das Bedürfnis, jemanden, oder etwas von jemandem, besitzen und damit ganz für sich haben zu wollen. Dieses Bedürfnis kann unterschiedlich stark sein. Manchmal reicht schon ein Foto oder irgendein anderes Erinnerungsstück, um dieses Gefühl des Besitzenwollens zu befriedigen; in anderen Fällen muss der andere permanent erreichbar und ganz und gar auf den anderen eingestellt sein. Dann geht es eher um ➢ EIFERSUCHT (93) und Exklusivität. An dieser Stelle kann das Gefühl schnell ins Negative kippen und zu einer Belastung für die Beziehung werden. Aus der verliebten Versunkenheit und Bezogenheit aufeinander wird ein eifersüchtiges Kontrollierenwollen.

Roland Barthes beschreibt diesen Drang des Besitzenwollens als Reaktion auf das »Umherflattern« des anderen: »Der Verliebte fühlt sich vom geliebten Objekt beherrscht, gefesselt und ergriffen.«[40] Aus der Not heraus, aus dem Gefühl des Ausgeliefertseins, übt

39) Semprun, *Der weiße Berg*, S. 139

40) Barthes, *Die Körnung der Stimme*, S. 323. Als Gegenmodell spricht Barthes vom »Nicht-ergreifen-Wollen«: Das geliebte Objekt »nicht ergreifen« und die Begierde zirkulieren lassen.

der Liebende eine tyrannische Macht auf den Geliebten aus und will ihn besitzen. Oft ist ➢ UNSICHERHEIT (284) über die Gefühle des anderen die Ursache für dieses Bedürfnis. Weil die Fragilität der Situation so belastend ist, entsteht der Wunsch nach etwas Sicherem, Handfestem. Schwierig wird es, wenn dies in die Kontrolle des anderen umschwingt. So wie in der Autobiografie *Leben mit Picasso* von Françoise Gilot. Dort lässt sie Picasso sagen:

»Eines würde ich mir wünschen – Sie sollten hierbleiben, gleich jetzt, oben im ›Wald‹, und dort so verborgen leben, daß Sie hier sind. Ich würde Ihnen zweimal täglich Essen bringen. Sie könnten dort oben in Ruhe arbeiten, und in meinem Leben gäbe es ein Geheimnis, das mir niemand nehmen könnte. Nachts könnten wir zusammen ausgehen, wohin wir wollen. Da Sie die Menge nicht mögen, wären sie restlos glücklich, weil Sie sich um niemanden auf der Welt kümmern müßten, außer um mich.‹ Ich sagte, das sei ein guter Einfall.

Aber dann wurde er nachdenklich: ›Ich weiß nicht, ob das wirklich so eine gute Idee ist: dann wäre ich ja auch gebunden. Wenn Sie keine Freiheit mehr hätten, wäre es auch mit meiner Freiheit vorbei.‹

Ich sah ihm an, daß es ihm dennoch schwer viel, den Gedanken aufzugeben. ›Es wäre trotzdem schön‹, fuhr er fort. ›Sie würden hier leben, ohne einen Menschen auf der Welt außer mir zu sehen, würden schreiben oder malen, ich würde ihnen alles nötige Arbeitsmaterial geben. Und wir hätten zusammen ein Geheimnis. Wir würden erst ausgehen, wenn es dunkel ist, und dann nur in Viertel, in denen wir keinen Bekannten begegnen könnten.‹

Ich muß gestehen: Im Augenblick hatte dieser Gedanke, mindestens als poetische Vorstellung, einen großen Reiz für mich. Allein dort leben hieß, von allen Menschen, die mir lästig waren, getrennt zu sein und nur den einen Menschen zu sehen, der mich so sehr interessierte, und der mir damals vollauf genügt hätte. Ich wußte, es war noch keine Frage der Liebe, doch ich erkannte auch, wie es uns mit aller Kraft zueinander zog.«[41]

Als Alleinherrschaftsanspruch auf die Liebe der Person wird das Besitzenwollen von Irvin D. Yalom in seinem Buch *Und Nietzsche weinte* beschrieben. Er lässt Nietzsche ausrufen:

»Der ›Liebende‹ ist nicht einer, welcher ›liebt‹; im Gegenteil, er strebt nach Alleinherrschaft, Alleinbesitz der Geliebten. Er hat den Wunsch, alle Welt von seinem kostbaren Gut auszuschließen. Er ist ein selbstsüchtiger Drache seines goldenen Hortes! Er liebt nicht die Welt – nein, vielmehr sind ihm alle anderen Lebewesen nichts. Sagten Sie es nicht selbst? Deshalb freuten Sie sich, als – wie war noch ihr Name, oder Name des Krüppels?‹

›Bertha, aber sie ist kein Krüpp-…‹

›Doch, doch, Sie frohlockten, als Bertha beteuerte, Sie würden auf immer der einzige Mann in ihrem Leben bleiben!‹«[42]

41) Gilot, *Leben mit Picasso*, S. 46 f.

42) Yalom, *Und Nietzsche weinte*, S. 256 f.

Das Besitzenwollen, das Wolfgang Koeppen in *Eine unglückliche Liebe* schildert, geht noch einen Schritt weiter – nämlich bis in die Imagination des gemeinsamen Todes:

»Friedrich hielt sie. Hielt sie in seinem Arm. Hielt sie fest und nie wollte er sie wieder aus dieser Umarmung entlassen. Weit und breit war kein Mensch zu vermuten. Ob man einen Schrei, der hier geschrien wurde, auf der Autostraße hören konnte, war fraglich. [...] Er war ein Wolf an ihrer Gurgel. Mit den Augen schätze er die Entfernung zum Wasser. Er hatte sich oft gewünscht, mit Sybille gemeinsam zu sterben.«[43]

Dagegen spricht sich Franz Hessel gegen das Besitzenwollen aus:

»›Wenn ich aber liebe, begehr ich doch. Wie kann man lieben, ohne besitzen zu wollen?‹

›Du fragst erschütternd. Ist hier meine Schwäche? Ich habe wohl nie begriffen, daß zum Lieben Besitzen gehört. Da müßte man sich ja das geliebte Wesen aneignen und also enteignen, und was man mit sich vereint, das ändert man. Ich aber möchte alles erhalten, wie es mir erschien.‹«[44]

BETROGEN WERDEN

Ist man in einer ➢ Affäre der- oder diejenige, der/die betrogen wird, fühlt es sich meistens ziemlich beschis-

43) Koeppen, *Eine unglückliche Liebe*, S. 81

44) Hessel, *Heimliches Berlin*, S. 100

sen an. Man zweifelt nicht nur an der Liebe des anderen, sondern auch an sich selbst und seinen eigenen Gefühlen. Weil man plötzlich erkennt, wie austauschbar man ist, und plötzlich alles anzuzweifeln beginnt. Auffällig ist, dass ich ausschließlich Autorinnen gefunden habe, die über das Betrogenwerden schreiben, so wie Siri Hustvedt in *Sommer ohne Männer.* Die verletzenden Erfahrungen des Betrogenwerdens sind der Grund, weshalb die Ich-Erzählerin Mia einen *Sommer ohne Männer* verbringen will.

»Die Pause war eine Französin mit schlaffem, aber glänzendem braunem Haar. Sie hatte einen signifikanten Busen, der echt, nicht künstlich war, eine schmale Rechteckbrille und einen exzellenten Verstand. Natürlich war sie jung, zwanzig Jahre jünger als ich, und ich vermute, dass Boris schon länger scharf auf seine Kollegin gewesen war, ehe er sich auf ihre signifikanten Bereiche stürzte. Ich habe es mir wieder und wieder vorgestellt. Boris, dem die schneeweißen Locken in die Stirn fallen, während er neben den Käfigen mit den genmanipulierten Ratten nach der besagten Pause grapscht. Ich sehe die Szene immer im Labor vor mir, obwohl das wahrscheinlich falsch ist. Dort waren die beiden selten allein, und das ›Team‹ hätte lautstarkes Gefummel in der Nähe sicher bemerkt. Vielleicht suchten sie in einer Toilettenkabine Zuflucht, wo mein Boris seine Forscherkollegin bearbeitete, bis ihm die Augen in die Höhlen nach oben rollten. Die Banalität der Geschichte – die Tatsache, dass sie jeden Tag ad nauseam von Männern wiederholt wird, die plötzlich oder allmählich entdecken, dass, was IST, nicht SEIN MUSS, und dann handeln, um sich von den alternden Frauen zu befreien, die sie und ihre Kinder jahrelang versorgt haben – dämpft nicht das Elend, die Eifersucht und die Demütigung, die die Verlassenen überkommt. Betrogene Frauen.«[45]

In ihrem Buch *Guten Morgen, du Schöne*, das auf Gesprächen mit Frauen aus der DDR basiert, lässt Maxie Wander Erika von ihrer Erfahrung des Betrogenwerdens erzählen. Diese berichtet von Heimlichkeiten und (überraschenden) Veränderungen:

»Da spielte sich in unserer Ehe etwas Kollossales ab: Sie ging plötzlich wieder. Nach zwanzig Jahren so ein Aufschwung! Ich bin nach Hause gerast, ich war selig, das Studium nicht machen zu müssen, weil ich nun Zeit für ihn hatte. Wir haben unglaublich viele Dinge gemacht in diesem Jahr, und wir haben uns vieles leisten können, weil ich dazuverdiente. Es war eine Zeit, wo eigentlich alles stimmte: der Mann, die Kinder, die Arbeit, die ganze Welt. Es wurde immer zärtlicher, das war ja das Verrückte, und begann mit solchen Redewendungen: Nichts, was passiert, wird uns auseinanderbringen. Ich dachte: Warum sagt er so was? Und dann verreiste er. Kam wieder, sagte: Du glaubst nicht, wie ich mich nach dir gesehnt habe. Ich dachte: Warum verreist er dann? Bis eines Tages die Frage auftauchte: Was würdest du sagen, wenn eine Frau in mein Leben getreten wäre? Hab ich gesagt: Das ist eine theoretische Frage, warum sollen wir uns mit so etwas befassen?

45) Hustvedt, *Sommer ohne Männer*, S. 11

[...] Na ja, eines Tages sagte er: Es ist eine Frau in mein Leben getreten. Da hab ich mich so maßlos gebärdet, ich glaube, ich habe geschrien, getobt, ich weiß nicht. Hör auf, rief er, hör auf, es stimmt nicht, ich wollte nur sehen, wie du reagierst. Na, ich hatte reagiert, aber ich war auch vorsichtig geworden. Auf einmal wurde er ständig eingeladen. Obwohl wir überhaupt keine Freunde hatten. Ich sagte: Das kann doch nicht sein, daß ein Mensch nur noch zu Geburtstagen geht. Doch, es ist so. Ich sage, da steckt doch eine Frau, dahinter? Nein, da ist keine Frau! Ich hab gedacht, mach kein Theater, sonst verjagst du ihn.«[46]

In *Grenzgang* entwirft Stephan Thome eine Szene, in der eine betrogene Ehefrau auf ihren Mann trifft und hin- und hergerissen ist von ihren Emotionen der Wut und Enttäuschung und dem Wunsch den Spieß noch umzudrehen und an die jahrelange Vertrautheit anzuknüpfen. Oft ist Sex der meist verzweifelte Versuch, das Wissen vom Ende durch die Nähe der Körper ungeschehen zu machen:

»Wartend saß sie auf der Armlehne des Fernsehsessels und trank. Wischte sich Schweiß von der Stirn. Nicht nur fühlte sie keinen Widerstand mehr, ihrem Mann zu verzeihen, sie hatte nicht einmal das Gefühl, dass es überhaupt etwas zu verzeihen gab. Nur das Schweigen und Beobachten wollte sie beenden, diese Blicke ohne Worte und ohne Zärtlichkeit. Es war Ungeduld, was sie Richtung Küche lauschen ließ. Jede Erklärung würde nur Zweifel wecken, würde

46) Wander, *Guten Morgen, du Schöne*, S. 199

Nachfragen erforderlich machen und die Aufmerksamkeit auf die kleinen Ungereimtheiten lenken, die alles Tun begleiten. Mit anderen Worten: Jede Erklärung würde sich demontieren und zu ihrer eigenen Entkräftung werden. Wie wenn Religionslehrer versuchen Gott zu erklären.

Warum hast du das getan?!

Wollte sie wissen, wie es sich anfühlt, eine Zwanzigjährige zu küssen?

Zur gleichen Zeit hasste sie ihn für die Langsamkeit, mit der er zurückkam aus der Küche; im Esszimmer blieb er stehen, um einen Schluck zu trinken aus dem zu vollen Glas. Hasste ihn für die Vorsicht mit der er darauf bedacht war nichts zu verschütten auf dem verdammten Teppich, den sie zusammen aus dem Möbelgeschäft geschleppt hatten, sie links und er rechts, vor vier oder fünf Jahren.

›Was wir geredet haben in den letzten zwei Tagen, würde auf einen Bierdeckel passen‹, sagte sie.

›Ich suche nach einem Weg, Entschuldigung zu sagen, der nicht bescheuert klingt.‹

›Lass es bescheuert klingen.‹

Statt sich wieder auf das Sofa zu setzen, blieb er in Reichweite stehen. Sie sah die erdigen Flecken an seinen Hosenbeinen und einen Blutfleck auf der rechten Socke. Sie streckte die Hand aus und erwartete, ihn zurückweichen zu sehen. Bekam die Hose in der Höhe der Tasche zu fassen und zog ihn an sich heran. Es war alles falsch. Der hohle Klang seines Glases auf dem Wohnzimmertisch, der Griff seiner Hand in ihr Haar, die ungerührte Mechanik seiner Erektion. Ein

Krallen und zerren gegen die eigene Lust begann. Das Geräusch von Stoff unter zu großer Belastung. Es war falsch sich zu fragen, ob Daniel auch wirklich schlief oder ihr Bruder sie hören würde. So falsch, es fühlte sich an wie Erlösung.«[47]

In *Liebe* beschreibt Toni Morrison die Perspektive der »Affäre«. Oft ist auch dies keine dankbare Rolle, weil man sich und sein ➢ Begehren (38) beschränkt und in der Unsichtbarkeit und Unsagbarkeit verharrt. Falls es sich nicht um eine einvernehmliche, das heißt klar definierte Geschichte handelt, wird man häufig mit leeren Versprechungen bei Laune gehalten. Irritierend bei Morrison ist, dass die Protagonistin Christine, die gegen eine andere ausgetauscht wurde, die Zeit als Geliebte trotzdem idealisiert:

»Trotz des schamvollen Endes ihrer Affäre waren die drei Jahre an seiner Seite – nun ja, in seiner Nähe; er war untrennbar verheiratet – einfach wunderbar gewesen. Sie hatte Filme über das Elend ausgehaltener Frauen gesehen, die am Ende meistens starben oder kränkelnde uneheliche Kinder hatten, die dann auch starben. Manchmal wurden diese Frauen von Schuldgefühlen so gepeinigt, dass sie sich auf den Schoß der betrogenen Gattinnen ausweinten. Christine aber war noch zwanzig Jahre nachdem sie durch einen frischeren Duft von Weiße Schultern ersetzt worden war, der festen Überzeugung, ihre Jahre als ausgehaltene Frau seien ihre besten gewesen. […]

47) Thome, *Grenzgang*, S. 240 f.

Manilas Mädchen erzählten, dass Dr. Rio jeder neuen Geliebten ein Köllnischwasserfläschchen der gleichen Marke zum Geschenk machte. Christine hatte geglaubt, ihre wäre das einzige – eine persönliche Geste eines aufmerksamen Verehrers.«[48]

BLICKE

Jemanden mit Blicken aufreißen, hinterhergaffen, jemanden auf den Arsch starren, mit Blicken taxieren. Aber auch einem Blick ausweichen, zu Boden blicken. Mit Blicken die Situation abchecken, mit einem Blick die ganze Lage erfassen. In seiner verklärtesten Version entsteht beim Angucken ➢ LIEBE (177) auf den ersten Blick. Wie bei Pascal Mercier in *Der Klavierstimmer*:

»Wir haben nie darüber gesprochen, aber du weißt es: Begonnen hat es mit unseren Blicken, die sich im hohen Spiegel des Entrées trafen, bevor wir aufbrachen, um *Onkel Wanja* zu sehen. (Es war ein besonderer Moment, als die Möbelpacker diesen Spiegel hinaustrugen. Ich starrte auf die spiegelnde Fläche, als ließe sich darauf die Stelle ausmachen, an der sich unsere Blicke damals begegneten. Als könnte etwas derart Rätselhaftes wie ein Blick – der wirklicher ist als vieles andere, obwohl man ihn in der materiellen Welt nicht antrifft – auf einer Oberfläche Spuren hinterlassen, Brandspuren sozusagen.«[49]

48) Morrison, *Liebe*, S. 120 f.

49) Mercier, *Der Klavierstimmer*, S. 89

gegenüber, überrascht. Man setzt sich an die eine Ecke des Tisches und kann dabei in den Augenwinkeln sehen, wie der andere sich, natürlich ohne es zu zeigen, freut, dass man wiederum aus Zufall jenen Tisch gewählt hat, an dem er sitzt.«[51]

Die Kunsttheoretikerin Kaja Silvermann beschreibt ebenfalls »Blickregime«. Sie beschäftigt sich mit dem Künstler James Coleman und hebt hervor, dass dieser die Liebe als eine Blickaffäre inszeniert, als »ein Zusammentreffen, eine ›Heirat‹ von ›Gewebe‹ und ›Auge‹. Ein solches Zusammentreffen findet nicht alle Tage statt. Bildlich gesprochen sind unsere Augen zumeist geschlossen, auch wenn sie tatsächlich offen stehen. Damit es zum Zusammentreffen von Blick und Welt kommen, damit die Wirklichkeit wirklich werden kann, muss ein Lebewesen oder Ding hervortreten, um in einer bestimmten Weise gesehen zu werden. Und dann muss er sowohl in seiner Eigenheit wie in der singulären Perspektive einer bestimmten Subjektivität erkannt werden. Der Blick vermag diese scheinbar unlösbare Aufgabe zu erfüllen, indem er Entsprechungen bemerkt. Entsprechungen zwischen dem, was das Auge jetzt erfasst, und dem, was es früher sah. Je komplexer und reicher diese Entsprechungen ausfallen, desto stärker die Liebe.«[52]

Ingeborg Bachmann entwirft in *Malina* das Bild des Auges als Erinnerungsorgan, das angefüllt ist mit

51) Hensel/Raether: *Neue deutsche Mädchen*, S. 33

52) Silverman, »Melancholia 2«, S. 26

Bildern, die Malina immer wieder heimsuchen und aus ihrem Blick einen bösen gemacht haben:

»[…] denn mit seinen Blicken muß Ivan erst die Bilder aus meinen Augen waschen, die vor seinem Kommen auf die Netzhaut gefallen sind, und nach vielen Reinigungen taucht dann doch wieder ein finsteres, furchtbares Bild auf, beinah nicht zu löschen, und Ivan schiebt mir dann rasch ein lichtes darüber, damit kein böser Blick vor mir ausgeht, damit ich diesen entsetzlichen Blick verliere, von dem ich weiß, wieso ich ihn bekommen habe, aber ich erinnre mich nicht, erinnre mich nicht …«[53]

Bei Christa Wolf in *Der geteilte Himmel* wird dagegen das Vermögen des Sich-Sehens beschworen. Ein filmischer Moment: wie die zwei Hauptfiguren beim Sich-an-Blicken Raum und Zeit vergessen.

»Daran beteiligte Manfred sich nicht. Er blickte endlich zu Rita hinüber. Die sah ihn immer noch an, mit genau dem Ausdruck in den Augen, den er vermutet hatte. Sie tat ihm leid. Er kannte das alles ja, aber wie würde sie es überstehen? Er hätte ihr jetzt gern über das Haar gestrichen. Aber er blieb stehen und hielt still unter ihrem Blick.

Sah sie ihn denn zum erstenmal? Das nicht. Doch wer kennt nicht die Schwierigkeit, den wirklich zu sehen, den man liebt? In diesen wenigen Sekunden rückte Manfred für sie aus der unscharfen Nähe in einen Abstand, der erlaubt, zu mustern, zu messen, zu beurteilen. Es heißt, dieser unvermeidliche Augen-

53) Bachmann, *Malina*, S. 30

blick sei das Ende der Liebe. Aber er ist nur das Ende der Verzauberung. Einer der vielen Augenblicke, denen die Liebe standzuhalten hat.

Daß es beide gleichzeitig wußten, war viel. Es gab etwas wie eine stumme Verständigung. Jedes Wort hätte verletzen müssen, aber Blicke ... In seinen Augen las sie den Entschluß: Auf nichts mehr bauen, in nichts mehr Hoffnung setzen. Und er las in ihr die Erwiderung: Nie und nimmer erkenn ich das an.

Gleichzeitig fühlte sie: Hier ging es nicht um Trost oder Ermunterung. Ihm war eben klar geworden, daß das Leben mißlingen kann, daß es vielleicht schon mißlungen war. Manches, was gestern noch denkbar war, ist seit heute für immer vorbei. Auch zu den Jüngsten kann man sich nicht mehr rechnen. Wunder sind nicht mehr möglich.

Rita erbebte doch ein wenig. Sie unterdrückte den Wunsch, zu ihm zu gehen und ihren Kopf an seine Schulter zu legen. Auch der Aberglaube, ein Verzauberter sei durch Berührung zu erlösen, hatte in der Kindheit zurückbleiben müssen. Manfred versuchte nicht, sie zu täuschen. Sie hatte ihn in mancher Pose gesehen. Nun zeigte er ihr, womit sie wirklich zu rechnen hatte.

Dann lösten sich ihre Blicke voneinander. Sie hörten wieder, was gesprochen wurde.«[54]

Alice Munro schildert in *Kleine Aussichten* eine Szene, in der es um unangenehme Anblicke geht, die der Ich-Erzählerin aufgezwungen werden:

54) Wolf, *Der geteilte Himmel*, S. 132 f.

»Während Mr. Chamberlain mich immer noch beobachtet und lächelte, legte er die Hand um dieses Ding und begann auf und ab zu pumpen, nicht zu stark, in kontrolliertem, wirkungsvollem Rhythmus. Sein Gesicht löste sich; seine Augen, die noch auf mich gerichtet waren, wurden glasig. Allmählich, fast wie versuchsweise, beschleunigte er die Geschwindigkeit seiner Hand; der Rhythmus wurde weniger sanft. Er beugte sich vor, sein Lächeln entfaltete sich, die Lippen zogen sich von den Zähnen zurück, und seine Augen rollten leicht nach oben. Sein Atem wurde laut und bebend, jetzt arbeitete er wild, stöhnte, fast vorüber gekrümmt in einer krampfartigen Agonie. Das Gesicht, das er mir zuwandte, war blind und unsicher wie eine Maske auf einem Stock, und diese Laute, die aus seinem Munde kamen, unwillkürliche, in äußerster Not hervorgestoßene menschliche Laute, waren gleichzeitig theatralisch, unglaublich. Tatsächlich schien die ganze Darbietung, umgeben von still blühenden Zweigen, aufgesetzt, fantastisch und übertrieben wie ein Indianertanz. Ich hatte darüber gelesen, dass der Körper in einen höchsten Grad von Lust gelangen, besessen sein kann, aber diese Ausdrücke schienen der schrecklichen, umnachteten Anstrengung, der absichtlichen Raserei dessen, was hier vor sich ging, nicht zu entsprechen. Wenn er nicht bald dorthin kam, wo er hin wollte, dachte ich, würde er sterben. Aber dann ließ er eine neue Art von Stöhnen hören, das verzweifeltste und lauteste bis jetzt; es vibrierte, als ob ihn jemand auf den Kehlkopf schlüge, und starb wunderbarerweise dahin in ein friedvolles, dankbares

Wimmern, als ein Zeug aus ihm herausschoss, das echte weißliche Zeug, der Samen, und den Saum meines Rockes traf. Er richtete sich auf, schwankend, außer Atem, und zog sich schnell seine Hose zurück. Er nahm ein Taschentuch und wischte zuerst seine Hände, dann meinen Rock ab.

›Ein Glück für sich, was?‹ Er lachte mich an, obwohl er noch nicht wieder ganz zu Atem gekommen war.

Wie konnte ein Mann nach einem solchen Krampf, einer solchen Enthüllung einfach sein Taschentuch zurückstecken, seinen Hosenschlitz kontrollieren und sich anschicken – immer noch ein bisschen erhitzt und gerötet –, den Weg zurückzugehen, den wir gekommen waren?

Das einzige Mal, dass er etwas zu mir sagte, war im Wagen, als er einen Augenblick stillsaß, um sich zu fassen, bevor er den Schlüssel umdrehte.

›Toller Anblick, was‹ sagte er.«[55]

In die *Die unerträgliche Leichtigkeit des Seins* von Milan Kundera gibt es einvernehmlichen Sex, doch das Anblicken ruft ebenfalls ambivalente Gefühle hervor und wird deshalb am liebsten vermieden:

»Er ist vom Licht genauso angezogen wie vom Dunkel. Er weiß, dass es heutzutage lächerlich wirkt, beim Lieben das Licht zu löschen, darum lässt er das Lämpchen über dem Bett brennen. In dem Moment, da er in Sabina eindringt, schließt er aber die Augen. Die Lust, die von ihm Besitz ergreift, verlangt nach

55) Munro, *Kleine Aussichten*, S. 244 f.

Dunkel. Dieses Dunkel ist rein und absolut, ohne Vorstellungen und Visionen, dieses Dunkel hat kein Ende, keine Grenzen, dieses Dunkel ist das Unendliche, das wir alle in uns tragen. (Ja, wer das Unendliche sucht, der schließe die Augen!)

In dem Augenblick, da er spürt, wie die Lust seinen Körper durchflutet, dehnt Franz sich aus, löst sich im Unendlichen seines Dunkels auf, wird zum Unendlichen. Je größer der Mann in seinem inneren Dunkel wird, desto kleiner wird seine äußere Form. Ein Mann mit geschlossenen Augen ist nur noch ein Rest seiner selbst. Sabina ist dieser Anblick unangenehm, sie will Franz nicht mehr ansehen und schließt ihrerseits die Augen. Für sie bedeutet dieses Dunkel nicht das Unendliche, sondern einzig und allein die Nichtübereinstimmung mit dem Gesehenen, die Negation des Gesehenen, die Weigerung zu sehen.«[56]

DAS ERSTE MAL

Ein höchst aufgeladenes Ereignis, das den hohen Erwartungen nur selten standhält. Die gefundenen Textstellen sind ernüchternd: Es überwiegen Enttäuschungen und Schmerz. Statt das erste Mal als Moment der Nähe zu empfinden (und zu beschreiben), überwiegt in den Erzählungen der Wunsch, das erste Mal hinter sich zu bringen, um endlich dazuzugehören. Gleichzeitig ist Sex vor der Ehe in manchen religiösen Kontexten ein No-Go und wird durch den

56) Kundera, *Die unerträgliche Leichtigkeit des Seins*, S. 91 f.

Jungferntest zu einem richtiggehendem Politikum, was das Ganze entsprechend aufgeladen und unentspannt werden lässt. Erfüllte Sexualität ist in diesem Fall – wenn beide vorher keine Übungspraxis hatten – eher ein Glücksgriff.

Maria Nurowska liefert in *Der russische Geliebte* eine exemplarische Beschreibung des ersten Mals inklusive ➢ UNSICHERHEIT (284), Schmerz und ➢ VERHÜTUNGSPROBLEMATIK (288):

»Ich floh, lief vor dem richtigen Leben davon, doch immer war das nicht möglich. Damals war ich im fünften Studienjahr, die Kommilitoninnen aus dem Studentenwohnheim hatten ihre Jungs, sie gingen zu ›Strippartys‹, und später erzählten sie davon. Sie lachten mich aus, weil ich mit meiner Jungfräulichkeit angäbe. Schließlich luden sie einen Freund von einem Freund ein. Wir beide sollten ein Paar abgeben. Und so fing ich an, mich mit ihm zu treffen, ohne mich recht entscheiden zu können, ob er mir eigentlich gefiel oder nicht. Ich gefiel ihm offenbar, denn er rief häufig an, lud mich ins Kino ein. Schließlich und endlich fand ich mich in seinem Zimmer wieder. Als ich zu ihm ging, wußte ich, was passieren konnte. Was beinah mit Sicherheit passieren würde. Aber ich wollte das endlich hinter mir haben. Ich spürte weder Furcht noch Neugier, vielmehr Entschlossenheit. Sofern meine Studienkolleginnen das hinter sich gebracht hatten, wollte ich das auch. Wir tranken billigen Wein, der mich leicht schwindlig machte. Und dann begann er mich sehr unbeholfen zu küssen, seine Hand wanderte unter meinen Rock.

Ich ließ es zu, während ich die ganze Zeit kühl registrierte, was da mit mir vor sich ging. Eigentlich mochte ich ja diesen Jungen nicht, zu dieser Zeit hatte ich mich bereits zu der Einsicht durchgerungen, daß er mir nun doch nicht gefiel. Er war ein Milchbart, hatte leichte Akne und eine helle Haarspur über der Oberlippe. Irgendwie war es unnatürlich, wie ich ihn behandelte. Ungeduldig sah ich zu, wie er sich mit seiner Kleidung abmühte, seine Füße verfingen sich in den heruntergelassenen Hosen, er verlor fast die Balance. Beim Anblick seines Glieds lebte ich innerlich irgendwie auf, es war groß und angeschwollen. Ich berührte es mit der Hand. Und ich staunte, daß es von einer so glatten, weichen Haut umschlungen war, die wehrlos wirkte. Wehrlosigkeit, wo ich Brutalität erwartet hatte. Ich wußte längst, daß es weh tat beim ersten Mal. Und es tat weh. Vielleicht deshalb, weil er sich so ungeschickt anstellte. Er drang in mich ein, betäubt von der eigenen Begierde. Offensichtlich war es auch für ihn das erste Mal, und die Nähe eines Frauenkörpers berauschte ihn. Er ergoß sich in mir mit einem Schluchzen, das in ein tierisches Geheul überging, dann erschlaffte er und fiel erschöpft neben mir auf den Rücken. Verblüfft stellte ich fest, daß er eingeschlafen war. Ich ging ins Bad mit einem unklaren Schmerz im Unterleib. Als ich mich wusch, bemerkte ich Blut, was mich erschreckte, weil ich dachte, der Junge habe mich innerlich verletzt. Mich weiterhin mit ihm zu treffen, hatte ich keine Lust mehr, auch war ich beunruhigt wegen der ausbleibenden Monatsblutung. Der Junge hatte zwar versprochen aufzupassen, hatte aber nicht aufgepaßt, was kaum verwunderlich war, bei seiner Erfahrung, die so gering war wie meine.«[57]

Wie aufgeladen mit Erwartungen und ausführlich geplant das erste Mal ist, wird bei Sylvia Plaths Roman *Die Glasglocke* deutlich:

»Ich fand, der erste Mann, mit dem ich schlief, sollte intelligent sein, dann würde ich ihn auch respektieren. Irwin war mit sechsundzwanzig schon ordentlicher Professor und hatte die bleiche, unbehaarte Haut eines jugendlichen Genies. Außerdem brauchte ich jemanden mit Erfahrung, zum Ausgleich für meine Unerfahrenheit, und in dieser Beziehung erfüllten mich Irwins Damen mit Zuversicht. Außerdem wollte ich, um ganz sicher zu gehen, jemanden, den ich nicht kannte und mit dem ich auch nichts weiter zu tun haben würde – eine Art unpersönlichen, priesterlichen Würdenträger wie in den Geschichten, in denen es um Stammesriten geht.

Gegen Ende des Abends hatte ich, was Irwin anging, keinerlei Zweifel mehr. Seit ich herausgefunden hatte, wie mich Buddy Willard hintergangen hatte, hing mir meine Jungfräulichkeit wie ein Mühlstein am Hals. Sie war mir so lange ungeheuer wichtig gewesen, daß ich es mir zur Gewohnheit gemacht hatte, sie um jeden Preis zu verteidigen. Fünf Jahre lang hatte ich sie verteidigt, aber jetzt war ich es leid.

Erst als wir wieder bei ihm waren und Irwin mich, beschwipst und schlaff wie ich war, auf seinen Armen in das stockfinstere Schlafzimmer trug, murmelte ich:

57) Nurowska, *Der russische Geliebte*, S. 89 f.

›Hör mal, Irwin, ich sollte es dir vielleicht sagen, ich bin Jungfrau.‹

Irwin lachte und warf mich auf das Bett.

Ein paar Minuten später offenbarte ein erstaunter Ausruf, daß Irwin mir nicht wirklich geglaubt hatte. Wie gut, dachte ich, daß ich schon im Laufe des Tages mit der Geburtenkontrolle angefangen hatte, denn in meiner Weinseligkeit an diesem Abend hätte ich mir die Mühe mit den diffizilen Handgriffen, die dazu erforderlich waren, wohl nicht mehr gemacht. Verzückt und nackt lag ich auf Irwins rauer Decke und wartete darauf, daß sich die wunderbare Veränderung bemerkbar machte.

Aber ich spürte nur einen stechenden, beunruhigenden heftigen Schmerz.

›Es tut weh‹, sagte ich. ›Soll es wehtun?‹

Irwin sagte nichts. Dann sagte er: ›Manchmal tut es weh.‹ Wenig später stand Irwin auf und ging ins Bad, und ich hörte, das Rauschen von Duschwasser. Ich war mir nicht sicher, ob Irwin getan hatte, was er tun sollte, oder ob meine Jungfräulichkeit ihn irgendwie daran gehindert hatte. Ich wollte ihn fragen, ob ich noch eine Jungfrau sei, aber ich war zu sehr durcheinander. Eine warme Flüssigkeit sickerte zwischen meinen Beinen hervor. Zögernd griff ich nach unten und tastete danach.

Als ich die Hand in das Licht hielt, das vom Badezimmer hereinfiel, sahen die Fingerspitzen aus, als wären sie schwarz.

›Irwin‹ sagte ich nervös, ›bring mir ein Handtuch.‹ Irwin kam herüber, ein Badetuch um die Hüfte geschlungen, und warf mir ein zweites, kleineres

Handtuch zu, Ich schob es zwischen meine Beine und nahm es gleich darauf wieder hoch. Es war halb schwarz von Blut.

›Ich blute!‹ verkündete ich und setzte mich mit einem Ruck auf.

›Ach, das passiert oft‹, beruhigte mich Irwin. ›Das geht gleich vorbei.‹«[58]

Ebenfalls total unbedarft und im Nachhinein ernüchtert ist auch die Erzählerin in Maxie Wanders *Guten Morgen, du Schöne*:

»Ja, was war nun dieses ES? Ich habe also aufgepaßt wenn wir uns küßten. Da er aber nie ein Taschentuch hatte, dachte ich, er schwitzt ES durch die Rippen. Dann habe ich ihn danach gefragt, und er schrie vor Lachen. Später kamen die ersten Versuche. Und ich sagte immer schön, nein, das geht nicht, nein, die Mutter …Gut hat er gesagt, dann trennen wir uns. Und da haben wir uns getrennt. Meine Freundinnen im Internat sind ausgegangen, die hatten einen Freund, und ich saß immer da. Da hab ich ihm nach sechs Wochen einen Brief geschrieben: Ich bin bereit. Und ich wußte noch immer nicht, wozu. Er dachte, ich wäre so raffiniert, aber ich war einfach blöde, mein Sohn würde sagen, urst blöde. Wir trafen uns Bahnhof Westkreuz, und er sagte sofort: Heute findet es statt. Da hab ich gedacht, bevor du überhaupt nicht mehr ins Kino gehst und nichts mehr, beißt du in den sauren Apfel, ne?

58) Plath, *Die Glasglocke*, S. 244–246

Von dieser Transaktion hatte ich überhaupt nichts. Ach, du liebe Güte, wenn *das* schön sein soll, es tut nur weh.«[59]

Bei Ian McEwan in *Der Zementgarten* ist es dagegen »ganz einfach«, vielleicht weil es so unverhofft geschieht?

»Ich wälzte mich auf den Rücken, und Julie setzte sich, noch immer lachend, rittlings auf mich, faßte nach meinem Penis und zog ihn zu sich hinein. Es geschah sehr schnell, und plötzlich waren wir still und konnten einander nicht mehr ansehen. Julie hielt den Atem an. Etwas Weiches war mir im Weg, und wie ich in ihr größer wurde, teilte es sich, und ich war tief in ihr. Sie stieß einen kleinen Seufzer aus, kniete sich nach vorn und küßte mich zart auf die Lippen. Sie hob sich leicht und ließ sich sinken. Ein kühler Schauer schlängelte sich meinen Bauch hinaus, und ich seufzte auch. Schließlich sahen wir uns an. Julie lächelte und sagte. ›Es ist ganz einfach.‹«[60]

Anders bei Max Frisch, dessen erstes Mal, das er in *Homo Faber* beschreibt, so ungeheuerlich ist, dass es durch Vergessen ausgelöscht werden soll:

»Meine erste Erfahrung mit einer Frau, die allererste, habe ich eigentlich vergessen, das heißt, ich erinnere mich überhaupt nicht daran, wenn ich nicht will. Sie war die Gattin meines Lehrers, der mich

59) Wander, *Guten Morgen, du Schöne*, S. 191

60) McEwan, *Der Zementgarten*, S. 141

damals kurz vor der Maturität, über einige Wochenenden zu sich ins Haus nahm; ich half ihm bei den Korrekturen einer Neuauflage seines Lehrbuches, um etwas zu verdienen. […] Seine Gattin war natürlich, von meinem damaligen Alter aus gesehen, eine gesetzte Dame, vierzig, glaube ich, lungenkrank, und wenn sie meinen Bubenkörper küßte, kam sie mir wie eine Irre vor oder wie eine Hündin; dabei nannte ich sie nach wie vor Frau Professor. Das war absurd. Ich vergaß es von Mal zu Mal.«[61]

In *Zami* von Audre Lorde wird das erste Mal von großer Nervosität und Hinauszögertaktiken begleitet:

»In meine Ängste vor dem, was ich jetzt zu tun hatte, mischte sich die aufsteigende Erregung von vorhin auf dem Hügel. Sie kämpfte gegen den Angstknoten meiner Gedanken an: vor Gingers unbekannten Erwartungen vor sexueller Begegnung, davor, dass Ginger mich als unzulänglich bewerten könnte. Ich roch die kleine Wolke von cashmere Bouquet Puder und Cannay Seife, wenn Ginger beim Nägelfeilen emsig den Arm bewegte. Wozu brauchte sie so lang?

Ich kam nicht auf die Idee, dass Ginger trotz ihrer augenscheinlichen Gelassenheit und Forschheit genauso nervös war wie ich. […]

›Komm doch endlich ins Bett‹, bat ich schließlich, ein bisschen überrascht von dem Drängen in meiner Stimme. ›Ach, ich dachte, du würdest mich nie bitten.‹ Mit einem erleichterten Lachen warf

61) Frisch, *Homo Faber*, S. 99

Ginger ihren Bademantel ab, knipste die Lampe am Schminktisch aus und hopste zu mir ins Bett.«[62]

Etel Adnan wendet das Blatt, wenn sie in ihrem Buch *Im Herzen des Herzens eines anderen Landes* eine Situation schildert, in der die Erwartungen drückend im Raum stehen, aber nicht dazu führen, dass es wirklich zum Akt kommt, weil das Mädchen die Annäherungsversuche zurückzuweisen vermag:

»Ich sagte zu ihm: Nimm mich mit zu dir nach Hause. Ein paar Sekunden später sagte er: Gut, laß uns mit der Straßenbahn fahren.

An der richtigen Haltestelle stiegen wir in einer engen Straße mit verdreckten Gehsteigen aus. Schweigend liefen wir ein Stück, blieben vor einer Holztür stehen, stiegen dann in den ersten Stock des Gebäudes. Er holte einen Schlüssel aus der Tasche und öffnete diese zweite Tür, durch die wir ein ziemlich großes Wohnzimmer mit einem schachbrettgemusterten Marmorboden betraten. Es war ein kühler Raum, gut gelüftet, spärlich möbliert. Ich setzte mich, er setzte sich mir gegenüber. Wir fühlten uns nicht wohl.

Komm, guck dir die Küche an, sagte er, und das tat ich und sah Töpfe auf einem Regal und einen Herd. Es roch wie in allen Küchen: nach Rosmarin, Knoblauch, Zwiebeln, Zimt … aber nur leicht. Es ist so sauber, sagte ich. Wir gingen ins Wohnzimmer zurück und traten auf den Balkon. Ich sah eine vorbeifahrende Straßenbahn, ein paar Autos, Menschen

62) Lorde, *Zami*, S. 173

auf dem Gehsteig … Ich kehrte zu meinem Stuhl zurück, und er folgte mir. Die Hausangestellte ist nicht da, um Kaffee zu kochen, sagte er. Das war nicht schlimm. Ich habe heute schon genug Kaffee getrunken, sagte ich, und er blieb stumm.

Mir fiel auf, daß er ziemlich schwer atmete, und ich fand, er sah müde aus: Wir hatten die ganze Woche hindurch Prüfungen. Es hingen keine Bilder an der Wand, nur einige gerahmte Familienfotos. Ach ja!, eine Pflanze wuchs in einem großen orangefarbenen Bottich. Ein Philodendron. Wie komisch, dachte ich.

DU wolltest mein Haus sehen, sagte er, du hast mein Zimmer noch nicht gesehen. Er wirkte schüchtern, so wie sonst nur Mädchen in solchen Situationen. Sein Zimmer war ziemlich enttäuschend: wie ein Raum in einem nicht so teuren Hotel, nachdem das Zimmermädchen dort geputzt hat. Wer macht dein Zimmer? fragte ich, und er erwiderte, seine Mutter kümmere sich um das Haus … Also hatte er mit dem Kaffee und dem Hausmädchen gelogen. Er war sehr verlegen, und ich bedauerte meinen Besuch, ich ahnte, daß er gern reich gewesen wäre und mich mit Dingen, prächtigen Teppichen zum Beispiel, beeindruckt hätte. Ich bemerkte, daß er schwitzte, wenn auch nur leicht.

Wir standen befangen im dem Zimmer, bis er sich auf sein Bett setzte, dann meinen Arm berührte, mich zu sich zog und mich gewissermaßen zwang, neben ihm Platz zu nehmen. Ich strich mit der Hand über die Bettdecke, der Baumwollstoff war rauh. Ich wollte gehen.

Er versuchte mein Hemd aufzuknöpfen, und ich wehrte mich, er legte mir den Arm um die Schultern, und ich befreite mich, dann brachte er sein Gesicht nah an meines, und ich mußte ihn davon abhalten, weiter zu gehen.

Er biß sich auf die Zunge. Er erklärte mir, es sei jetzt Zeit für ihn, mit einem Mädchen zu schlafen, und ich antwortete nicht. Er wurde langsam nervös, und ich starrte auf die Tür. Er sagte mit unterdrückter Stimme: Ich liebe dich. Er muß geglaubt haben, daß man auf diese Weise Liebesgeschichten beginnt. Ich machte ihm klar, daß ich nicht mit ihm schlafen wolle, nein, nicht heute, und morgen wahrscheinlich auch nicht. Er fühlte sich gedemütigt und wußte nicht, ob er gewalttätig oder sarkastisch werden sollte. Ich starrte ihm in die Augen, sie waren blaß. Wieso wolltest du dann mein Haus sehen, sagte er, und sogar noch mein Zimmer, wieso?

Gewöhnlich nahmen wir nach dem Unterricht die Straßenbahn und fuhren kreuz und quer durch die Stadt, lachten und unterhielten uns laut. Wahrscheinlich spielten wir ein Liebespaar. Aber jetzt, in einem leeren Haus und auf einem bequemen Bett, hemmte mich die Urangst, vergewaltigt zu werden, obwohl ich sehr sanft, einigermaßen verzweifelt und drängend um meine Einwilligung gebeten worden war.

Ein Mädchen geht nicht freiwillig in das Zimmer eines Jungen, außer sie hat amouröse Absichten, wiederholte er. Ich nahm seine Hand in meine, hielt sie fest und spürte die Feuchtigkeit und das Zittern, und ich küßte seinen Ärmel und sagte, das sei genug

… Sein Blick verschleierte sich, und ich war ratlos, ich weinte, das heißt, Tränen stiegen mir in die Augen. Nach einer kurzen Weile versuchten wir zu lachen, da wir wußten, der Sturm würde nicht losbrechen.«[63]

DIE GESCHICHTE IN KURZ

Während manche Autorinnen und Autoren ganze Romane zu einem Motiv verfassen, erledigen andere das Ganze Liebestralala – Kennenlernen, Verlieben, Entlieben, Trennen – in kurzen prägnanten Abschnitten:

Bei Terezia Mora in *Alle Tage* ist es ein schnelles Aufeinanderfolgen von extremen Emotionen:

»Zuerst lieben sich zwei wie selbstverständlich, dann hassen sie sich ebenso, und der Übergang von dem einen Zustand in den anderen währt so kurz wie der Augenblick, ihn zu begreifen, und fällt – das ist das eigentlich Schmerzliche – keiner der Seiten besonders schwer. Sagte: ich liebe dich, sagte: ich dich aber nicht, ging davon, irrte umher, stieg auf einen Berg, kam wieder herunter, fiel, stand auf, trat ein Fenster ein, ging nach Hause, zog die Türen des Wandschranks zu, legte sich hin. Später schreckte er auf, weil ihn eine Herzattacke aus dem Bett schleuderte.«[64]

63) Adnan, *Im Herzen des Herzens eines anderen Landes*, S. 90–92

64) Mora, *Alle Tage*, S. 88

Ähnlich kurz und extrem fasst es Deniz Utlus in seinem Buch *Die Ungehaltenen* zusammen:

»Wir hatten tagelang Sex. Und tagelang Krieg. Wir liefen erschöpft vom Ficken durch Kreuzberg und blätterten in alten Büchern, die wir in Antiquariaten fanden. Wenn ich krank war, band sie mir einen Schal im den Hals. Wenn sie krank war, durfte ich sie nicht sehen.

Es hätte so weitergehen können. Aber eines Tages rief Mutter an, Vater habe Krebs. Fiona fand, dass es ein guter Zeitpunkt sei, mir zu sagen, dass sie mir in Zukunft keinen Schal um den Hals binden werde, wenn ich krank sein sollte, und verpisste sich, bevor es ernst wurde. Ich schlug den Seitenspiegel von fünf Autos ab und sprach in den nächsten Wochen lieber mit Figuren, die ich aus Büroklammern bog, und nicht mit Menschen.«[65]

Bei Brigitte Reimann wird die romantische Zweiergeschichte, die in *Franziska Linkerhand* erzählt wird, durch die Beschreibung der ewig gleichen Beziehungsprozedere relativiert und verliert ihre Einmaligkeit:

»Eine Liebesgeschichte nach Programm, die Dutzendgeschichte von Paolo und Francesca, Hans und Grete, Jack und Peggy: Liebst du mich? Ich liebe dich. Wirst du mich immer lieben? Ewig. *Ewig.* Am Rande der Welt steht ein Berg, der ist hoch bis über die Wolken, und alle hundert Jahre kommt ein klitzekleines

65) Utlu, *Die Ungehaltenen*, S. 11

Blicke können also offenbar Brandspuren hinterlassen. Sie können vernichten und gleichzeitig ein Türöffner in die Seele eines Menschen sein – sonst würde die Frage: Licht an oder aus beim Sex nicht so oft kontrovers diskutiert werden.

Doch was genau sieht man in den Augen des anderen? Was passiert, wenn man sich in die Augen schaut? Kann man in den Augen lesen? Wie kommt es, dass Frauen es im Rücken spüren, wenn sie angesehen werden, wie Max Frisch behauptet?[50] Was heißt es, jemanden mit Blicken zu verfolgen? Und was ist der böse Blick? Wie kann man sich vor Blicken schützen? Einen An-Blick vermeiden?

Apropos: Durch Blicke lässt sich ➢ BEGEHREN (38) ausdrücken, sonst würde man wohl kaum davon sprechen, dass man sich mit Blicken vernascht, und sich in den Blicken des anderen räkelt. Gleichzeitig können Blicke aber auch Ausdruck von Machtverhältnissen sein. Blicke werden ganz gezielt eingesetzt.

Der taktische Einsatz des Anschauens und die Kunst des nebensächlichen Angeschautwerdens, das Spiel der Blicke also, beschreibt Jana Hensel in ihrem Buch *Neue deutsche Mädchen*:

»Jeder kennt diese Spiele. Ich weiß nicht, wo man die lernt: Man betritt einen Raum, schaut sich um und tut so, als hätte man den anderen nicht gesehen. Man lässt sich in einer Menschenmenge scheinbar zufällig aufeinander zutreiben und zeigt sich, steht man sich

50) Vgl. Frisch, *Mein Name sei Gantenbein*, S. 44

Vögelchen geflogen und wetzt seinen klitzekleinen Schnabel am Berg, und wenn der Berg ganz abgewetzt ist, dann ist die erste Sekunde der Ewigkeit um … Sie waren das erste Liebespaar auf der Welt, ernste und eifrige Kinder, die entdeckten, daß das Gras grün, der Himmel blau ist, daß Sterne – bei dem großen Blauen treffen wir uns heute nacht. Hand in Hand im Kino, Eisessen, der Rummelplatz, Riesenradfahrn und geheuchelte Angst in einer schaukelnden Gondel, die grelle Bude, an der Wolfgang Plüschbären und rote Rosen aus Papier schoß, Küsse in Toreinfahrten, in denen es nach Müll und Teerpappe stank, Küsse auf der Straße, in dem kurzen Tunnel Dunkelheit zwischen Laterne und Laterne, Küsse im hohen Gras der Flußwiesen, seine Hand auf meiner Brust, ein Knie, das sie bedrängte, du darfst mich nicht verlassen, ich verspreche dir, nie, *nie*, und anstrengender Abschied vor der Gartentür. Frau Linkerhand lauerte hinter der Jalousie.«[66]

Doron Rabinovici schildert in *Ohnehin* eindringlich, wie dem Überschwang des Anfangs die ➢ Gewöhnung (124) folgt, die mit einer schleichenden Entfernung einhergeht und in der ➢ Trennung (269) mündet:

»Gemeinsam hatten sie in den letzten Monaten dieselben Kranken behandelt, gemeinsam gesehen, wie aus humorvollen, geistreichen Menschen sabbernd blubbernde Maulwürfe geworden waren. Jeder

66) Reimann, *Franziska Linkerhand*, S. 66

Satz, den Sonja begonnen hatte, war von ihm vollendet worden. Und umgekehrt. So war ein Gedanke an die Medizin ebenso einer an diese Frau, der er bereits während des Studiums begegnet, die ihm aufgefallen war, ehe sie beide von ihrem Interesse an der Neurologie geahnt hatten. Sie hatten vor den Glasvitrinen der alten Anatomie gesessen, beide in Vorbereitung auf das Knochenkolloquium, die Bücher auf dem Schoß. Ein heißer Junitag vor mehr als einem Jahrzehnt, in den Händen hatte er ein blankblasses Gelenkpräparat, einen Rest aus Kapsel und Knochenkopf, aus Wadenbein, Schenkel, Meniskus und Sehnen, gehalten, nach allen möglichen Richtungen verdreht und ausprobiert, dabei aber verstohlen auf die schlanken, beinah spitzigen hellbronzenen Knie der Studentin geschaut.

Jahre später erst, im zweiten Abschnitt, sah er sie im Praktikum der Nervenheilkunde wieder. Sie begeisterten sich beide für das Fach, besuchten dieselben Veranstaltungen, fragten einander wechselseitig ab, lernten die Nächte durch, schliefen über den Skripten ein, frühstückten hernach zusammen. Sie bestanden das Examen am selben Tag, erst er, dann Sonja, und sie drückte ihm vor Freude einen Kuß auf den Mund, umarmte ihn, vergaß den ganzen Lehrsaal, selbst den Professor, bis einige Studenten auflachten. Während der Spezialisierung bei Professor Kahlbauer war er in ihre Wohnung gezogen, aber in den letzten Wochen vor dem Abschluß stritten sie. In jeder ihrer Bewegungen sah er bloß noch einen rechten Winkel, mit angepreßten Ellbogen, mit geballten

Fäusten eilte sie durch das Spital. Ihn ärgerte, wie oft sie sich räusperte, er haßte, wenn sie ohne Unterlaß hüstelte, dabei emsig nickte. Innerlich kratzte und juckte es sie. Alle paar Minuten schraubte sie den Labello auf und salbte ihre Lippen. Nicht mehr gradlinig und beständig schien sie ihm, sondern kleinkariert, flach und starr, doch er konnte nicht von ihr lassen. Als sie ihm eröffnete, daß sie nichts mehr mit ihm anzufangen wisse, versank er ins Bodenlose. Sie lagen noch einige Nächte nebeneinander, die Gesichter unter Tränen, die Liebe verschlammt.

Seither hauste er wieder in seiner Garçonnière. Er konnte bloß noch die Anfänge ihres gemeinsamen Lebens denken. Allein der Widerwille, den er gegen die Klinik entwickelt hatte, war geblieben. Hatte ihn aber vor wenigen Wochen, als er im Begriff gewesen war, seine Ausbildung erfolgreich abzuschließen, die Karriereaussicht und die gemeinsame Zukunft mit Frau Doktor Sonja Kramar angeödet, so glaubte Stefan nun, ohne sie sei für ihn die Neurologie ohne Sinn. Wenn sich eine Möglichkeit bot, die Abteilung einen Moment lang zu vergessen, ergriff er sie. Ihm war jede Ausrede recht.«[67]

Statt in die Vergangenheit zu gehen, imaginiert Wolfgang Herrndorf *In Plüschgewittern* die Zukunft und nimmt das Ende dort vorweg:

»Vielleicht wird es doch ein ganz netter Abend, und wir unterhalten uns die ganze Zeit gut. Vielleicht gehen wir sogar gemeinsam nach Hause. Dann früh-

67) Rabinovici, *Ohnehin*, S. 12 f.

stücken wir morgen zusammen, und dann werde ich mir eine Arbeit suchen in Berlin, wie ich das eh vorhatte. Und währenddessen werde ich vielleicht bei Ines wohnen, bis ich eine eigene Wohnung gefunden habe. Und nach kurzer Zeit, nach vier Wochen zum Beispiel, werden wir zum ersten Mal abends gemeinsam in ihrer Küche sitzen und uns nichts zu sagen haben. Nur ein ganz kurzer, irritierender Moment, nur ein paar Sekunden, in denen ich Ines angucke und sie mich, aber es ist der Moment, der immer der schlimmste ist. Weil dann zum ersten Mal klar wird, dass es so nicht weitergehen kann, dass eine Art Firnis abgefallen ist.«[68]

Bei Marguerite Duras wird das Ende nicht vorweggenommen – im Gegenteil. Hier ist die Besonderheit der Geschichte die Schnelligkeit und gleichzeitige Bestimmtheit, mit der sich das Paar findet:

»Nach der Rückkehr aus dem Krankenhaus schrieb ich einen Brief an Yann, an diesen Mann, den ich nicht kannte, wegen der Briefe, die er mir schrieb und die ich aufbewahrt habe – sie sind großartig. Und dann, sieben Monate später, rief er mich eines Tages an und fragte, ob er vorbeikommen könne. Es war Sommer. Schon als ich seine Stimme hörte, wußte ich, daß es der Wahnsinn war. Ich sagte ihm, er solle kommen. Er gab seine Arbeit auf, er verließ sein Haus. Er blieb. Das ist nun sechs Jahre her.«[69]

68) Herrndorf, *In Plüschgewittern*, S. 98

69) Duras, *Das tägliche Leben*, S. 146

»Die Dreizahl bietet eine Symmetrie mit Mitte, aus Bronze, Silber und Gold eine Pyramide. Das Dreieck stellt – im Gegensatz zum Paar, dessen Pole sich nur durch eine Linie verbinden lassen – eine räumliche Dimension her. Darin kann man verschwinden (wie im Bermuda-Dreieck), es lässt sich mit Vorstellungen füllen, und wer einmal anfängt, nach Dreiecken zu suchen, findet sie plötzlich überall.«[70] So erging es jedenfalls Ursula Hörner, deren Buch *Im Dreieck. Liebesbeziehungen von Nietzsche bis Duras* historische Beispiele für Dreierkonstellation aufführt.

Im Gegensatz zur ➢ Affäre (12), wo ein unausgeglichenes Dreieck entsteht – denn die Erstbeziehung wird nicht hinterfragt – versucht die Dreierkonstellation alle Beteiligten einzubeziehen und gemeinsam eine Lösung zu finden um erwartbare Konfliktpotentiale wie ➢ Eifersucht (93) und unausgewogenere Machtverhältnisse zu vermeiden. Voraussetzung dafür ist, dass die zunächst bestehende Beziehung eine offene ist. Offen heißt hier nicht, dass dem einen Partner ein Seitensprung erlaubt wird, aber eigentlich will man von der ganzen Sache nichts wissen, sondern, dass alle Partner miteinandersprechen, eventuell sogar zusammen wohnen.

Noch mal Hörner: »›Das Verlangen muss *kreisen.*‹ Das Dreieck ist keine statische Figur, sondern ein dynamisches Prinzip. Der Dritte ist Versprechen, Aufbruch, Publikum für zwei Augenpaare, Spielpartner

70) Hörner, *Im Dreieck*, S. 9

für neue Möglichkeiten, manchmal ein ›unsichtbarer Dritter‹, der das Paar erhält. Das Glück ist nicht dingfest zu machen, und wo die Liebe glückt, bedarf es keiner Gebrauchsanweisungen.«[71] Das bedeutet auch, dass eine solche plurale Konstellation nicht auf drei Partner beschränkt sein muss. In Form von Polyamorie sind viele Optionen möglich.

Ernüchternd ist, dass die meisten der in ihrem Buch beschriebenen Dreieckskonstellation gescheitert sind. Denn der Kommunikationsaufwand ist hoch, ebenso wie das Vermögen, sich und seine eigenen Bedürfnisse zurückzunehmen. Sonst kann ➢ Eifersucht (93) die Konstellation schnell kaputt machen.

Die Frage, wie man in einer Gruppe gemeinsam Leben kann (wenn auch ohne geteilte Sexualität), hat Barthes bewogen, sich mit der Lebensweise von Mönchen, ihrer Idiorrhythmie, zu beschäftigen. Die Ergebnisse seiner Überlegungen sind in seine Vorlesungen am College de France von 1976–1977 eingeflossen, die er unter dem Titel *Wie zusammen leben* veröffentlicht hat. Sie wirken wie der Versuch, die Einsamkeit des Liebenden, wie er sie in den *Fragmenten* beschreibt, zu überwinden und eine Alternative zur heterosexuellen Paarbeziehung zu finden.

Trotz der prominenten Beispiele, die Hörner aufführt, gibt es nur wenige literarische Beispiele, in denen eine Ménage-à-trois geschildert wird. Eine Ausnahme bildet Audre Lordes *Zami*, in der die Beziehung dreier Frauen zueinander beschrieben wird:

71) Ebd., S. 13 f.

»Muriel und ich beschlossen, dass nichts die Bindung zwischen uns zerstören konnte, und ganz gewiss nicht die Tatsache, dass wir unsere Körper und unsere Freuden mit einer anderen Frau teilten, die wir ebenfalls liebgewonnen hatten. Lynn in unser Bett aufzunehmen, wurde mehr als ein Umstand, der in unser Leben integriert werden musste. Für jede von uns wurde eine Prüfung unserer Liebe und unserer Offenheit daraus.

Es war eine wunderbare Vision aber ein schwieriges Experiment. Anfangs schien Lynn den besten Teil erwischt zu haben. Sie hatte uns beide, und wir konzentrierten uns vollkommen auf sie und ihre Probleme – und ihren kleinen Reiterinnenkörper und ihr ausgelassenes Liebesspiel. […]

Wir waren mit Sicherheit die ersten, die diese einmalige Lebensweise für Frauen ausprobierten. Gemeinschaftssex ohne Bitterkeit. Schließlich sprach sonst niemals jemand darüber. Keines der Lesbenbücher, die wir so eifrig lasen, brachte uns auf die Idee, dass unsere Vision nicht neu war, ebenso wenig wie unsere Freude aneinander […].

Muriel, Lynn und ich legten für uns ausgesprochene und unausgesprochene Regeln der Höflichkeit fest, von denen wir hofften, sie würden gleichzeitig verletzte Gefühle zulassen und lindern helfen. […]

Manchmal ging es gut, manchmal nicht. Muriel und ich versuchten ohne Ende herauszufinden, warum. Trotz all ihrer manipulativen Lässigkeit war Lynn selten längere Zeit mit einer von uns beiden allein. Auch wenn wir noch so versuchten dagegen anzugehen, wurde ihr immer häufiger zu verstehen gegeben, dass dieser Flecken in der Seventh Street Muriel und mir gehörte und dass sie, Lynn, eine begehrte und erwünschte Besucherin war, aber immer eine Besucherin bleiben würde.

Ich hatte es anders gewollt. Muriel hatte es anders gewollt. Lynn hatte es anders gewollt. Wenigstens überall dort, wo unser Bewußtsein hindrang. Es war zwar nie anders, aber weder Muriel noch ich wollten das sehen, auch nicht wie unfair dieses vorentschiedene Spiel war. Sie und ich hatten uns gegenseitig; Lynn hatte nur von jeder von uns ein Stück und würde nur bleiben, solange sie gelitten war.«[72]

Trotz dieser Zweifel probieren es die beiden noch einmal:

»›Wie würdest du es finden, wenn Toni und ich zusammen schliefen?‹ Ich sah in ihre tiefen blauen Augen, die zum ersten Mal seit so langer Zeit leuchteten und offen blickten. Das war es also. Ihr erwartungsvolles Halblächeln half, meine Überraschung darüber zu mildern, wie leicht diese Frage, wieder einmal, aufgekommen war.

›Na, habt ihr schon?‹

›Noch nicht, natürlich nicht. Du weißt, ich würde es dir sagen.‹

Sie sprach so lebhaft und leichtherzig, dass ich gegen meinen Willen lächeln musste. Die alte Muriel war wieder da. Ich drückte meine Zigarette aus und

72) Lorde, *Zami*, S. 269 f.

legte mich zurück ins Bett. ›Na, ich bin froh, dass du gefragt hast. Komm mit ins Bett.‹ Muriel zog gerade ihre Turnschuhe aus.

Die Stiche meiner Eifersucht wurden durch die Abnahme meiner Schuldgefühle gemildert. Wobei ich nicht hätte sagen können, worin meine Schuld bestand. Ich lag neben Muriel, lauschte ihrem leisen Schnarchen und war mir immer noch nicht sicher, was ich empfand. Ich mochte Toni, und was noch wichtiger war, ich vertraute ihr. Traute ihr zu, für Muriel zu sorgen.

Ich liebte es, Muriels Augen strahlen zu sehen. Ich erinnerte mich an die Unruhe, die Lynn im letzten Jahr in unser Leben gebracht hatte, doch dies fühlte sich ganz anders an. Ich hatte eine Menge dazugelernt, Muriel fehlte auf jeden Fall etwas.

Aber ein anderer Teil von mir drehte sich vor großer Traurigkeit erfüllt in der Dunkelheit um. [...] In meinen Augen war Muriels und mein Leben bestimmt keine Idylle, aber doch etwas, das uns beiden kostbar war und das aufzubauen uns immer noch am Herzen lag. Und außerdem hatten wir doch gesagt *für immer.*«[73]

Auch bei Klaus Pohl funktioniert die Dreierkonstellation nicht gut. In seiner teilweise fiktiven, teilweise dokumentarischen Biografie *Die Kinder der preußischen Wüste* über den Schriftsteller Thomas Brasch, bringt er die Herausforderungen auf den Punkt:

73) Ebd., S. 291 ff.

»›Es ist alles so anstrengend, das Dreieck. Ich kann mir diese Herzensschlamperei nicht länger aufbürden. Meine widerstreitenden Gefühle und mein Gewissen erdrücken mich. Dabei liebe ich dich, ich liebe dich riesig, ich bewundere deinen Geist, deinen Mut.‹«[74]

EHE

Ehe – von hinten wie von vorne. Das erklärt vielleicht, weshalb die Ehe gerne als Symbol für ein geregeltes Leben bemüht wird. Wie bei Michael Lentz in *Liebeserklärung*, der seinen Protagonisten räsonieren lässt:

»Ein geregeltes Leben führen, hast du gesagt. Ich möchte ein geregeltes Leben führen, hast du gesagt. Mein Bruder, der ein geregeltes Leben führt, mit Frau und Kindern und Haus, und meine Eifersucht darauf, hast du gesagt. Dieses unbewohnbare Heimweh, nicht wahr, diese Schlüsselstelle, und Deutschland einig Regenland, Krefeld verlassen.«[75]

Die Ehe ist im romantischen Sinn ein Bund fürs Leben, sie ist aber vor allem ein Konstrukt, ein institutioneller, rechtlicher Status, der in dieser Gesellschaft privilegiert ist und die Versorgung im Falle einer Trennung oder im Todesfall regelt. Sie kann ein

74) Pohl, *Die Kinder der preußischen Wüste*, S. 344

75) Lentz, *Liebeserklärung*, S. 45

großes Versprechen auf Lebenszeit sein und die Hochzeit der romantischste Moment des Lebens. Sie kann aber auch aus pragmatischeren Gründen geschlossen werden. Dann ist sie vor allem eine gute Partie. Hier wird schon angedeutet, dass die Ehe viele Formen haben kann und sich ihre Form und Funktion im Laufe der Geschichte verändert hat. So wurden in Adelskreisen Ehen aus strategischen Gründen geschlossen, während Homosexuelle Anstandshochzeiten feierten. Lange Zeit überwog das Modell der Versorgerehe. Dass die Zeit dieser eher pragmatischen Ehen noch gar nicht so lange her ist, zeigt ein Zitat aus dem Buch *Der langsame Tod des Roland Barthes*, einer Biografie über Roland Barthes. Es schildert dessen Überlegungen, nach dem Tod seiner Mutter eine Bekannte zu heiraten, die für ihn den Haushalt gemacht hätte:

»Die Hochzeit hätte unter ihrem [der Mutter] Segen stattgefunden, stünde unter ihrem Schutz. Beinahe ein Traum! Umso mehr, da Myriam alle erforderlichen Qualitäten hat, um einen Haushalt zu führen: Sie weiß sogar, wie man ein Paprikaomelett zubereitet, unbestritten das beste Omelett der Welt.«[76]

Heute kann eine Ehe dem Partner ein Aufenthaltsrecht verschaffen oder beiden Steuervergünstigungen. Gleichzeitig bedeutet ihr Status als Bedarfsgemeinschaft, dass man für den Partner zum Beispiel im Falle von Arbeitslosigkeit aufkommen muss. In den

76) Algalarrondo, *Der langsame Tod des Roland Barthes*, S. 140

Worten von Maxie Wander ist die Ehe deswegen auch »kein Hafen, sondern ein Fluß, die Weiterentwicklung zweier unvollkommener Menschen«.[77]

Das bedeutet, wie die Mutter in Katharina Hackers Buch *Alix, Anton und die anderen* bemerkt:

»Jede Ehe [...] habe ihren Stachel. Jede Ehe sei nichts als ausbalancierte Uneinigkeit.

Jede Ehe eine Unternehmung, die auf gegenseitiger Mißachtung und auf Erbarmen beruhe. Jede Ehe halte – es gab so viele Sätze.«[78]

Bei Fjodor Dostojewski in *Verbrechen und Strafe* wird die Ehe jedenfalls aus Kalkül geschlossen. Die Ehe ist in diesem Fall vor allem für den Ehemann eine gute Partie, weil er sich in der Rolle des Versorgers profilieren (und Abhängigkeiten schaffen) kann:

»Dunja war ihm aber schlichtweg unentbehrlich; es war ihm unmöglich auf sie zu verzichten. Seit langem – schon seit mehreren Jahren – träumte er vom Heiraten, aber er vermehrte sein Geld und wartete. Mit Wonne stellte er sich insgeheim ein tugendhaftes und armes (unbedingt armes) Mädchen vor, sehr jung, sehr hübsch, gesittet, aus guter Familie, gebildet, sehr eingeschüchtert, die außerordentlich Schweres erlebt hatte und sich ihm vollkommen unterwarf, ein junges Mädchen, das ihn ihr ganzes Leben lang für seinen Retter halten, ihn anbeten, ihm gehorchen, ihn bewundern sollte – ihn allein. Wie viele Szenen, wie

77) Wander, *Leben wär' ne prima Alternative*, S. 219

78) Hacker, *Alix, Anton und die anderen*, S. 45

viele süße Episoden malte er sich zu diesem verführerischen holdseligen Thema aus, wenn er sich in der Stille von seinen Geschäften erholte! Und nun schien sich der Traum so vieler Jahre zu verwirklichen: Awdotja Romanownas Schönheit und Bildung hatten ihn überwältigt; ihre hilflose Lage reizte ihn bis zum äußersten. Hier fand er sogar noch einiges mehr, als er erträumt hatte: Dieses Mädchen war stolz, charakterfest, tugendhaft, an Erziehung und Bildung ihm überlegen (das fühlte er) – und ein solches Wesen sollte ihm lebenslang für seine heroische Tat dankbar sein, seinen Großmut bewundern und andächtig vor ihm auf den Knien liegen, während er unbegrenzt und ungeteilt herrschen würde! ... Es traf sich glücklich, daß er sich kurz zuvor nach langem Abwägen und Abwarten endgültig entschlossen hatte, seine bisherige Tätigkeit aufzugeben und in einen größeren Wirkungskreis einzutreten, der ihm allmählich den Zugang zur höheren Gesellschaft, nach der er schon lange geradezu wollüstig lechzte, eröffnen sollte. Mit einem Wort, er wollte es jetzt mit Petersburg versuchen. Ihm war nicht unbekannt, daß man von Frauen ›höchlichst, höchlichst‹ profitiert. Der Charme einer reizenden, tugendhaften und gebildeten Frau konnte seinen Weg auf erstaunliche Weise schmücken, ihn selbst anziehend machen, ihm eine Aureole verschaffen.«[79]

In *Die Kreutzersonate* von Leo Tolstoi wird die Ehe aus Sicht des Mannes ebenfalls idealisiert. Hier wird noch

79) Dostojewski, *Verbrechen und Strafe*, S. 415

einmal deutlich, wie unterschiedlich die Rollen und Konsequenzen für Mann und Frau sind:

»›So also lebte ich bis zu meinem dreißigsten Jahre‹, fuhr er fort, ›und nicht einen Augenblick gab ich die Absicht auf, zu heiraten und ein höchst ideales, reines Familienleben zu begründen, und in dieser Absicht sah ich mich eifrig unter den jungen Mädchen um, die für mich in Betracht kommen konnten. Ich besudelte mich selbst mit dem Schmutz der Ausschweifung und schaute gleichzeitig nach jungen Mädchen aus, die im Punkte der Keuschheit meiner würdig wären! Viele schied ich eben darum aus dem Wettbewerb aus, weil sie mir nicht rein genug erschienen; endlich aber fand ich eine, die ich für würdig erachtete, meine Gattin zu werden. Es war eine der beiden Töchter eines Gutsbesitzers aus dem Gouvernement Pensa, der einstmals sehr reich gewesen war, jedoch sein Vermögen verloren hatte.

Eines Abends, nachdem wir zusammen eine Kahnfahrt gemacht hatten und beim Mondschein heimgekehrt waren, saß ich neben ihr und war ganz entzückt von ihrem schlanken, in eine knappe englische Robe gepreßten Figürchen und ihren Locken, und plötzlich kam ich zu dem Entschluß: sie und keine andere ist es! [...]

Ich war in einem Wonnerausch heimgekehrt, vollkommen überzeugt, daß sie der Gipfel sittlicher Vollkommenheit und daher würdig sei, meine Gattin zu werden, und so trug ich ihr denn am nächsten Tage meine Hand an.

Was für eine Begriffsverwirrung! Unter tausend Männern, die heiraten, gibt es – nicht nur in unseren

Kreisen, sondern leider auch in den breiten Volksschichten – kaum einen einzigen, der nicht vorher schon zehnmal, ja, wie Don Juan, hundert – und tausendmal verheiratet gewesen wäre.«[80]

Anders aus der Zeit gefallen und geradezu entidealisiert wirkt die Vorstellung der Ehe, die B. F. Skinner in seinem Zukunftsroman *Futurum Zwei* entwirft:

»›Die Statistik zeigt‹, sagte Barbara mit sichtlichem Stolz, in Fraziers Ausdrucksweise zu verfallen, ›daß frühe Ehen zum Mißlingen tendieren.‹

›Weil Mann und Frau auseinanderwachsen, oder weil unser Wirtschaftssystem frühe Eheschließungen bestraft?‹

›Das weiß ich nicht.‹

›Wirtschaftliche Schwierigkeiten können Menschen auseinander bringen‹, sagte Frazier.

›Alles, was ich weiß ist, daß die Jungens, die ich früher mochte, mich jetzt nicht mehr interessieren‹, sagte Barbara und ließ die Statistik erleichtert beiseite. ›Ich kann mir gar nicht mehr vorstellen, was ich an ihnen gefunden hab.‹

›Ob das nicht für alle Lebensalter gilt? Wir wachsen auseinander, wenn wir nicht miteinander leben.

›Ich glaube‹, sagte Castle, ›es ist was dran an dem, was Miss Macklin sagt. In frühem Alter geraten wir noch nicht so leicht in unser späteres endgültiges Lebensmuster. Wir versuchen noch, uns selber zu finden.‹

80) Tolstoi, *Die Kreutzersonate*, S. 29 f.

›Na gut. Lassen wir diesen Punkt gelten – obwohl ich nicht einsehe, was für einen Unterschied das macht, denn wir in Futurum Zwei hören nie auf, uns zu wandeln. Aber wir können als Kompensation immerhin einige Vorzüge präsentieren. Wir haben die Gewißheit, dass Mann und Frau die gleiche wirtschaftliche Basis, die gleiche Kultur und die gleiche Erziehung haben. Was sagt die Statistik dazu?‹

Barbara versuchte nachzudenken. Schließlich meinte sie: ›Soweit ich mich erinnere, sind diese Dinge auch wichtig.‹

›Dann sind wir uns einig‹, sagte Frazier. ›Unsere Jungen und Mädchen kennen einander sehr gut. Überstürzte Eheschließungen gibt es bei uns nicht.‹

›Die Tatsache sehr früher Eheschließungen sollte eine Heirat auf Grund sexueller Anziehung ausschließen,‹ sagte ich. ›Aber störe ich da nicht auch Ihre liebevolle Zeichnung der Kinderliebe?‹

›Durchaus nicht. Kinderliebe pflegt gar nicht überwiegend sexuell zu sein, sondern vielmehr in hohem Maße idealistisch. Ich spreche nicht von der Erregung, die der Behinderung natürlicher Regungen entspringt, sondern von der Liebe, die spontan und unbehindert entsteht und deshalb die beste Garantie für ein Gelingen bietet.‹

›Sehr romantisch und unwissenschaftlich‹, bemerkte ich.

›Dann lassen Sie mich etwas Wissenschaftliches hinzusetzen. Wenn ein junges Paar sich verloben will, gehen die beiden zu einem Heirats-Manager. Der überprüft ihre Interessen, ihre Schulberichte, ihren Gesundheitszustand. Stellt man eine erhebliche Diskrepanz zwischen ihren Befähigungen oder Temperamenten fest, so wird ihnen von der Ehe abgeraten. Zumindest wird die Hochzeit verschoben, was in der Regel bedeutet, daß sie aufgehoben wird.‹

›So einfach geht das alles?‹

›Meistens ja. Die Gelegenheiten zu anderen Verbindungen sind dabei eine große Hilfe, genau wie im Falle persönlicher Eifersucht.‹

›Aber verderben Sie nicht einem jungen Mädchen ein paar ihrer besten Lebensjahre, wenn Sie es so jung heiraten lasen?‹

›Wir ›lassen‹ sie ja nicht heiraten – es ist ihre eigene Wahl. Sie überspringt einige der späten zehner und frühen zwanziger Jahre, die in der Literatur immer so romantisch dargestellt werden. Aber sie bekommt sie sehr bald zurück, nämlich wenn sie ihre Geburten hinter sich hat. Dann aber sind diese Jahre viel schöner für sie als jene, die sie aufgegeben hat. Für die meisten Mädchen ist das frühe Erwachsenenalter eine Periode der Sorge um Erfolg und Heirat. Für die wenigen die Glück haben, ist es echte Erregung. Die strahlende Debütantin mit einem Schwarm ergebener Verehrer ist ein künstlicher Knalleffekt, auf den die Zivilisation ruhig verzichten kann.‹

›Ich denke darüber nach‹, sagte ich, ›warum Ihre Enthüllungen eigentlich so beunruhigend sind. Ehen mit sechzehn, siebzehn Jahren sind in anderen Zeiten und Kulturen gar nicht so ungewöhnlich gewesen, trotzdem kommt mir dies als das Radikalste vor, das in Futurum Zwei vor sich geht.‹

›Ich glaube nicht, daß ich es mag‹, sagte Barbara.

Frazier warf ihr einen kalten Blick zu. ›Sie machen

es mir nicht leicht, Mr. Burris, Ihnen zu antworten. Ich wollte eben darauf hinweisen, daß es in anderen Zeiten und Kulturen eine viel frühere Geschlechtsreife gegeben hat. Mit sechzehn konnte man erwachsen sein. Ich glaube bestimmt, daß Miss Macklin von den Jahren, die sie so hoch bewertet, guten Gebrauch gemacht hat; aber das ist im großen Ganzen nicht der Fall. Mindestens die Hälfte der Jahre an den Hochschulen sind Vergeudung, wie unsere fortgeschritteneren Pädagogen nun allmählich entdecken. Unsere jungen Mitglieder, in welchem Alter auch immer, heiraten nicht vor ihrer Geschlechtsreife. Sie üben eine viel besserer Kontrolle über sich aus als Jugendliche ihres Alters irgendwo sonst, und sie mißverstehen ihre eigenen Emotionen oder die anderer viel weniger. Die sogenannten schönsten Jahre des Lebens, Miss Mackling, die kommen erst, nachdem die Probleme des Heranwachsens gelöst oder vorüber sind. Wir multiplizieren sie mehrfach.‹

›Ich glaube, die Befürworter der Geburtenkontrolle wissen Ihnen für diese frühen Ehen keinen Dank‹, sagte ich. […]

›Wir wollen eine Kultur fördern, die die Notwendigkeit der Geburtenbeschränkung einsieht. Wenn Sie dagegen halten, daß wir ein gutes Beispiel geben sollten, müssen sie mir erst beweisen, daß wir nicht allesamt ausgelöscht sein werden, ehe das Beispiel befolgt wird. Nein, unser genetisches Programm ist lebenswichtig. Wir machen uns über unsere Geburtenziffer oder deren Konsequenzen keine Sorgen.«[81]

81) Skinner, *Futurum Zwei*, S. 123–125

Gänzlich unromantisch wird es auch, wenn Eheverträge geschlossen werden, in denen klare Vereinbarungen darüber getroffen werden, wie diese Ehe aussehen soll. Lily Brett bringt in ihrem Roman *Chuzpe* einen ins Spiel:

»Jim Redding war am Telefon. […] Er wolle, erklärte er Ruth, einen Brief für seine Verlobte. Als Begleitschrieben zu einem Ehevertrag, den seine Anwälte aufgesetzt hatten. ›Eheverträge sind mittlerweile ganz verbreitet. Jeder macht das‹, brüllte er. Jim Redding kannte keine andere Tonart. Ruth stellte bei seinen Anrufen oft den Lautsprecher ein und den Ton leiser.

[…] Nach einer kurzen Pause brüllte er weiter: ›Ich liebe meine Verlobte. Der Brief soll romantisch sein. Sie soll wissen, daß es hier um eine Liebesheirat geht.‹

Ruth notierte das Wort ›romantisch‹. Liebe. Keine Kinder.

›Das Schlüsselwort heißt ›romantisch‹, sagte Jim Redding.«[82]

Hinter der romantischen Fassade geht es nur ums Geld, das ist auch Laurie Pennys Meinung, die sie in ihrem Buch *Unsagbare Dinge* verkündet:

»Die Ehe galt früher grundsätzlich als ein wirtschaftliches Arrangement. Ein wirtschaftliches Arrangement ist die Ehe auch in unserem Zeitalter der Disney-Prinzessinnen und der Einen Wahren Liebe. Sie nützt jedem Staat, dessen Wohlstand auf Eigentum

82) Brett, *Chuzpe*, S. 278 f.

gründet – das beweisen die intensiven Bemühungen der Staaten, dieses Arrangement im Steuersystem zu formalisieren und zu belohnen. Das ist einer der Gründe dafür, dass auch Queers, die prinzipiell gegen die Ehe sind, trotzdem beharrlich das Recht einfordern, auch ihr Leben zu ruinieren, wie es Heterosexuelle seit Jahrhunderten tun: Es geht um Geld.«[83]

Kurz und gut fasst es Jurek Becker zusammen:

»Über die Ehe läßt sich nun wirklich wenig positives sagen, außer dass sie manche Notsituation lindert: Krankheit, Erschöpfung, Geldmangel, Vergeßlichkeit und dergleichen. Das ändert nichts daran, daß sie selbst eine permanente Notsituation ist.«[84]

EIFERSUCHT

Barthes zitiert unter diesem Stichwort den Philosophen Émile Littré: »Gefühl, das in der Liebe entsteht und das von der Befürchtung erzeugt wird, die geliebte Person bevorzuge einen anderen.«[85] Was kann man dem noch hinzufügen? Barthes selber, der schreibt: »Die Zärtlichkeit ist mit Recht nicht ausschließlich, ich muss also zulassen, dass, was ich erhalte, andere ebenfalls bekommen (und manchmal wird mir das sogar direkt vor Augen geführt).«[86]

83) Penny, *Unsagbare Dinge*, S. 243f

84) Becker, *Amanda herzlos*, S. 69

85) Littré zit. n. Barthes, *Fragmente einer Sprache der Liebe*, S. 72

86) Ebd., S. 257

Wie Tomas in Milan Kunderas Buch *Die unerträgliche Leichtigkeit des Seins*:

»Dieser Tanz schien ihm zu verraten, dass ihre Opferbereitschaft, ihr leidenschaftlicher Wunsch, alles zu tun, was sie Tomas von den Augen ablesen konnte, nicht notwendigerweise an seine Person gebunden war, sondern dass sie bereit gewesen wäre, dem Ruf jedes Mannes zu folgen, den sie an seiner Statt getroffen hätte. Es fiel ihm nicht schwer, sich Teresa und seinen Kollegen als Liebespaar vorzustellen. Gerade diese Leichtigkeit, mit der er sich das mühelos vorstellen konnte, verletzte ihn.

Teresas Körper war mühelos mit jedem anderen männlichen Körper im Bett vorstellbar, und dieser Gedanke verdarb ihm die Laune. Als sie spät in der Nacht nach Hause kamen, gestand er ihr seine Eifersucht.«[87]

Interessant ist der folgende Absatz, in dem deutlich wird, dass Tomas mit zweierlei Maß misst. Denn das, was ihn potenziell (!) bei Teresa so schmerzt, ist für ihn selbstverständlich, da er neben ihr noch weitere Freundinnen hat:

»Diese absurde Eifersucht, die sich auf eine rein theoretische Möglichkeit bezog, war der Beweis dafür, dass er ihre Treue für eine unbedingte Voraussetzung hielt. Wie konnte er ihr verübeln, dass sie auf seine sehr realen Freundinnen eifersüchtig war?«[88]

87) Kundera, *Die unerträgliche Leichtigkeit des Seins*, S. 20

88) Ebd.

Hier deutet sich an, dass Eifersucht absurde, wahnhafte Formen annehmen und sehr destruktive Energien freisetzen kann. Merkwürdigerweise gibt es ungeachtet dessen immer noch Personen, die glauben, bei Eifersucht handele es sich um einen Liebesbeweis, mit dem ich dem anderen signalisiere, dass es mir nicht egal ist, was er/sie mit anderen macht (treibt).

Doch wo beginnt eigentlich die Eifersucht? »Ab wann kann man von Eifersucht reden, von aufkeimender Eifersucht?« fragt Ulrich Peltzer in *Teil der Lösung* und gibt auch gleich eine Antwort. Beim »seltsame[n], oft ungesunde[n] Bedürfnis, alles über eine Person zu erfahren, für die man bestimmte Gefühle hegt, etwas mehr empfindet als gewöhnliche Zuneigung. Noch in einem Stadium vor dem Bewußtsein, vor einer Sprache, in der es sich ausdrücken ließe.«[89]

Dieses Zitat legt nahe, darüber nachzudenken, worum es beim Eifersüchtigsein eigentlich geht und was der Auslöser für dieses Gefühl ist. Ist es die eigene Unsicherheit ob der Frage, was bin ich dem anderen wert? Die Angst, die Liebe und Aufmerksamkeit mit jemand teilen zu müssen bzw. den anderen zu verlieren? Aber geht es dabei wirklich um das Verhalten des Partners oder um *mein* Bedürfnis einzigartig und unersetzbar zu sein?

Um Eifersucht zu vermeiden, sollte man in die Beziehung vertrauen. Wenn die Bereitschaft (und das

89) Peltzer, *Teil der Lösung*, S. 223

Vermögen) dazu fehlt, kann Eifersucht zu Schnüffelaktionen führen, zum Spionieren anregen. So wie in Max Frischs Buch *Mein Name sei Gantenbein*, in dem sich der Protagonist blind stellt, um seiner Frau nachstellen zu können:

»Ich stelle mir vor: Lila betrügt mich (um dieses sehr dumme Wort zu gebrauchen), von Anfang an, aber sie weiß nicht, daß ich es sehe und freut sich wie ein Kind, wenn ich sie draußen am Flughafen abhole, jedes Mal. Ich warte auf der Zuschauerterrasse, gestützt auf mein schwarzes Stöcklein, die Brille im Gesicht, versehen mit der gelben Armbinde. Sie winkt nicht, wenn sie dann im geführten Rudel der Passagiere über das weite Betonfeld geht, und natürlich winke ich auch nicht. Um nicht aus der Rolle zu fallen vor Freude. Ich sehe einen Herrn, der ihr den Mantel trägt, und Lila, während sie Ausschau hält, hängt ihm ein. Jetzt hat sie mich gesehen. Ich seh's. Und dann verschwinden sie unten in der Zollhalle. Nie werde ich fragen, wer dieses Herr gewesen ist. Denn Lila erwähnt ihn ja nie, und ich könnte nicht erklären, wieso ich von seiner Existenz überhaupt weiß, nicht ohne meine Rolle dadurch zu gefährden.«[90]

Später räsoniert er über die Gründe für Eifersucht: »Eifersucht als wirklicher Schmerz darüber, daß ein Wesen, das uns ausfüllt, zugleich außen ist. Ein Traumschreck bei hellichtem Tag. Eifersucht hat mit der Liebe der Geschlechter weniger zu tun, als es scheint; es ist die Kluft zwischen der Welt und dem

90) Frisch, *Mein Name sei Gantenbein*, S. 74 f.

Wahn, die Eifersucht im engern Sinn nur eine Fußnote dazu, Schock: die Welt deckt sich mit dem Partner, nicht mit mir, die Liebe hat mich nur mit meinem Wahn vereint.«[91]

Apropos Wahn: In Leo Tolstois *Kreutzersonate* geht es ebenfalls um ein Eifersuchtsdrama, das sogar im Mord endet. Aber auch hier wird nicht klar, ob es wirklich einen Grund für die Eifersucht gegeben hat oder ob sich alles nur in der Imagination abgespielt hat:

»Und nun begann dieses Spiel des gegenseitigen Belügens. Ich lächelte Zuvorkommend und tat, als ob mir das alles sehr angenehm wäre. Er sah meine Frau so an, wie alle sittenlosen Männer hübsche Frauen anzusehen pflegen, wobei er sich so anstellte, als ob für ihn nur der Gegenstand der Unterhaltung von Interesse sei, während gerade dieser ihn am wenigsten interessierte. Sie suchte gleichgültig und harmlos zu erscheinen, aber das ihr wohlbekannte, künstlichlächelnde Mienenspiel meines von Eifersucht erregten Gesichtes und der lüsterne Blick des Gastes machten sie offenbar befangen. Ich sah, daß vom ersten Augenblick an ihre Augen in eigentümlicher Weise erglänzten, und meine Eifersucht bewirkte es wohl, daß zwischen ihm und ihr sozusagen, ein elektrischer Strom entstand, der bei beiden den gleichen Ausdruck in Blick und Lächeln hervorrief. Sie errötete, er errötete. Sie lächelte, er lächelte. Wir plauderten von Musik, von Paris, von allen möglichen Bagatellen. Er erhob sich, um zu gehen, stand, den Hut am zucken-

91) Ebd., S. 244

den Schenkel, lächelnd da und sah bald sie, bald mich an, als wartete er, was wir wohl beginnen würden.

Ich habe diesen Moment ganz besonders im Gedächtnis behalten: hätte ich ihn nicht eingeladen, so wäre gar nichts geschehen. Doch ich sah ihn und sie an. ›Glaube nicht etwa, ich sei eifersüchtig‹, sprach ich in Gedanken zu ihr und fuhr dann, zu ihm gewandt, fort: ›oder ich fürchtete deine Nebenbuhlerschaft‹, und ich lud ihn ein, gelegentlich am Abend seine Geige mitzubringen und mit meiner Frau zu musizieren. Sie sah mich erstaunt an, wurde rot, meinte erschrocken, sie spiele doch nicht gut genug und weigerte sich, mit ihm zusammen zu spielen. Ihre Weigerung reizte mich noch mehr, und ich bestand nun erst recht auf meinem Vorschlag.

Ich erinnere mich des seltsamen Gefühls, das mich beschlich, als ich ihn mit seinem hüpfenden Vogelschritt hinausgehen sah und seinen weißen Nacken mit dem in der Mitte gescheitelten schwarzen Haar betrachtete. Ich sagte mir im stillen, daß die Anwesenheit dieses Menschen mir unbedingt peinvoll sei. Es hinge nur von mir ab, dachte ich, es so einzurichten, daß sie ihn niemals zu Gesicht bekäme – aber das hätte dann so ausgesehen, als ob ich Angst vor ihm habe. Nein, ich hatte keine Angst! Das wäre gar zu erniedrigend, redete ich mir ein. Und so lud ich ihn dann im Vorzimmer, wohl wissend, daß meine Frau es hörte, noch zu diesem Abend ein. Er nahm es an, versprach, seine Geige mitzubringen, und empfahl sich.«[92]

92) Tolstoi, *Kreutzersonate*, S. 83 f.

Der Psychologe Harald Oberbauer, der Eifersuchtsberatung anbietet, erklärt im Interview den Unterschied zwischen Eifersucht und Wahn so:

»*Krankhaft ist die Eifersucht dann, wenn die Lebensqualität des Eifersüchtigen – oder die Lebensqualität des Partners beeinträchtigt ist. Das heißt, wenn ich mich nicht mehr auf die Arbeit konzentrieren kann. Wenn ich ständig denke: Wo ist sie? Was macht er gerade? Belügt sie mich? Wenn ich dauernd kontrolliere, wir nennen das Checking. Oder wenn ich Gewalt anwende, wenn ich jemanden einsperre oder züchtige. Man muss sich das wie ein ständiges Kontinuum vorstellen: Es fängt mit liebesfördernder Eifersucht an. 98 Prozent der Menschen kennen diese leichte Form, […] und diese Erregung hat ja auch etwas Schönes, dieses Gefühl also, eine Frau neben sich zu haben, nach der sich alle Männer umdrehen.*

Und wo hört es auf?

Beim Wahn. Der Eifersüchtige hat die unumstößliche Gewissheit, dass es so ist und nicht anders. Die Wahrnehmung ist dermaßen eingeengt, dass man sonst nichts mehr denken kann.«[93]

Apropos eingeengte Wahrnehmung: Oft ist bei der Eifersucht nicht klar, was zuerst da war: der Seitensprung oder das Misstrauen. Bei Wolfgang Koeppen in *Eine unglückliche Liebe* ist die Antwort klar. Hier wird die Frau durch das Misstrauen des Mannes zum Fremdgehen animiert. In ihren Worten:

»Er ist so eifersüchtig, daß ich ihn betrügen muß. Ich habe gar nichts davon, aber wenn er abends

93) Oberbauer im Gespräch, S. 10

mich nach Hause bringt und dann vor der Tür steht und wie ein Hund mich ansieht und fleht, ich möchte nun doch auch wirklich in mein Bettchen gehen und dableiben, ja dann zwingt er mich doch, nach einer Weile im dunklen Treppenhaus die Stufen wieder herabzuschleichen und irgendwo hinzugehen.«[94]

Eifersucht muss sich übrigens nicht auf die partnerschaftliche Beziehung beschränken. Eifersüchtig kann man auch das Gekicher mit der besten Freundin, das vertraute Verhältnis zur Schwester oder auf die mit dem Kumpel geteilte Fußballleidenschaft sein. Oder wie im Fall *Franziska Linkerhand* von Bettina Reimann auf die nicht geteilten Erinnerungen und das nicht gemeinsam verbrachte Leben:

»Ach Ben, Ben, wo bist du vor einem Jahr gewesen, wo vor drei Jahren? Welche Straßen bist du gegangen, in welchen Flüssen hast du gebadet, mit welchen Frauen geschlafen? Wiederholst du nur eine geübte Geste, wenn du mein Ohr küßt oder die Armbeuge? Ich bin verrückt vor Eifersucht … Die Gegenwart macht mir nicht angst … aber deine Erinnerungen, gegen die ich mich nicht wehren kann, die Bilder in deinem Kopf, die ich nicht sehen kann, ein Schmerz, den ich nicht geteilt habe … Ich möchte mein Leben verdreifachen, um nachzuholen, die lange lange Zeit, als es dich nicht gab.«[95]

94) Koeppen, *Eine unglückliche Liebe*, S. 124

95) Reimann, *Franziska Linkerhand*, S. 5

Einsamkeit lässt viele verzweifeln und auf die Suche gehen. Doch Bedürftigsein ist alles andere als sexy. Anschaulich schildert Wolfang Koeppen in *Das Treibhaus* das Elend der Einsamen, die seinem Protagonisten beim Bummel durch die Stadt begegneten:

»Was dachten sie? Was litten sie? Waren sie sinnlich? Quälte es sie? Suchten sie Partner für die Geilheit, die in ihnen gärte? Sie würden die Partner nicht finden. Die Partner waren überall: Sie gingen aneinander vorüber, Männer und Frauen, sie tränkten sich mit Bildern, und in der gemieteten Kammer, in dem gemieteten Bett würden sie sich der Straße erinnern und sich selbst befriedigen. Einige hätten sich gerne betrunken. Sie hätten gern ein Gespräch geführt.«[96]

In *Zami* beschreibt Audre Lorde, wie die Verzweiflung dazu führen konnte, dass man eine Verbindung im Namen der Liebe eingeht »ohne Rücksicht darauf, wie schlecht man eigentlich zusammenpasste«. Ein Grund war das Fehlen von Treffpunkten und Möglichkeiten des Kennenlernens im New York der 50er Jahre: »Andere lesbische Frauen zu treffen, war schwierig, außer in den Bars, in denen ich nicht verkehrte, weil ich nicht trank. Wir lasen The Ladder und den Rundbrief der Daughters of Bilitis und fragten uns, wo all die anderen ›gay girls‹ waren. Oft

96) Koeppen, *Das Treibhaus*, S. 148

genügte die Entdeckung, dass eine andere Frau lesbisch war, als Anlass, eine Beziehung zu versuchen. Eine Verbindung im Namen der Liebe zu versuchen, ohne Rücksicht darauf, wie schlecht man eigentlich zusammenpasste. Das waren die Früchte der Einsamkeit.«[97]

Zweisamkeit ist kein Garant gegen Einsamkeit, wie auch diese Textstelle aus Jenny Erpenbecks Buch *Aller Tage Abend* zeigt, denn auch in Momenten der ➢ Nähe (212), kann man sich einsam fühlen. Hier ist es der Tod einer gemeinsamen Freundin, der die zwei Hinterbliebenen für einen Moment näherbringt. Doch auf das Vergessen in der ➢ Hingabe (129) folgt die Enttäuschung:

»Dann aber schläft der Mann, kaum dass er neben ihr liegt, ein, die Wärme seines Körpers liegt neben der Wärme ihres Körpers, aber der Mann rührt sie die ganze Nacht über nicht an, nicht einmal im Traum. Die ganze Nacht hört sie ihn neben sich atmen, weiß aber nun Atemzug zu Atemzug sicherer, dass es keinen Sinn hat, die Hand nach ihm auszustrecken. Das Weinen, das ihr seit der Abfahrt des Siebzig-Einunddreißig in der Kehle gesteckt hat, kommt nun endlich hervor, aber als ein anderes Weinen: Aus einem Weinen um die gestorbene Freundin verkehrt es sich, noch in ihrer Kehle, in ein Weinen aus Eifersucht auf die Tote, aus einem Weinen aus Trauer in eines aus Wut über den geliebten Mann, der sie zwar eingeladen hat, das Bett mit ihm zu teilen,

97) Lorde, *Zami*, S. 190

sich aber nun weigert, sie zu trösten für den Verlust, den er gerade erleidet. Irgendwann, am Ende der Nacht, weint sie nur noch aus Scham. Auf eine Frage, die sie, wenn es nach ihr gegangen wäre, noch lange nicht, und vielleicht nie gestellt hätte, hat sie nun, ein für allemal, Antwort. Antwort, die sie niemals hätte erfragen wollen, nämlich die, dass der Mann freundlich ist, sie jedoch nicht liebt, dass seine Trauer um die Verstorbene tief und wahrhaftig ist, während ihrem eigenen doppelbödigen Wesen nichts in der Welt entspricht. Wie gleichgültig wäre ihr, hätte nur er allein so gedacht wie sie, das Urteil von Vater, Mutter und Freunden gewesen, durch die Niederlage jedoch ist sie nun unwiderruflich verurteilt. Schlafend hat er sie in die Hoffnung geschickt, und schlafend auch sie vernichtend geschlagen. Einsamer als je steht sie im Morgengrauen von der Seite des Schlafenden auf, niemand, der wüsste, was sie erhofft hat, wüsste, was sie gehofft hat, wünschte sich mehr mit ihr Umgang, nur sie selbst muss ihren Leib, der sie so in die Irre geführt hat, weiter ertragen. Wäre sie noch in der Nacht nach Hause gegangen, wie sie ursprünglich wollte, wäre der Weg nichts weiter gewesen als Schritte, als ein Fuß vor den anderen. Jetzt aber weiß sie, was es bedeutet, wenn die Möglichkeit, den Rückzug anzutreten, nicht mehr besteht. Sie sucht ihre Sachen zusammen und verlässt, ohne den Mann zu wecken die Wohnung.«[98]

Georg Büchner bringt es in *Dantons Tod* kürzer auf den Punkt:

98) Erpenbeck, *Aller Tage Abend*, S. 104 f.

»Julie: Glaubst du an mich?

Danton: Was weiß ich! Wir wissen wenig voneinander. Wir sind Dickhäuter, wir strecken die Hände nacheinander aus, aber es ist vergebliche Mühe, wir reiben nur das grobe Leder aneinander ab – wir sind sehr einsam.«[99]

ERREGUNG

Währens es beim ➢ Sex (231) um den Vollzug des Aktes geht, werden hier Einträge versammelt, bei denen es um das Erregtwerden beziehungsweise den Zustand des Erregtseins geht; um das (langsame) Steigern der Lust, den Drang und die Ungeduld sowie die Erlösung, die eventuell darauf folgt. Für das Erregtwerden reicht manchmal schon die ➢ Imagination (148) aus, das darüber Sprechen und Anschauen. Durch das Spiel des Hinauszögerns wird die Lust noch gesteigert, werden sinnliche Stromschläge erzeugt. Oft wird etwas umso begehrenswerter, je unerreichbarer es ist.

Ein eindrückliches Beispiel für den fieberhaften Zustand der Erregung liefert Maria Nurowska in *Der russische Geliebte*:

»Ich lief am Plankenzaun entlang, wo die verwilderten Himbeersträucher wuchsen. Ein dichtes, ineinander verworrenes Geranke. Ohne auf das stachelige, sich an der Kleidung festhakende Gezweig zu

99) Büchner, *Dantons Tod*, S. 5

achten, kroch ich mitten hinein in einen dieser Sträucher und pflückte die Zweige zu mir herunterbiegend, ihre Himbeeren mit den Lippen. Ich zog dabei den Hals ein, denn die eisigen, lockeren Tropfen, die auf den Früchten und Blättern saßen, glitten mir in den Kragen. Der Schauder, den die Wasserbächlein, die über meine nackten Schulter rieselten, hervorriefen, verschmolz mit der Süße der Himbeeren im Mund. Diese beiden Empfindungen, angenehm und unangenehm zugleich, versetzen mich in einen Zustand fieberhafter Erregung. Händeweise stopfte ich mir nun die Himbeeren in den Mund, ohne darauf zu achten, daß mir der Saft übers Kinn lief und Flecken auf meinem Kleid hinterließ. Zu keinem Zeitpunkt habe ich später so intensiv empfunden wie damals, als ich, von unbezähmbarer Gier befallen, alle Himbeeren aufessen wollte.«[100]

Auch bei Juli Zeh geht es in *Nullzeit* heiß her – obwohl sich die Szene unter Wasser in Taucheranzügen abspielt und dadurch ein »Happy-End« verhindert wird:

»Ich weiß nicht mehr, wer von uns zuerst die Hände ausstreckte. Ich weiß noch, dass ich sie an den Schultern packte und in meine Arme zog, und dass sie die Umarmung sofort erwiderte. Wir konnten uns nicht küssen, weil wir die Atemgeräte in den Mündern behalten mussten. Wir konnten uns nicht streicheln, weil ein halber Zentimeter Neopren die Haut bedeckte und überall Ausrüstungsgegenstände den Weg versperrten. Mir blieben ihre Hände und ihr

100) Nurowska, *Der russische Geliebte*, S. 88

Hinterkopf. Ich schob eine Hand in den Armausschnitt ihres Tarierjackets, um wenigstens die flachgedrückte Form ihrer Brust unter dem Neopren zu ertasten. Ich drehte Jola um und beugte sie nach vorn, um mich an ihrem gummierten Hintern zu reiben. Überlegte, ob ich es wagen könnte, sie auszuziehen. Sie mit einer Hand am Bleigurt zu fassen, ihr mit der anderen vorsichtig das Tarierjacket abzunehmen. Die Flasche auf den Grund zu legen. Sie hätte sich mit beiden Armen daran festhalten können, um nicht abgetrieben zu werden. Wahrscheinlich wäre es mir gelungen, sie halb aus dem Anzug zu schälen. Allein die Vorstellung, den Reißverschluss aufzuziehen und ihre Brüste herauszuheben, während sie bäuchlings am Meeresgrund lag, hilflos, wie ein Neugeborenes, durch einen Schlauch an die Luftversorgung gekettet, brachte mich um den Verstand.«[101]

Miranda July schildert in ihrer Kurzgeschichte *Majestät* aus dem Sammelband *Zehn Wahrheiten* das Erregungspotenzial von erotischen Geschichten am Telefon:

»Ich konnte ihn durch seine Hosen sehen, er war so halb erigiert, daran konnte ich schon sehen, dass er groß war.

Hör jetzt bitte auf.

Aber als er die Hose auszog, hätte ich mich fast vollgeschissen, ich dachte nur noch: Bitte Süßer, steck das Ding in mich rein, aber schnell!

Ah ja.

101) Zeh, *Nullzeit*, S. 94

Und dann holte er so ein winziges Bändchen oder so was raus und knotetet es um seinen Schwanz, und ich: Wozu soll das denn gut sein? Und er lachte bloß wie ein unartiger kleiner Junge. Dann zog ich diesen geschmacklosen Slip an, den ich gerade gekauft hatte, der hat so einen durchgehenden Reißverschluss, von vorne nach hinten, weißt du? Aber ich glaube, der gefiel ihm nicht besonders, denn er zog ihn mir einfach aus und sagte, ich soll es mir selbst besorgen. Hast du schon mal einen Kerl so was sagen hören? Besorg es dir selbst?

Nein.

Natürlich nicht. Na, jedenfalls rubbelte und rubbelte ich und war irre feucht, und er hält mir sein Ding praktisch ins Gesicht, bis ich total geil darauf bin, und dann, du wirst es nicht glauben, spritzt er mir glatt ins Gesicht ab. Ohne ihn mir überhaupt reinzustecken. Ist das zu fassen?

Ja.

Gut, wahrscheinlich schon. Ich schätze, er war noch verdammt jung und hatte noch sie so eine weiße Muschi gesehen.

Und dann schwieg meine Schwester, um mich am Telefon atmen zu hören. Sie konnte hören, dass ich so weit war, dass ich gekommen war. Also verabschiedete sie sich, verabschiedete ich mich, und wir legten auf. So steht es zwischen uns, so war es schon immer. Sie hat mich schon immer auf diese Weise mitversorgt. Wenn ich sie still und leise umbringen könnte, ohne dass es jemand tut, würde ich es tun.«[102]

102) July, *Zehn Wahrheiten*, S. 42 f.

Eine ähnliche Überrumpelungstaktik wendet Charlotte Roche in *Feuchtgebiete* an:

»Jungs reagieren alle gleich auf dieses Geschenk. Der Finger kriegt einen Herzinfarkt und verharrt kurz. Dann muss noch etwas rumgefühlt werden, weil er nicht glauben kann, was er da am Finger hat. Jeder denkt natürlich erst, die hat keine Unterhose an. Wenn die Unterhose mit Loch drin wie bei einem Fühlspiel ertastet wurde, ist klar, dass ich das vor Stunden vorbereitet und gebastelt habe. Das zaubert ein dreckiges, breites Grinsen aufs Gesicht von meinen Zukünftigen. Also zukünftigen Fickpartner.

Ich habe selber einen leichten Schweißausbruch vom Erzählen. Warum mache ich so was eigentlich? Ich glaube, ich bin wegen seinem Kompliment am Anfang berauscht. Immer noch einen drauf setzen, Helen, was?

Robin steht da mit leicht geöffnetem Mund, und meine Geschichte zeigt Wirkung. Ich kann seine Schwanzbeule durch die weiße Pflegerhose sehen. Während ich ihm das erzählt habe, hat es auf dem Flur ununterbrochen geklingelt. Andere Patienten, die was von Robin wollen. Aber nicht das Gleiche wie ich.

›Ok, bis später dann.‹ Und weg ist er.

Ich habe ihn verstört. Es ist wie ein Sport. Ich muss in einem Raum immer die Lockerste der Anwesenden sein. Diesmal habe ich gewonnen.«[103]

103) Roche, *Feuchtgebiete*, S. 101 f.

FAMILIE

Bei diesem komplexen Begriff greife ich ausnahmsweise einmal auf Wikipedia zurück. Dort steht: »Familie (lateinisch familia ›Hausgemeinschaft‹) bezeichnet soziologisch eine durch Partnerschaft, Heirat oder Abstammung begründete Lebensgemeinschaft, im westlichen Kulturkreis meist aus Eltern oder Erziehungsberechtigten sowie Kindern bestehend, gelegentlich durch weitere, mitunter auch im gleichen Haushalt lebende Verwandte oder Lebenspartner erweitert. Die Familie ist demnach eine engere Verwandtschaftsgruppe.«[104]

Diese funktionale Definition erweitert Carolin Emcke in ihrem Buch *Wie wir begehren* um die emotionalen Verwicklungen, die diese »Verwandtschaftsgruppe« mit sich bringt:

»Ich gebe zu, mir scheint eine Familie immer ein gewagtes Unterfangen, ganz gleich, welche Art von Familie es ist, eine mit zwei Müttern oder eine mit einem Vater und einer Großmutter. Mir erschien es immer schon fragwürdig, dass ein solch komplexes Gebilde als das Selbstverständlichste von der Welt gilt, dass behauptet wird, es sei so leicht, wo es das schon für unsere Eltern und Großeltern nicht war, als gäbe es diese Geschichte der Verletzungen nicht, als gäbe es nicht all die Geheimnisse und Lügen, all die Schmerzen und Verluste, die weitergereicht werden von Generation zu Generation als eine Last, die alle

104) http://de.wikipedia.org/wiki/Familie

niederdrückt.«[105] Tatsächlich besteht die Familie oftmals aus Menschen, mit denen einen nichts verbindet außer dem Verwandtschaftsgrad.

Um diesen Lasten und den Verpflichtungen der familiären Verbundenheit zu entgehen, entwickelt der Psychologe B.F. Skinner in seinem Zukunftsroman *Futurum Zwei* eine Gemeinschaftsutopie, in der die Familie an Bedeutung einbüßt:

»Frazier begann: ›Ein hervorstechender Zug in der Geschichte unserer Zeit ist der Prozeß einer fortschreitenden Zersetzung der Familie. Der Niedergang des Zuhause als Medium des Fortbestehens einer Kultur, der Kampf der Frauen um Gleichberechtigung einschließlich des Rechtes, sich ihren Beruf außerhalb des Haushaltes und der Kinderstube zu wählen, die Folgeerscheinungen der Geburtenkontrolle und die Trennung von Sex und Elternschaft, die soziale Anerkennung der Scheidung, die Skepsis gegenüber Rasse und Blutsbande – all dies sind Bestandteile desselben Vorgangs. Und man kann das schwerlich beruhigend finden.

Ein Gemeinwesen hat das Familienproblem zu lösen, indem es gewisse eingefahrene Praktiken revidiert. Das ist unvermeidlich. Die Familie ist eine überalterte Form der Gemeinschaft, und die Bräuche und Gepflogenheiten, die ihrem Fortbestehen gelten, haben in einer Gesellschaft, die nicht auf blutsmäßigen Zusammenhängen aufgebaut ist, keinen Platz mehr. Futurum Zwei nun löst die Familie nicht nur als

105) Emcke, *Wie wir begehren*, S. 231

wirtschaftliche, sondern auch als soziale und psychologische Einheit ab. Was dabei überlebt, ist eine Frage des Experiments.‹

›Zu welchen Resultaten sind sie gelangt?‹

›Zu definitiven noch nicht. Aber ich kann einige der Familienpraktiken beschreiben, die zu unseren Plänen gehörten, und Ihnen die Ergebnisse verraten. Ein paar Experimente sind zu unserer Zufriedenheit ausgefallen.‹

›Nämlich?‹

›Zum Beispiel die getrennten Zimmer für Mann und Frau. Wir bestehen nicht darauf, aber auf die Dauer vertragen sich die Eheleute besser, wenn sie nicht zusammen in einem Zimmer wohnen. Oft haben unsere Besucher die Vorstellung, das Leben in einem Gemeinwesen bedeutet ein Opfer des Privaten, Intimen. Ganz im Gegenteil, wir sind auf erheblich mehr Privatsphäre bedacht, als es sie in der Außenwelt gibt. Hier kann man nach Wunsch allein sein. Sein Zimmer ist eine Burg.‹

›Wie können Sie BEWEISEN, daß getrennte Räume ratsam seinen?‹ fragte Castle.

›Sehr einfach. Wir haben alle Ehegatten befragt, ob sie einverstanden wären, die Frage gemeinsame Einzel-Zimmer durchs Los zu entscheiden. Das war in früheren Tagen. Dasselbe machten wir mit neuen Mitgliedern. Unsere Psychologen bleiben bei allen persönlichen Problemen ständig auf dem Laufenden und haben nach acht Jahren die Einstellung und Stimmung unserer Mitglieder im Hinblick auf diese Frage analysiert. Das ist auch so ein Experiment, das anderswo als in Futurum Zwei beinahe undenkbar wäre. Das Resultat lag klar zutage. Das eigene Zimmer machte nicht nur den Einzelnen glücklicher und gefestigter, sondern festigte auch die Liebe und Zuneigung zwischen den Ehegatten. Die meisten unserer Ehepaare sind jetzt in getrennte Zimmer umgezogen. Es ist nicht einfach, neuen Ehepaaren die Vorteile klarzumachen, ich vermute, das gemeinsame Zimmer wird jeweils bevorzugt, bis die Zeit des Kinderkriegens um ist. Aber die Vorzüge der getrennten Zimmer für die Zeit danach: Wohlbefinden, Behaglichkeit, persönliche Freiheit – sind viel zu groß, um übersehen zu werden.‹

›Aber verführt das nicht zu Promiskuität?‹ fragte Castle.

›Im Gegenteil, es stärkt Treue und Zuneigung. Wir können sicher sein, daß jede andauernde Leidenschaft echt ist und nicht Resultat eines Polizeisystems, und darauf sind wir stolz. Wir bewerten die Zuverlässigkeit einer Leidenschaft sehr hoch.

Tatsache ist, daß es in Futurum Zwei nicht mehr Partnertausch gibt, als sonst auch. Wahrscheinlich weniger. Einmal begünstigen wir Freundschaften zwischen den Geschlechtern, was in der Außenwelt ja als verpönt gilt. Dort muß zu einer heimlichen ›Affäre‹ werden, was eine schlichte Freundschaft sein könnte. Wir hier leisten der Freundschaft Vorschub. Wir praktizieren keine ›freie Liebe‹, aber freie Zuneigung kennen wir sehr wohl. Von da bis zum Ausleben der Bedürfnisse, das zur Promiskuität führt, ist ein weiter Weg. Wir haben erfolgreich den Grundsatz ›Verführung wird nicht erwartet‹ durchgesetzt. Schließt ein Mann mit einer Frau Bekanntschaft, so wird nicht vorausgesetzt, daß er ihr Avancen macht, und die Frau ist nicht beleidigt, wenn diese ausbleiben. Für uns ist solche Sexspielerei nur das, was sie ist: nicht eine Bekundung von Potenz, sondern von Verzettelung und Flatterhaftigkeit. Ich will nicht behaupten, daß es in Futurum Zwei nie ›illegale‹ Liebe gegeben hätte, aber es pflegt sich dabei dann um ein Minimum von bloßem Sex ohne Liebe zu handeln. Wir sehen eine außereheliche Liebe durchaus nicht als gerechtfertigt oder problemlos an. Das Problem der verlassenen Frau bleibt immer bestehen. Aber wir tun alles, was wir können, um keine Traurigkeit aufkommen zu lassen. Es gehört zu unserm Verhaltens-Kodex, daß über persönliche Bindungen nicht geredet wird. Eine leichte Störung erledigt sich meistens von selbst. Außerdem gibt es viele Gelegenheiten zu anderen Neigungen – das sind Hilfen. Keiner fühlt sich völlig verlassen, und verwundeten Stolz gibt es kaum.

Im Augenblick ist das das Beste, was wir tun können. Eine endgültige Lösung ist es nicht, aber doch ein Gewinn. Vergessen Sie nicht, daß manche Kulturen die Umschichtung von Ehen durchaus nicht verurteilen – denken Sie an die häufigen Scheidungen bei denen, die es sich leisten können. So weit sind wir hier nicht gegangen und werden es auch nicht. Im wirtschaftlichen Sinne können wir mit der Dauerehe überhaupt aufräumen, tun es aber nicht. Zuneigung ist mehr als romantische Verbrämung einer lediglich ökonomischen Verbindung.‹

›Sahen Sie sich genötigt‹, fragte ich, ›Ihre Praktiken zu verstecken oder zu tarnen, um Klatsch oder gar behördliches Einschreiten zu verhindern?‹

›Nicht im mindesten. Wir handeln nicht gegen legale Gepflogenheiten des Landes. Diese sind immer von lokalen Interpretationen abhängig, und Futurum Zwei macht da keine Ausnahme. Wir machen tüchtig was aus der ›Verlobung‹ her. In der Außenwelt gilt diese als Bekundung einer Absicht und Periode der Prüfung. Das ist sie bei uns auch. Das junge Paar erhält in dieser Zeit ärztliche und psychologische Beratung. Lange ausgedehnte Verlobungszeiten werden nicht gefördert und sind natürlich auch wirtschaftlich überflüssig. Unsere Hochzeitszeremonie ist unzweideutig und wird, da bin ich sicher, in gutem Glauben vollzogen. Wenn im Laufe der Zeit außereheliche Freundschaften auftreten und die ursprüngliche Bindung lockern, versuchen wir, einen offenen Bruch zu verhüten. Eine unparteiische Persönlichkeit, meistens einer unserer Psychologen, steht mit Rat und Tat zur Verfügung. Häufig renkt sich die Sache wieder ein, und die ursprüngliche Bindung wird wieder hergestellt. Ist aber eine alte Liebe tot und eine neue echt, dann wird eine Scheidung herbeigeführt.

Es dürfte Ihnen schwerfallen, zu verstehen, wie einfach das ist, weil Sie unseren Triumph über Emotionen wie Eifersucht oder verletzten Stolz nicht entsprechend zu schätzen wissen. Das gesamte Gemeinwesen arbeitet daran, eine Wiederversöhnung so leicht wie möglich zu machen, anstatt sich an Skandalaffären zu weiden.«[106]

106) Skinner, *Futurum Zwei*, S. 126–129

FRIGIDITÄT

Frigidität kann sexuelles Desinteresse sein oder sich in Erregungs- bzw. Orgasmusstörungen ausdrücken. Oft wird es verwendet um die Unfähigkeit »zu kommen« zu beschreiben. Weil über das Scheitern nicht so gerne gesprochen wird wie über die ➢ LEIDENSCHAFT (170), wird das Thema in der Literatur lieber umschifft. Dabei zeigt der Erfolg von Viagra, dass das Thema durchaus Relevanz besitzt.

Während Frauen Orgasmusschwierigkeiten überspielen können, können Männer diese nur schwer verheimlichen. Dennoch, habe ich nur eine Stelle zu impotenten Männern gefunden, während mehrere Textstellen über das Befriedigungsunvermögen von Frauen berichten. Zum Beispiel Iris Hanika:

»Es fanden keine weiblichen Orgasmen statt, weder klitorale noch vaginale. So gut wie keine. In fünf Jahren vielleicht drei; wirklich erinnern kann ich mich allerdings nur an einen. Aber es fand permanent sexuelle Stimulierung statt, die, weil nie aufgelöst, zu einem stetigen, dringenden Wunsch nach weiterer sexueller Stimulierung führte, denn wie dem Esel die Mohrrübe vors Maul gehängt wird, damit er weitergeht, so vergrößerte sich infolge der andauernden Stimulierung die Spannung der weiblichen Teilnehmerin der sexuellen Vorgänge ins Unendliche, und es wurde ihr ein befriedigender Abschluß dieser Vorgänge bald zum größten Bedürfnis, zumal er stets in unmittelbarer Reichweite zu sein schien. Darum verlangte sie ausdauernd nach Wiederholung dieser sexuellen Vorgänge. Das hätte sie womöglich nicht getan, hätten sich auch für sie Orgasmen ereignet.«[107]

Frigidität kann sich auch nur auf bestimmte sexuelle Praktiken beschränken. In *Chuzpe* von Lily Brett ist das Problem nicht eigentlich Frigidität, sondern die Unfähigkeit des Mannes beim Sexualakt zu kommen:

»›Es war eine Beziehung, die am Anfang so wundervoll war‹, sagte sie. ›Für mich war es wie die Wiederkunft des Messias. Und das zu einem Zeitpunkt in meinem Leben, in dem ich ein Wunder wirklich brauchen konnte.

Es dauerte eine Zeitlang, bis mir klar wurde, daß er ein Problem hatte. Es herrschte eine ziemlich erotische Atmosphäre zwischen uns, aber wenn wir anfingen uns zu küssen, passierte nichts. Keine Erektion. Zuerst schrieb ich das der Nervosität zu. Aber es wurde nicht besser. Er bekam nur dann eine Erektion, wenn wir nicht vögeln konnten. Wenn ich auf dem Highway den Wagen fuhr, bekam er eine Wahnsinnserektion und sagte: ›Sieh mal, was für eine Erektion ich habe.‹ Oder wenn ich zur Arbeit mußte, alles gepackt hatte und zum Flughafen flitzen wollte, lag er da und sagte: ›Rate mal, was los ist?‹ und senkte den Blick und hatte wieder eine Wahnsinnserektion. [...] Wir sind zu einem Therapeuten gegangen. Wir haben diese ganzen Übungen gemacht. Das hat nichts genützt, und ich wurde immer unfähiger, Erregung zu empfinden. Unsere Beziehung ging den Bach runter. Allmählich dachte ich, daß ich ein Problem hätte.

107) Hanika, *Tanzen auf Beton*, S. 77

Daß ich keinen Sex haben konnte. Ich kam mir vor wie eine Jungfrau. Ich fürchtete mich vor Sex. Das war am schlimmsten. Ich konnte nicht mehr feucht werden.‹«[108]

Eine weitere weibliche Perspektive findet sich bei Audre Lorde in *Zami*:

»Sexueller Ausdruck war für Bea größtenteils eine rein theoretische Befriedigung, ein sehr angenehmer Zeitvertreib, für den sie sich vom Verstand her sehr engagierte, der jedoch augenscheinlich kaum innere Reaktionen hervorrief. Es war schwer, ihren Beteuerungen und Versicherungen zu glauben, dies habe nichts mit mir zu tun.«[109]

Max Frisch hat keine Scheu in *Stiller* die Dinge beim Namen zu nennen:

»[...] ihre Frigidität. Und daß es so etwas gibt, und zwar nicht bloß als krankhafte, sondern im Gegenteil als naturhafte Erscheinung, scheint die schöne Julika selber nicht gewußt zu haben. Ob sie es heute weiß? Neulich war sie doch ziemlich verdutzt bei meiner beiläufigen Erwähnung der wissenschaftlichen These, daß in der ganzen Natur kein einziges Weibchen, ausgenommen die menschliche Frau, den sogenannten Orgasmus erfährt. Wir sprachen dann nicht weiter davon. Vermutlich hat die schöne Julika unter dieser Tatsache, daß die männliche Sinnlichkeit sie immer etwas ekelte, auf die einsamste Art und Weise gelit-

108) Brett, *Chuzpe*, S. 130 f.

109) Lorde, *Zami*, S. 190

ten, wirklich gelitten, obschon es natürlich kein Grund ist, sich deswegen als ein halbes Geschöpf, ein mißratenes Weib oder gar als Künstlerin vorzukommen. So manches an dieser Frau, zumal wenn sie von ihrem verschollenen Stiller redet, ist doch wohl eine Selbsttäuschung von rührender Verstocktheit, ja, man könnte versucht sein, nicht einmal ihre ärztlich beglaubigte und in ihrem Leben so ungeheuer kostspielige Tuberkulose ganz zu glauben. Warum hat Julika mit niemanden sprechen können? Möglicherweise sind es sogar nur wenige Frauen, die ohne Schauspielerei jenen hinreißenden Sinnenrausch erleben, den sie von der Begegnung mit dem Mann erwarten, glauben erwarten zu müssen auf Grund der Romane, die von Männern geschrieben, immer davon munkeln; hinzu kommt die eitle Lüge der Frauen unter sich, und vielleicht war die schöne Julika nur etwas ehrlicher, dabei allerdings so erschreckt, so daß sie nach außen verstummte, sich in Prinzen und Pagen verkleidetet, sich in ein Dickicht einsamer Nöte verkroch, wohin ihr kein Mann zu folgen vermochte.«[110]

GESCHWISTERLIEBE

Geschwisterliebe ist offiziell Inzucht. Doch scheint es einen Reiz des Verbotenen zu geben, dem die Literatur offensiv und mit großer Neugier nachgeht. So finden sich immer wieder Liebesszenen, die aufgrund

110) Frisch, *Stiller*, S. 76

des offiziellen Geschwisterliebesverbots umso leidenschaftlicher beschrieben werden. Wie in Pascal Merciers *Der Klavierstimmer*:

»Du standest vor jenem Spiegel, als ich herunterkam, der hohe Kragen des Mantels hielt dein Haar wie ein Gefäß. Gerade schobst du die Lippen übereinander, um den Lippenstift ein letztes Mal zu verteilen. Ich wartete auf deinen gespiegelten Blick in Erwartung schwesterlichen, kameradschaftlichen Spotts, vor allem über den weißen Schal. Doch kaum blicktest du auf, veränderte sich dein Blick, er wurde sonderbar dunkel und scheu. Einen Moment senktest du ihn, doch dann war er wieder da, unsicher und doch entschlossen, trotzig. Ich traute meinen Augen nicht, traute meiner Fähigkeit nicht mehr, dein Gesicht zu entziffern, das ich seit jeher perfekt zu lesen verstand, besser als jeder andere. Es war eine neue Sprache in deinem Gesicht, eine Sprache, die ich kannte, die jeder kennt, ohne sie gelernt zu haben, aber auf deinem Gesicht konnte diese Sprache nicht sein, auf deinem Gesicht doch nicht, oder doch nicht an mich gerichtet. Ich mußte dich berühren, und es mußte anders sein als sonst, um zu dem Blick zu passen, und so hob ich dein Haar an und küßte dich auf den Nacken. Ich wußte, daß es nicht hätte sein dürfen, daß ich dabei war, die Spielregeln noch viel stärker zu verändern als du mit deinem Blick. Ja, ich wußte es, mitten in meiner sanften Betäubung wußte ich es mit vollkommener Klarheit. Dieses war der schönste Augenblick, schöner noch als alles, was später geschah. Über deine Schulter warf ich dir einen Blick zu. Dieser Blick, er erfand dich für mich neu, so wie dein antwortender Blick mich für dich neu erfunden haben wird.«[111]

Bei Julia Franck bleibt die Geschwisterliebe in *Die Mittagsfrau* nicht auf Blicke beschränkt, sondern entlädt sich in erotischen Spielen zwischen den Schwestern:

»Helene hörte an Marthas stimme, dass Martha von ihren blindlesenden Fähigkeiten begeistert war. Lies weiter, forderte Martha sie ein zweites Mal auf. Und Helene spürte, wie Martha ihre Hand nahm und Helenes Hand über ihren Bauch führte, kreisend, wie sie Helenes zweite Hand über ihre Hüfte führte, streichelte. Lies.

Vermischte lyrische Gedichte.

Helene hatte sich die goldenen Buchstaben gemerkt und dachte seit geraumer Zeit darüber nach, was wohl lyrische Gedichte sein mochten. Doch dann nahm Martha Helenes Hand und legte sie auf den unteren Rippenbogen.

Kannst du auch unter die Haut blicken, Engelchen? Weißt du, was hier unter den Rippen liegt. Hier liegt die Leber.

Schwesternwissen. Merk dir das gut, das musst du später alles lernen. Und hier sitzt die Galle, dicht daneben, ja. Helene lag das Wort Milz auf den Lippen, sie wollte es nicht sagen, nur die Augen wollte sie öffnen, aber Martha bemerkte es und befahl: Lass die Augen zu.

111) Mercier, *Der Klavierstimmer*, S. 89–91

Helene spürte, wie Martha ihre Hand nahm und sie zum anderen Rippenbogen führte und wie sie sie schließlich höher hinaus schob, zu ihrer Brust.

Obwohl sie die Augen fest verschlossen hielt und sie nicht sehen konnte, was sie fühlte, bemerkte Helene, wie ihr Gesicht plötzlich heiß wurde. Martha führte ihre Hand, und Helene fühlte deutlich die Spitze der Brust, das Feste, das Weiche, die vollkommene Rundung. Hinab ins Tal, wo sie einen Knochen spürte.

Rippchen.

Martha antwortete nicht mehr, schon ging es den anderen Hügel hinauf. Helene blinzelte, aber Marthas Augen prüften sie nicht mehr, sie wanderten ziellos unter den halb geschlossenen Lidern, entzückt, und Helene sah, wie sich Marthas Lippen leicht öffneten, bewegten.

Komm her.

Marthas Stimme kratzte, sie zog mit der anderen Hand Helenes Kopf zu sich und drückte ihren Mund auf Helenes Mund. Helene erschrak, sie spürte Marthas Zunge an ihren Lippen, die fordernd war, sie hatte sich nicht vorstellen können, wie rau und glatt Marthas Zunge auf ihren Lippen sein würde. Es kitzelte, fast musste Helene lachen, doch Marthas Zunge wurde fest und bedrängte Helenes Lippen, als suchte sie etwas. Die Zunge öffnete Helenes Lippen und stieß gegen ihre Zähne, Helene musste atmen, wollte Luft holen, sie öffnete die Lippen und schon füllte Marthas Zunge ihren Mund ganz aus, ganz und gar. Helene spürte, wie sich Marthas Zunge in ihren

Mund wühlte, sich hin und her bewegte, innen gegen die Wangen stieß und dabei ihre eigene Zunge schob und drängte, Helene dachte an den letzten Spaziergang zur Spree und wie Martha ihr befohlen hatte, einige Schritte hinter ihr und Arthur zu laufen, und bemerkte plötzlich, dass ihre Hand nun allein auf Marthas Brust lag und Marthas Hände sich längst in ihren Haaren bewegten und auf ihrem Rücken.«[112]

In *Der Zementgarten* von Ian McEwan kommt es zum Geschlechtsverkehr zwischen Bruder und Schwester (wenn auch nicht in dieser Textstelle):
»Wir drückten einander an die Brust, und unsere Arme und Beine verknäulten sich so, daß wir seitlich aufs Bett kippten. Wir lagen mit den Armen um den Nacken des anderen, die Gesichter dicht beieinander. Lange sprachen wir über uns. [...]

Julie schloß die Augen und legte mir das Bein über die Hüfte. Ein Teil von meinem Arm lag auf ihrer Brust, und darunter konnte ich das Pochen ihres Herzens spüren.

›Es wäre nichts dabei‹ murmelte sie, ›oder?‹ Sie rutschte weiter das Bett herauf, bis ihre großen blassen Brüste auf der gleichen Höhe wie mein Gesicht waren. Ich berührte ihre Brustwarze mit der äußertsten Spitze meines Fingers. Sie war hart und runzelig wie ein Pfirsichkern. Julie nahm sie zwischen die Finger und knetete sie. Dann schob sie sie mir an die Lippen. ›Nur zu‹, flüsterte sie.

112) Franck, *Die Mittagsfrau*, S. 58 f.

Ich fühlte mich gewichtlos durch das All purzeln, ohne jeden Sinn für oben oder unten. Wie ich die Lippen um Julies Brustwarze schloß, lief ein leichter Schauer durch ihren Leib, und eine Stimme vom andern Ende des Zimmers her sagte bedrückt: ›Jetzt habe ich genug gesehen.‹ […]

Derek war zornig. Seine Stimme zog sich durchs Zimmer zurück. ›Widerlich ist das‹, sagte er laut, ›er ist dein *Bruder*‹.«[113]

Obwohl es sich in *Ein Spiel der Natur* von Nadine Gordimer nicht um Geschwister handelt, sondern um Cousin und Cousine, wird hier das langsame Kippen des vertraulichen und unschuldigen Spielens in erotische Anziehung, die sich dann in sexuellen Handlungen entlädt, besonders anschaulich beschrieben:

»Manchmal katzbalgten sich alle drei, Sascha, Carole und Hillela, in dieser halb aggressiven, halb spielerischen Art herum; ihr Gekicher lockerte die gewohnten Umgangsformen auf, nichts weiter. Diesmal kamen sie sich einander bald Auge um Auge, Mund an Mund nahe. Das Wissen um ihre nahe Verwandtschaft flackerte einen Moment in ihren Blicken, drängte sich zwischen sie; dann küßte sie, seine Cousine, ihn zuerst, und das Wissen, ging im Strudel von Gefühlen unter, die es wegwuschen, wie die leichten leeren Muscheln in der Bay um und um gedreht und von den Wellenausläufern überspült wurden. Er berührte leicht ihre Brüste; da sie wie Geschwister

113) McEwan, *Der Zementgarten*, S. 138 f.

nebeneinander gelebt hatten, war ihm natürlich nicht entgangen, was unter losen Pyjamajäckchen oder unter einem lässig umgeschlungenen Badetuch tief und groß herangewachsen war. Sie ließ, zu seinem köstlichen Erschrecken, ihre fremde, schwesterliche Hand unter seinen Gürtel gleiten und kribbelte ihn zart mit den Fingerspitzen, und er, noch mit ihrem Mund beschäftigt, wollte nichts sehnlicher, als ganz von ihr eingesogen zu werden – von ihr oder von dem puren Erlebnis, das sie für ihn geworden war: Sie waren nicht Vetter, Bruder, Schwester oder Cousine mehr, sondern nur das Mysterium, das sich in ihnen verkörperte.«[114]

GEWÖHNUNG

Wenn in einer Beziehung der Alltag einkehrt und die unsichere wie aufregende Kennenlernphase vorbei ist, ist man umgangssprachlich in den Hafen der Ehe eingelaufen. Dass man von dort erneut in See sticht, ist eher nicht vorgesehen. Wie abenteuerlich aber so ein Hafen ist, das ist Interpretationssache. Oftmals kommt es mit der Zeit zu Verkalkungserscheinungen. Es gibt keine Überraschungen mehr, man arrangiert sich vielmehr mit den Eigenschaften des anderen. ➢ Kinder (159) tragen das ihre dazu bei, den Fokus auf das Funktionieren zu legen, statt auf das lustvolle Zusammensein. Die Herausforderung besteht darin, nicht nur nebeneinander her, sondern weiterhin mit-

114) Gordimer, *Spiel der Natur*, S. 56

einander zu leben, neue Spannungsmomente zu erzeugen und die Lust aufeinander nicht zu verlieren. Das kann zum Beispiel eine ➢ Affäre (12) sein, wenn sie denn einvernehmlich eingegangen wird. Wenn sie dagegen heimlich geschieht, wenn also ein Partner außerhalb der Beziehung etwas sucht, was er innerhalb nicht bekommen kann, dann ist vielleicht die ➢ Trennung (269) die einzige Lösung. Gewöhnung kann im positiven Sinne aber auch bedeuten, dass man sich blindlings vertraut und eine Art »geistige Überlappung« stattfindet, wie Siri Hustvedt in *Sommer ohne Männer* schreibt:

»Dreißig Jahre sind eine lange Zeit, und eine Ehe bekommt etwas eingefleischtes, beinahe Inzestuöses, mit einer komplexen Rhythmik von Gefühlen, Gesprächen und Assoziationen. Es war so weit gekommen, dass wir in unseren Köpfen gleichzeitig dasselbe dachten, wenn wir bei einer Dinnerparty eine Geschichte oder Anekdote hörten; es ging nur noch darum, wer von uns den Gedanken zuerst laut aussprechen würde. Auch unsere Erinnerungen hatten sich allmählich vermischt. Boris schwor Stein und Bein, dass er es gewesen war, der auf den Grünreiher vor dem Eingang unseres gemieteten Hauses in Maine stieß, und ich bin genauso sicher, dass ich den riesigen Vogel allein sah und ihm davon erzählte. Es gibt keine Antwort auf das Rätsel, keinen Beleg – nur den dünnen, veränderlichen Stoff aus Erinnerung und Imagination. Einer von uns hatte den anderen die Geschichte erzählen hören, hatte sich in seiner oder ihrer Phantasie die Begegnung mit dem Vogel ausgemalt und aus den geistigen Bildern, die mit der gehörten Erzählung einhergingen, eine Erinnerung geschaffen. Innen und außen werden leicht verwechselt. Du und ich. Boris und Mia. Geistige Überlappung.«[115]

Was bei Hustvedt einen positiven Beigeschmack hat, weil die Gewöhnung eine lange Vertrautheit einschließt, kippt bei Michael Lentz ins Negative. Hier führt Gewöhnung zu einem Blind-Werden für das Gegenüber:

»[H]abe ich dich nicht schon tausendmal umarmt, bist du die Umarmte?, einander umarmen und küssen heißt ja nicht erkennen, ineinandergerastetes Nichterkennen, etwas im anderen Wiedererkennen ist schon das Missverständnis, der Platzhalter, ›mir ist, als kenne ich dich schon hundert Jahre‹, ist bereits das Ende, ›mir ist, als kenne ich dich schon hundert Jahre‹, sagt der Dreidutzendjährige, voranlaufendes, nie einzuholendes geriatrisches Bewusstsein, Auslöschung des Gegenübers.«[116]

In *1979* von Christian Kracht führt die Gewöhnung zu ➢ Sprachlosigkeit zwischen den Partnern:

»Ich mochte unseren Fahrer gerne. Er nahm die Sonnenbrille ab, sah in den Rückspiegel, ich sah auch hinein, und unsere Blicke trafen sich kurz. Er hieß Hasan und wußte viel über dies und jenes. Er hatte uns vorgestern in der Nähe von Ghazvin zu sich nach Hause eingeladen, und ich war froh über die Kon-

115) Hustvedt, *Sommer ohne Männer*, S. 125 f.

116) Lentz, *Liebeserklärung*, S. 29 f.

versation gewesen, da Christopher und ich uns leider seit über einem Jahr nicht mehr viel zu sagen hatten, das heißt, es war schwierig, geworden in letzter Zeit, mit ihm zu reden, weil alles so gleichförmig schien, es war nur noch ein Austauschen von Formeln, es war alles wie eines dieser schrecklichen Küchenrituale geworden; als ob da jemand kocht und abschmeckt und dies, und dann steht da niemand, der einen dabei beobachtet und sich darüber freut.«[117]

In *Mobbing* von Annette Pehnt ist es der Familienalltag, der zu einer Entfremdung zwischen den Eheleuten führt:

»Früher war ich unordentlich, und Jo liebte die Ordnung, zumindest auf seinem Schreibtisch und in der Küche, er kochte genau aus dem Kochbuch, aber immer etwas anderes, spanisch, italienisch, sogar afrikanische Rezepte probierte er, schnitt alles in gleich große Stücke und hielt sich Vorräte, Büchsen mit Kichererbsen und Bambussprossen, eingelegte Oliven, Kokosmilch. Er deckte den Tisch für uns, faltete Servietten zu Schwänen, oft stellte er frische Blumen dazu oder kleine Schalen mit eingelegtem Schafskäse und Butterröllchen.

Wir hatten noch keine Kinder, ich kochte fast nie, ich vergaß einzukaufen und besaß keine Kochbücher, in meinem Zimmer standen zwischen Büchern und Mappen alte Teetassen, lagen Tüten mit vertrockneten Croissants, meinen Papierkorb leerte ich erst,

117) Kracht, *1979*, S. 26

wenn das Papier über den Rand quoll. Ich war stolz darauf, ich hatte so viel Wichtigeres zu tun, zu lesen, zu denken, zu schreiben, warum sollte ich kochen, Jo tat es ja und lud mich ein, in unserer eigenen Wohnung lud er mich ein, ich zog mich sogar manchmal um, und er nahm mich am Arm und führte mich zum Tisch und füllte Sekt in Gläser, und wir redeten und tranken den ganzen Abend und ließen dann alles stehen, fettige Schüsseln, halb volle Töpfe, und gingen ins Bett.

Inzwischen hatten wir uns angewöhnt, alles gleich zu spülen, damit es morgens nicht so lange dauert, und Jo hat sich rosa Spülhandschuhe angeschafft, mit denen ich ihn anfangs geneckt habe, aber jetzt benutze ich sie auch.

Ich habe mir Ordnung angewöhnt, ich habe mir den Blick der Hausfrau angewöhnt, der rasch und gründlich über die Spüle, die Arbeitsfläche, über die Armaturen im Bad fliegt und sieht, was zu tun ist, Zahnpastaschlieren, Breispuren, Haarbüschel, Krümel, Reste, Flocken, Kratzer, jeden Tag von Neuem, man muss es schnell erledigen, sonst häuft es sich an. Das habe ich auch Jo erklärt, weil er jetzt genauso viel zu Hause ist wie ich, man muss den Milchtopf gleich ausspülen, habe ich gesagt, sonst kommt man nicht hinterher, und Monas Kleider muss man jeden Abends zusammenfalten und weglegen, und das Altglas muss man jeden Tag wegbringen, sonst ist es nicht mehr zu schaffen.

Ich weiß nicht, hat er gesagt, findest du nicht, dass du etwas übertreibst.

Wieso, habe ich verblüfft gefragt.

Früher hast du doch auch nicht jeden Tag Altglas weggebracht.

Früher hatten wir ja auch keine Familie.

Also versuchte Jo nun, meine neue Ordnung zu verstehen und mir dabei zu helfen, sie aufrechtzuerhalten, aber er hat nicht denselben Blick wie ich, er lässt halb gelesene Zeitungen und einzelne Socken liegen, es ist nicht weiter schlimm, und ich erledige es für ihn, meistens, obwohl er doch jetzt Zeit hätte.

Es gibt Wichtigeres, sagt er. Du hast dich verändert.«[118]

HINGABE

Hingabe bedeutet: sich dem Partner hinzugeben, sich ihm zu öffnen, sich ihm zu stellen. Eigentlich was Schönes, vor allem beim Sex. Die Hingabe kippt jedoch, wenn sie zur Selbstaufgabe führt, weil die einzige Erfüllung in der Überantwortung an den anderen gesucht wird. Dann hat man es mit einer Art Überhöhung des Partners und der Beziehung zu tun. Wenn der Partner als Erlöser für alle Probleme angesehen wird, wird die Hingabe zur Abhängigkeit.

Monika Maron gibt in *Animal Triste* ein Beispiel für dieses Kippen der Hingabe in eine »Zeit der Angst«:

»Wir sind dem Menschen, der uns in das verzaubert hat, was wir nun sind und schon immer hatten sein wollen, dankbar, so dankbar, daß wir ihm nichts

118) Pehnt, *Mobbing*, S. 48–50

vorenthalten wollen von dem, was wir zu vergeben haben. Wir wollen ihm bedingungslos dienen. Wir würden unser Leben hergeben für ein Wunder; das er an uns vollbracht hat. Wir fragen nicht, warum er es war, der uns verwandeln konnte. Er war es. Wir schreiben unser Leben um, weil es uns nachträglich sein Ziel offenbart hat: den Augenblick der Begegnung mit ihm, den wir insgeheim unseren Schöpfer nennen, denn was wir in uns verspüren, halten wir für göttlich, und nachdem ich im Lauf der Jahre über die Liebe alles gedacht habe, was ich zu denken vermochte, glaube ich, daß eben das die wahrhaftigste Empfindung ist, zu der wir imstande sind.

Bis etwas geschieht; etwas Kleines, Belangloses, aber genug, um uns zu erschrecken und uns unsere Schutzlosigkeit erkennen zu lassen. Eine unerklärliche Verspätung, ein ausgebliebener Anruf, ein zufällig gefundenes Bild. Damit beginnt die Zeit der Angst. Die eine Stunde, in der wir uns verraten glauben, genügt, um zu begreifen, daß wir uns in der Lage befinden, die wir am meisten fürchten.«[119]

Bei *Maria Stuart* von Stefan Zweig ist es eine sexuelle Begegnung, die zwischen Lust und Demütigung pendelt und damit die ekstatische wie demütigende Seite der Hingabe zeigt:

»Doch die Wirkung auf Maria Stuart ist blitzhaft hinschmetternd. Etwas völlig Neues bricht wie Sturm in ihr ruhiges Leben: mit ihrem Körper hat Bothwell

119) Maron, *Animal Triste*, S. 181

auch ihr Gefühl vergewaltigt. In beiden Gatten, dem fünfzehnjährigen Kindgemahl Franz II. und dem unbärtigen Darnley, war sie bislang nur halbmännlichen Charakteren begegnet, Weichlingen und Schwächlingen. Schon war es ihr selbstverständlich geworden, die Schenkende, die großmütig Beglückende, die Herrin und Herrscherin auch in dieser geheimsten Sphäre zu sein und niemals die Nehmende, die Genommene, die Überwältigte. In diesem brutalen Gewaltakt aber ist sie plötzlich – und ihre Sinne taumeln betäubt unter dieser Überraschung – einem wirklichen Manne begegnet, endlich einem, der ihr die eigene, bisher noch nicht bewußte vulkanische Welt lustvoll aufgetan. Noch ehe sie die Gefahr erkannt, noch ehe sie versucht, Widerstand zu leisten, ist sie schon besiegt, die strenge Schale ist zerbrochen, und verzehrend, verbrennend überströmt die innere Glut. Wahrscheinlich ist ihr erstes Gefühl bei dieser Überrumpelung nur Zorn, nur Empörung, nur wütender, tödlicher Haß gegen diesen Lustmörder ihres Frauenstolzes. Aber dies bleibt ja allezeit eines der tiefsten Geheimnisse der Natur, daß die Pole der äußersten Empfindung einander berühren. So wie die Haut äußerste Kälte und äußerste Hitze kaum mehr zu unterscheiden vermag, so wie Frost brennen kann, als ob er Feuer wäre, so fließen die entgegengesetzten Gefühle manchmal jäh ineinander. In einem Augenblick kann in der Seele einer Frau Haß überspringen in Liebe und beleidigter Stolz in rasende Demut, kann ihr Körper mit letzter Gier wollen und bejahen, was er vor einer Sekunde noch mit letztem Widerwillen verweigert. Jedenfalls, von dieser Stunde an steht diese bisher leidlich besonnene Frau in Feuer und brennt und verbrennt sich völlig an diesen inneren Flammen. Alle die Pfeiler, die bisher ihr Leben getragen, Ehre, Würde, Anstand, Stolz, Selbstsicherheit und Vernunft, brechen zusammen: einmal niedergeworfen und hingeschleudert, will sie nur immer tiefer sinken und sinken, nur noch fallen und sich verlieren. Eine neue, eine fremde Lust ist über sie gekommen, und sie kostet sie bis zur Selbstauflösung aus, gierig und berauscht: demütig küßt sie die Hand des Mannes, der ihr den Stolz ihres Frauentums vernichtet und sie dafür die neue Ekstase der Hingabe gelehrt.«[120]

Bei Connie Palmen löst das Wort hingeben Widerwillen aus:

»Das Wort hingeben haßte ich allmählich wie die Pest, erzählte ich ihm, und daß ich mir irgendwann mal was darunter hätte vorstellen können, daß ich gedacht hätte, die Leute meinten etwas Körperliches damit, etwas Schönes und Tolles, womit ich nicht dienen konnte und was mich daher ärgerte. Ich sagte ihm, daß ich dächte, es gebe Wörter, die die Liebe belasteten, und daß *Hingabe* eines davon sei [...]. Sich hingeben klingt wie sich ergeben, wie dieses martialische Wort aus Indianergeschichten und Gangsterfilmen.«[121]

120) Zweig, *Maria Stuart*, S. 184 f.

121) Palmen, *Die Freundschaft*, S 308f

Wie bemerkt man, dass man homosexuell ist? Was ist anders? Was heißt überhaupt anders? Anders wovon? Carolin Emcke insistiert: »Warum fragt niemand heterosexuelle Männer, ob sie nicht manchmal Lust haben, genommen zu werden, warum sollte diese Phantasie so undenkbar sein, warum sollte die Antwort sicher sein? Warum fragt niemand heterosexuelle Frauen, wann sie das erste Mal bemerkt haben, dass sie Männer begehren (gelegentlich fürchte ich, manche könnten antworten, das hätten sie nie bemerkt)? Warum sollte für Heterosexuelle ihre Sexualität fragloser sein?!«[122]

Denn Homosexualität ist eine Lebensweise wie andere auch. Schwul sein, heißt für Michel Foucault deshalb auch nicht, »sich mit den psychologischen Zügen und den auffälligen Masken des Homosexuellen zu identifizieren, sondern heißt, eine Lebensweise zu bestimmen und zu entwickeln versuchen«.[123]

Doch gerade die Selbstverständlichkeit dieser Lebensweise ist es, die beunruhigt. Noch mal Foucault: »Ich glaube, das eigentlich ›Beunruhigende‹ an der Homosexualität ist die homosexuelle Lebensform und weit weniger der sexuelle Akt als solcher. Nicht dass es zu sexuellen Handlungen kommt, die nicht dem Gesetzt oder der Natur entsprechen, beunruhigt die Leute,

122) Emcke, *Wie wir begehren*, S. 142

123) Foucault, »Von der Freundschaft als Lebensweise«, S. 89

sondern dass diese Menschen beginnen, einander zu lieben.«[124]

In Lily Bretts *Chuzpe* werden einige der Vorurteile gegen Lesben aufgerufen, um dann souverän unterlaufen zu werden:

»›Haben Sie den Eindruck, daß die Leute Ihnen mit Vorurteilen begegnen, weil Sie eine homosexuelle Frau sind?‹ fragte Ruth Therese.

›Klar‹, sagte Therese. ›Vor allem Frauen. Nach meinem Coming-Out war ich für Frauen einfach keine Frau mehr. Offenbar hat man kein Recht darauf, als Frau betrachtet zu werden, wenn man sich nicht für Männer interessiert. Als wenn Weiblichkeit oder Geschlechtszugehörigkeit von den sexuellen Vorlieben oder der sexuellen Orientierung abhängig wären. Es ist wirklich lächerlich. Lesbierinnen gelten offenbar als aggressiv. Keinen Mann zu wollen wird als Ausdruck von Zurückweisung und Aggressivität gedeutet. Seine Sexualität selbst auszusuchen oder die Bereitschaft, sich um seiner Sexualität willen mit dem System anzulegen, wird ganz eindeutig als unweibliches Verhalten aufgefaßt. Vor allem von Frauen.‹

Ruth sah Therese an. Sie trug ein hervorragend geschnittenes dunkelblaues Kostüm. Die Jacke war tailliert und an den Hüften leicht ausgestellt. Der Bleistiftrock endete an den Knien. Das Kostüm war so feminin, wie ein Kostüm es nur sein konnte. Therese hatte dicke, schulterlange, gewellte hellrote Haare

124) Foucault, »Freundschaft als Lebensform«, S. 70

und eine sehr blasse Haut. Sie wirkte zerbrechlich und ausgesprochen feminin.

›Therese will schwanger werden‹, sagte Sonia.

›Ich will es versuchen‹, sagte Therese. ›Ich habe mich gerade für eine Samenbank entschieden.«[125]

Das geht so weit, dass es fast egal erscheint, wer hier gerade mit wem rummacht. In einer von Miranda Julys Kurzgeschichten in *Zehn Wahrheiten* bleibt lange unklar, welches Geschlecht spricht und mit welchem Geschlecht es gerade rummacht – oder liegt das nur an den Drogen?

»Das stimmt. Ich würde sie gerne sehen Victor. Du kannst dir nicht vorstellen, wie sehr.

Ich weiß.

Kannst du mir wenigstens ein Foto zeigen? Bitte.

Du weißt, dass das nicht geht.

Warum nicht?

Komm aufs Sofa.

Ich setze mich neben Victor und merkte, dass es losging mit den Drogen. Er hielt meine Hand, und ich rieb seinen Arm, fester und fester, und es fühlte sich ganz gut an.

Aber dann waren wir nur noch Reibung, von Kopf bis Fuß unserer nichtigen Wenigkeiten. Als würden wir uns bespringen. Ich dachte an Adler, die sich bespringen, sie legen Eier. Ich stieß ihn weg.

Wenn jetzt Blanca reinkäme. Du bist ihr Bruder.

Lass uns die Hemden ausziehen. Die Hosen können wir anlassen.

125) Brett, *Chuzpe*, S. 254

Bist du schwul?

Ich sagte doch, die Hosen können wir anlassen.

Wann hören diese Drogen auf? Geht's schneller, wenn ich Wasser trinke?

Lass das einfach geschehen. Es gibt keine Blanca.

Drei Stunden lang glaubte ich ihm nicht. Ich saß in Victors Schlafzimmer, er blieb auf dem Sofa, wir warteten darauf, dass die Drogen nachließen, und ich wartete auf Blanca. Als die Droge aufhörte zu wirken, wusste ich plötzlich, dass es stimmte. Es war, als hätte ich die letzten drei Monate unter dieser Droge gestanden und wäre jetzt wieder da. Ich ging aus dem Schlafzimmer und setzte mich aufs Sofa.

Es kommt mir vor, als hätte man sie umgebracht.

Es tut mir leid.

Hast du überhaupt eine Schwester?

Nein.

Warum hast du mich deinen Eltern vorgestellt?

Ich wollte, dass sie dich kennenlernen, ehe sie sterben.

Oh.

Es kam mir vor, als würde sich die Luft vervielfachen, und ich konnte nicht einmal über das nachdenken, was Victor gesagt hatte, weil ich so besorgt war, die Luft könnte zu viel für mich werden. Ich versuchte mir vorzustellen, ich sei eine Atemmaschine. Ich sagte mir: DU kannst gar nicht an Überatmung sterben, denn du bist eine Atemmaschine, die eigens darauf ausgerichtet ist, sich der veränderlichen Luftmenge im Zimmer anzupassen.

Er sagte: Erzähl mir von den Mädchen.

Welche Mädchen?

Du stehst auf kleine Mädchen.

Nein, auf Teenager.

Wo triffst du sie?

Was? Nein, so was tue ich nicht. Ich stelle es mir nur vor.

Das ist gut so.

Ja. So etwas würde ich nie tun.

Nicht mal mit Blanca.

Doch, mit Blanca schon, glaube ich, aber sie – das ist etwas anderes.

Erwachsene Frauen magst du nicht?

Hattest du je Sex mit einer Frau?

Ja.

Und mit einem Mann?

Nein.

Victor legte seine Arme um mich, da wurde mir plötzlich schwummerig, und meinem Schwanz ging es genauso. Er fühlte sich fiebrig an und schmerzte, und ich rieb ihn, nur um einen klaren Kopf zu bekommen. Victor rieb ihn auch, mit Tränen auf seinen Wangen und Lippen. Ich wollte ihn schlagen, ein Loch in ihn schlagen und dieses Loch dann mit meinem Körper füllen, und das machte ich, ich machte es. Er schluchzte jetzt, so wie Blanca geschluchzt hätte, wie ein Kind. Als ich kam, spritzte ich aufs Sofa ab; ich wollte nicht in ihm kommen, bei allem, was Sperma anrichten kann. Aber er leckte es vom Sofa ab und steckte mir dann beim Küssen die Zunge tief in den Mund und was auch immer Sperma machen kann, das richtete es jetzt in mir an. Wir schliefen. Es war der Schlaf von hundert Jahren. Als wir aufwachten, war immer noch Nacht, und Victor langte über mich und machte die Lampe an.

Wir waren zwei alte Männer. Alles wirkte so normal, fast übertrieben normal. Im Zimmer war eine Fliege und wie sie herumsummte, sagte uns, dass sich an diesem Ort nie etwas Aufregendes zugetragen hatte. Ich musste an die Firma denken, an die neuen Arbeiter, die Großbösen einsetzten. Ich durfte nicht vergessen, ihnen von der fehlenden Halterung an der Schweißanlage zu erzählen. Ich wusste, wenn ich etwas davon aussprechen würde, wäre alles wieder wir vorher, in Ewigkeit, Amen.

Wir müssen morgen mit den Neuen reden.

Ja? Hat Albie die nicht schon am Mittwoch eingearbeitet?

Doch, aber die in der Abteilung für …

Ich wollte ›Großbösen‹ sagen, das Wort ›Großbösen‹ schob sich bereits aus dem feuchten Dunkel meiner Kehle hoch, das G bildete sich bereits in der Grimasse, die den G-Laut hervorbringt. Aber genau in diesem Moment schlingerte die Fliege summend auf mein Ohr zu, und ich schlug mit animalischem Reflex nach ihr, hitzig und gedankenlos, und stieß die Lampe um. Sie ging reichlich übertrieben zu Bruch, mit einem Kladderadatsch wie eine zwölfmal so große Lampe. Zu guter Letzt zerplatzte die Glühbirne in einem Funkenregen, der still zu Boden rieselte und von selbst erlosch. Wir sagten nichts, aber die abrupte Rückkehr der Dunkelheit war wie eine Frage, die mit hochgezogenen Augenbrauen wartete. Was immer ich als Nächstes tat oder sagte, würde über mich entscheiden. Ich sagte nicht ›Großbösen‹ aber das G war noch in meiner Kehle und wollte sich Gehör verschaffen.

Ich knurrte.

Sofort drehte sich Victor zu mir um und presste sein Gesicht an meinen Hals. Danach, nach dem Knurren, kam das neue Leben wie von selbst.«[126]

Wie ist es, das homosexuelle Begehren an sich zum ersten Mal zu bemerken? Carolin Emcke beschreibt in ihrem Buch *Wie wir begehren*, wie es für sie war:

»Die erste Frau, von der ich wusste, dass sie mit Frauen schläft, war auch die erste Frau, mit der ich geschlafen habe. Da war ich schon 25. Als es die Möglichkeit gab, real, als ich das erste Mal einer schönen bisexuellen Frau begegnete, da wollte ich sie unbedingt berühren, lieben, wollte sie unbedingt *haben*. Vielleicht, das kann ich nur mutmaßen, hätte ich auch mit einer Frau geschlafen, wenn mir eine, die auch Frauen begehrt, mit 16 begegnet wäre.

Ich erinnere mich noch, wie ich sie das erste Mal sah, richtig *sah*, und dachte: ›Wie schön sie ist.‹ Wenn ich ehrlich bin, dachte ich nicht: ›Wie schön sie ist!‹, sondern ich dachte: ›Die Männer müssen wahnsinnig werden, so schön, wie sie ist.‹ Ich schaute sie an, wie sie saß, sprach, die Beine übereinanderschlug, ich verfolgte jede ihrer Bewegungen, jede Geste, ich wollte sie berühren, ihre Hände, ihre Lippen, ihre Beine – und dachte doch, dass dies Männer denken müssen, nicht ich. Solche Blicke, solche Gedanken, solches Begehren für eine Frau mussten Männer haben, es

126) July, *Zehn Wahrheiten*, S. 63–67

gelangte zu mir nur über einen heterosexuellen Filter. Ich deutete mich selbst in dem Rahmen, der sozial eingeübt war, den ich gewohnt war, solche Anziehung, das gab es zwischen Männern und Frauen, solche Blicke hatte ich normalerweise für Männer. […]

Erst als ist nicht aufhören konnte, sie anzuschauen, als die Anziehung zu dringlich wurde, konnte ich die Lust des Blicks schließlich als meine eigene erkennen: *Ich begehrte eine Frau.* Bis heute erstaunt mich das. Nicht, dass ich homosexuell geworden bin. Sondern dass ich es so spät bemerkt habe. Dass ich die Anzeichen früher nicht bemerkt habe. Dass ich all die Töne, die schon die Überleitung andeuteten, nicht gehört habe. Im ersten Moment, als ich mich in eine Frau verliebte, war ich überrascht über mich selbst, um meine Langsamkeit. Wie konnte ich das nicht früher bemerkt haben? Wie konnte das sein? Konnte das wirklich sein? Schließlich hatte ich jahrelang nur Männer geliebt.«[127]

Bei Antje Ravic Strubel in *Kältere Schichten der Luft* wird die Entdeckung des homosexuellen Begehrens als die natürlichste Sache der Welt beschrieben:

»Ich war mit zwei jüngeren Brüdern groß geworden. Ich hatte sie im Kinderwagen um die Ecken geschoben und auf den windigen Wäscheplätzen hinter dem Haus. Ich hatte mit ihnen gebadet, auf Bäumen gesessen, unter Balkons Buden gebaut, und später hatte ich ihre Spiele unter der Decke gesehen, wir

127) Emcke, *Wie wir begehren*, S. 213 f.

teilten uns ein Kinderzimmer zu dritt, ein Doppelstockbett und eine schmale Matratze. Ich konnte mir alles erlauben, sie erlaubten sich alles mit mir. Sie waren mir so vertraut wie ich selbst, so vorhersehbar. Durch ihre Nähe kam mir gar nichts anderes in den Sinn, als Frauen zu lieben.«[128]

In ihrem Buch *Tupolew 134* kommt das Entdecken des lesbischen Begehrens dagegen einer Überraschung gleich:

»Sie lagen nebeneinander, und Verona konnte die Erhebungen und Vertiefungen von Katjas Körper unter dem Sand sehen. Sie spürte noch die wacklige Sanddecke auf Katjas Bauch. Sie sah Katja an.

Was nichts Ungewöhnliches war.

Sie betrachtete sie nur mit erhöhter Aufmerksamkeit. Eine Aufmerksamkeit, an der sich ihr ganzer Körper beteiligte. Sie spürte den Körper überall da, wo er gegen die kalte Sandhülle stieß, und überall da begann sie zu denken.

Sie dachte zum Beispiel an die aufgesprungene Haut von Katjas Lippen. Sie dachte daran, wie ihre Hand in Katjas Haaren aussah. Wie eine Hand überhaupt aussieht in Haaren, die man noch nie angefasst hat. Sie hoffte, daß Katja die Augen schloss.

Dann stütze sie die Arme auf, als wollte sie sich aus der Sandhöhle herausziehen.

›Willst du schon abhauen‹, sagte Katja.

Der Sand preßte die Beine und den Rücken fest an den Boden, er drückte ihn gegen die Schenkel, und

128) Strubel, *Kältere Schichten der Luft*, S. 18

als Verona, wieder zwischen ihrem Körper und dem Sand unterscheiden konnte, stellte sie fest, daß nicht der Sand an ihren Schenkeln so feucht war. Und dabei hatten sie immer gesagt: zu trocken. Die reinste Sahara. Das ist ja, als ob man ihn durch die Wüste schrubbt, bei dir.«[129]

»ICH LIEBE DICH«

Ein höchst aufgeladener Satz, der Beziehungen in ein Davor und Danach einteilt. Ein Satz, der unter der Wiederholung ebenso leidet wie darunter, nicht ausgesprochen zu werden. Es folgen verschiedene Textstellen, in denen die berühmten drei Wörter ausgesprochen, aber ebenso hinausgezögert, umgangen oder verweigert werden. Deutlich wird in jedem Fall, was für einen besonderen Stellenwert dieser Satz hat und wie oft er als Gradmesser oder Test für die Glaubwürdigkeit der Gefühle des anderen eingesetzt wird.

Paula stellt in *Legende vom Glück ohne Ende* von Ulrich Plenzdorf klar, worauf es beim Aussprechen dieses Satzes ankommt:

»›Liebe und Ironie‹, war Paulas Meinung, ›gehen bei mir nicht zusammen. Da muß man alles sagen, wie man es meint. Und wenn man meint, ich liebe dich, dann muß man auch sagen, ich liebe dich. Und nicht etwas: ›übrigens, was ich noch sagen wollte, ich liebe dich.‹ Oder: ›im Prinzip liebe ich dich‹, ›ich liebe

129) Strubel, *Tupolew 134*, S. 275

dich ziemlich‹, ›ich liebe dich nämlich, ›ich liebe dich vermutlich‹ und so weiter. Es sind diese drei Worte, die eine Frau hören will. Sie können auch geschrieben sein, auch falsch geschrieben sein. Auch das gilt, aber sonst nichts.«[130]

Marguerite Duras schildert in *Heiße Küste* die jugendlichen vagen Vorstellungen, die ihre Hauptperson Suzanne von diesem Satz hat – und wie sich diese im Moment des Gesagtbekommens konkretisieren:

»In dem einzigen Buch, das sie jemals gelesen hatte, wurden die Worte ›Ich liebe dich‹ nur einmal im Laufe der Unterhaltung von zwei Liebenden gesprochen. Nur einige Minuten dauerte das Gespräch, aber es beendete monatelanges Warten, eine furchtbare Trennung, unendlichen Kummer. Bisher hatte Suzanne sie immer nur im Kino gehört. Lange hatte sie geglaubt, daß es unendlich viel schwerer wöge, sie zu sagen, als sich dem Mann hinzugeben, der sie gesagt hatte, daß man sie nur einmal im Leben, nur ein einziges Mal, sagen konnte. Wer sie öfter sagte, war ein gemeiner Schuft. Aber sie wußte jetzt, daß sie sich irrte. Man konnte sie spontan, im Augenblick der Begierde, sagen. Auch zu Huren konnte man sie sagen. Manchmal hatten die Männer das Bedürfnis, sie zu sagen, nur um ihre erschöpfende Gewalt zu fühlen. Und sie zu hören war auch manchmal notwendig, aus den gleichen Gründen.

›Ich liebe dich‹, wiederholte Herr Jo.«[131]

160) Plenzdorf, *Legende vom Glück ohne Ende*, S. 75

131) Duras, *Heiße Küste*, S. 177

Bei Max Frisch in *Montauk* bleibt der Satz aus:

»Es ist nie gesagt worden: I LOVE YOU«[132]

Während bei Jean-Paul Sartre in *Die schmutzigen Hände* um ihn gerungen wird:

»Hugo: Sag's mir jetzt.

Jessica: Was?

Hugo: Daß du mich liebst.

Jessica: Ich liebe dich.

Hugo: Sag's mir im Ernst.

Jessica: Was ist denn mit dir los? Spielst du?

Hugo: Nein, ich spiele nicht.

Jessica: Warum fragst du mich so was? So bist du doch sonst nicht.

Hugo: Ich weiß nicht. Ich würde gern denken, du liebst mich. Das ist wohl mein gutes Recht. Nun, sag es mir. Sag es r i c h t i g .

Jessica: Ich liebe dich. Ich liebe dich. Nein: ich liebe dich!

Hugo: Ich liebe dich.

Jessica: Siehst du: Besser als ich kannst du es auch nicht.

Hugo: Jessica, du glaubst nicht, was ich gesagt habe.

Jessica: Daß du mich liebst?

Hugo: Dass ich Hoederer umbringen werden.

Jessica: Natürlich glaube ich es.

Hugo: Jessica, versuch doch einmal ernst zu sein.

Jessica: Wieso sollte ich ernst sein?

Hugo: Weil man nicht ständig spielen kann.

132) Frisch, *Montauk*, S. 72

Jessica: Ernst sein liebe ich zwar nicht, aber ich weiß eine Lösung: Ich werde spielen, ernst zu sein.«[133]

Ähnlich vertrackt geht es in der *Chronik der Gefühle* von Alexander Kluge zu:

» - Liebst du mich?

- Sie druckste.

- Ich habe etwas gefragt ..., beharrte er.

- Ich hab's gehört.

- Und?

Sie wollte nicht antworten. Nach einer Weile brachte Fred das Gespräch erneut auf das Thema.

- Würdest du sagen, daß du mich liebst?

- Was muß ich jetzt sagen?

- Du sollst etwas dazu sagen. Wozu sind wir zusammen, wenn du zu dem Kern der Angelegenheit nicht beiträgst ...

- Aber sagen?

- Liebst du mich oder nicht?

- Daß ich dich nicht liebe, würde ich ja nicht zugeben, so wie wir hier zusammen sind ...

- Das ist keine Antwort. Ja oder nein?

Sie wollte Zeit gewinnen, schälte ihm einen Apfel und reichte ihm Stück für Stück. Die Frage lag ihr nicht.

- Liebst du mich?

Sie hätte ihn gern ironisch abgefertigt und überhörte die Frage, die durch Wiederholung zweifellos nicht gewann. Da er aber ernsthaft blieb, nach einer Antwort dringlich verlangte, äußerte sie sich so:

133) Sartre, *Die schmutzigen Hände*, S. 116 f.

- Ich kann sagen, daß ich es lieber habe, wenn du da bist, als wenn du weg bist.

- Wo weg?

- Aus meiner Umgebung weg.

- Wie ein Hund?

- Von dem würde ich das so nicht sagen.

- Aber irgendwie anders? ›Ich habe Fifi lieber da, als daß er weg wäre?‹

- So ähnlich.

Fred war innerlich verletzt. Sie aber konnte sich nicht anders äußern. Auf eine Unwahrheit mehr oder weniger wäre es ihr in diesem Leben nicht angekommen. Aber das Wort *Ich liebe dich* hat eine magische Qualität. Man kann es im Leben, dachte sie, nur *einmal* sagen, und bei dieser Gelegenheit würde ich – da ich ja nicht ›man‹ bin, – fügte sie hinzu – sicherlich aus Aberglauben gar nichts sagen, schon um das bißchen Liebe, das es gibt, nicht zu verscheuchen.«[134]

Auch Michael Lentz sinniert in *Liebeserklärung* über die Bedeutung des Aussprechens dieses Satzes:

»[U]nd soll ich jetzt lachen oder weinen, wie man in solchen Momenten so sagt, wie man in solchen Liebesdingen, in solchen durch und durch verwirrten Liebesangelegenheiten, so im Allgemeinen ja das sagt, was ich hier sage, wenn es auch nur für dich ist, wenn meine Liebe auch nur für dich ist, ist es nicht unerträglich, und ist es nicht unerträglich unumgänglich, und von allgemein anerkannter Bekanntheit, dieses Phänomen, dass wir keine Sprache der Liebe

134) Kluge, *Chronik der Gefühle*, S. 301 f.

haben, aber eine Liebesflucht, eines Liebesabgrund, eine Vernichtung, dass wir keine Sprache der Liebe haben, die so ganz lieb ist, außer immer wieder die Hinwendung, das Versichern des Körpers, das Kommen und Gehen, und immer wieder sagen ›Ich liebe dich‹, und sind auch beschämt, nicht etwas anderes zu sagen von identischer Wucht, aber nein, wir können nur ›Ich liebe dich‹ sagen, und sagten wir endlich etwas anderes, es liefe auf dasselbe hinaus, meinst du ›Ich liebe dich‹, würde der andere dann hinterfragen, willst du eigentlich ›Ich liebe dich‹ sagen, fragt dann der andere, wenn du ›Ich liebe dich‹ meinst, dann sage auch ›Ich liebe dich‹, und jetzt für diese Momente, sitze ich also gänzlich allein in diesem Zugabteil.«[135]

Bei Monika Maron in *Animal Triste* hat sich der Satz bereits leergelaufen:

»Ständig fordere ich Bekenntnisse, die mich aber nicht länger beunruhigten, als Franz brauchte, um sie auszusprechen. Und wenn er eben beteuert hatte, daß er mich liebe, wollte ich es ein paar Minuten später wieder hören. Wahrscheinlich hätte ich es damals für eine normale Unterhaltung angesehen, wenn wir einander stundenlang wieder und wieder den gleichen Satz gesagt hätten. Oder, was noch schlimmer war, ich antwortete auf Franz' Liebessätze mit einem spöttischen, ihn der Lüge bezichtigenden Lachen oder ›achja‹.«[136]

135) Lentz, *Liebeserklärung*, S. 17

136) Maron, *Animal Triste*, S. 187

Sich ein Bild machen, fantasieren. Dies kann spielerisch und lustvoll sein, aber auch aus Angst passieren. Wenn man sich nicht mit dem anderen konfrontieren oder auseinandersetzen will, imaginiert man sich den anderen und macht sich sein eigenes (idealisiertes) Bild. Man erschafft und formt den anderen nach den eigenen Wünschen. Dabei bleibt man schön in der Distanz. Das Fan-Dasein ist ein gutes Beispiel für dieses Idealisieren: Aus sicherer Entfernung schenke ich jemandem meine ganze Liebe, himmle ihn an. Das ist bei Robert Walser in seiner Prosasammlung *Feuer* nachzulesen:

»Er [der Liebhaber] war auf Tage, ja auf Wochen hinaus mit einem Kopfnicken zufrieden; auch brauchte er nicht einmal das, ihre Erscheinung schon machte ihn glücklich, und das Glück machte ihn stark. Er besaß Phantasie, kannte nicht einmal dem Namen nach seine Geliebte. Nur hin und wieder sah er, wie sie schön war. […]

Sie schaute ihn ein einziges Mal an, und nun stellte er sich immer diesen einen Moment vor und hielt sie um der Regung willen für die schönste Seele. ›Ich will sie fragen, ob sie eines Knechts bedarf‹, sprach er zu sich. Mancher andere würde sie für ich weiß nicht was gehalten haben, ihm war sie fehlerlos in solchem Grad, dass er sich vor ihr unwürdig vorkam, aber diese Empfindung drückte ihn nicht, vielmehr war er beständig heiter, seitdem er sie sah.«[137]

137) Walser, *Feuer*, S. 74 f.

Kommt es dann tatsächlich zu einer Begegnung, sind die Enttäuschungen quasi programmiert. Bei Giacomo Leopard kippt das wohlige Heraufbeschwören der Angebeteten schon in dem Moment, in dem sich das Bild entzieht:

»Jeden Abend, wenn ich im Bett lang wach liege, verwende ich mich mit jedem möglichen Eifer darauf, mir ihre lieben Züge ins Gedächtnis zurückzurufen, die mir wahrscheinlich gerade deshalb entschwinden, weil ich sie mit so großer Hingabe zu halten suche, und ich kann nicht mehr sehen als ihre Umrisse.«[138]

Barthes geht so weit, zu behaupten, dass man immer nur in ein Bild verliebt ist.[139] Das wirft die Frage auf, wie dieses Bild eigentlich entsteht, wo die Vorstellungen herkommen. Denn zu imaginieren ist man nur imstande, was innerhalb des eigenen Erfahrungshorizonts denkbar ist. Dies wiederum verrät mehr über die Person und ihre ➢ Wunschträume (305) als über die andere Person. Aber heißt das, dass man nur lieben kann, was man sich auch vorstellen kann? Das fragt sich auch Carolin Emcke: »Ist das, was wir wollen, auch abhängig davon, dass wir uns ausmalen können, was wir wollen *könnten*? Ist die Lust abhängig davon, dass wir sie uns phantasieren können? Und ist die Phantasie abhängig davon, was wir uns trauen zu phantasieren?«[140]

138) Leopardi, *Tagebuch der ersten Liebe*, S. 12

139) Vgl. Barthes, *Die Körnung der Stimme*, S. 319

140) Emcke, *Wie wir begehren*, S. 144

Eine Textstelle, die diese Frage aufgreift, findet sich bei Jeffrey Eugenides in *Die Liebeshandlung*, wo es um die geheimen Fantasien der Hauptperson Madeleine geht:

»Der Entdeckergeist, der jetzt in ihrem Schlafzimmer wehte, hatte eine starke Wirkung auf Madeleine. Er brachte sie wenig später dazu, Leonard eines Nachts, als er das Friseur-Szenario wiederholen wollte, zu gestehen, dass verhätschelt zu werden nicht ihre geheimste Phantasie war. Ihre allergeheimste Phantasie war etwas, was sie noch nie jemanden gesagt hatte und sich kaum eingestehen konnte. Sie sah so aus: Jedes Mal, wenn Madeleine masturbierte (schon das war schwer zuzugeben), stellte sie sich selbst als kleines Mädchen vor, dem der Hintern versohlt wurde. Sie wusste nicht, weshalb. Sie hatte keine Erinnerung daran, als Kind übers Knie gelegt worden zu sein. Ihre Eltern hatten auf Schläge nichts gegeben. Und es war gar keine richtige Phantasie; das heißt, sie wollte nicht, dass Leonard sie versohlte. Aber aus irgendeinem Grund hatte diese Vorstellung ihr immer zu einem Orgasmus verholfen, wenn sie sich selbst berührte.«[141]

Unbestritten ist, dass das Imaginieren als die ureigenste Aufgabe der Literatur gilt: Das Erfinden von Personen und Geschichten, die dann jeder mit seinen eigenen Bildern auffüllt. So ist Max Frischs Roman *Mein Name sei Gantenbein* durchzogen von dem Satz: »Ich stelle mir vor.« Barthes beschreibt es so: »Ich

141) Eugenides, *Die Liebeshandlung*, S. 538

habe einen lebendigen Bezug zur vergangenen Literatur, weil mir gerade diese Literatur Bilder liefert, mir ein gutes Verhältnis zum Bild verschafft.«[142]

Man kann allerdings darüber streiten, ob die Bilder, die in der Literatur und im Film entworfen werden, tatsächlich die Fantasie befördern oder eher kontraproduktiv wirken – weil sie in ihrer Überpräsenz die eigene Fantasie erlahmen lassen. Ein großer Kritiker der Hypervisibiliät ist der Philosoph Byung-Chul Han. Er warnt vor der Allgegenwart medialer Bilder, die seiner Meinung nach zu einer Vernichtung von Fantasie und Unwissenheit und zu einem Verlust des anderen in seiner radikalen Singularität führen.[143]

Max Frisch führt in *Stiller* vor, was passiert, wenn das Bild, das man sich von einer Person macht, die reale Person überlagert. Gleichzeitig wird deutlich, wie ein Bild hilft, die andere Person unter Kontrolle zu halten und sich vor der Begegnung zu drücken:

»›So also siehst du mich!‹ sagte Julika. Du hast dir nun einmal ein Bildnis von mir gemacht, das merke ich schon, ein fertiges und endgültiges Bildnis, und damit Schluß. Anders als so, ich spürte es ja, willst du mich jetzt einfach nicht mehr sehen. Nicht wahr?‹ Stiller steckte sich eine Zigarette an. ›Ich habe in letzter Zeit auch über vieles nachgedacht‹, sagte Julika und blies die Schneekristalle von ihrer Kamelhaardecke auch dann, wenn sie selbst das Wort führte, nicht umsonst heißt es in den Geboten: du sollst dir kein

142) Barthes, *Die Körnung der Stimme*, S. 308

143) Vgl. Han, *Agonie des Eros*, S. 53

Bildnis machen! Jedes Bildnis ist eine Sünde. Es ist genau das Gegenteil von Liebe, siehst du, was du jetzt machst mit solchen Reden. Ich weiß nicht, ob du's verstehst. Wenn man einen Menschen liebt, so läßt man ihm doch jede Möglichkeit offen und ist trotz allen Erinnerungen einfach bereit, zu staunen, immer wieder zu staunen, wie anders er ist, wie verschiedenartig und nicht einfach so, nicht ein fertiges Bildnis, wie du dir es da machst von deiner Julika. Ich kann dir nur sagen: es ist nicht so. Immer redest du dich in etwas hinein – du sollst dir kein Bildnis machen von mir! das ist alles, was ich dir darauf sagen kann.‹ Stiller rauchte vor sich hin.«[144]

Irvin D. Yalom beschreibt in *Und Nietzsche weinte*, wie die Bilder ein Eigenleben bekommen und die Realität überlagern:

»Gestern hatte er einen einsamen Spaziergang unternommen, hatte die Insel Murano umrundet und hatte gleichwohl nach einer Stunde nichts gesehen, nichts wahrgenommen; es waren keine Bilder von der Netzhaut ins Gehirn gelangt. Seine Aufmerksamkeit hatte einzig Bertha gegolten: ihrem betörenden Lächeln, ihrem hingebungsvollen Blick, der Wärme ihres vertrauensvollen Körpers und ihrem beschleunigten Atem, wann immer er sie untersuchte oder massierte. Diese Bilder besaßen Macht, sie führten ein Eigenleben. Sobald seine Wachsamkeit nachließ, stahlen sie sich in sein Bewußtsein und usurpierten seine Vorstellungen. ›Soll das mein Los sein?‹ fragte

144) Frisch, *Stiller*, S. 113 f.

er sich. ›Bin ich dazu verdammt, die Bühne zu sein, auf der sich bis in alle Ewigkeit meine Erinnerungen an Bertha in Szene setzen?‹«[145]

In *Homo Faber* wird ein anderer Effekt geschildert. Die Entfremdung, die einsetzt, wenn man etwas imaginiert, was sonst als das Natürlichste der Welt gilt:

»Ich schwenkte mein Glas, um zu riechen, und wollte nicht daran denken, wie Mann und Weib sich paaren, trotzdem die plötzliche Vorstellung davon, unwillkürlich, Verwunderung, Schreck wie im Halbschlaf. Warum gerade so? Einmal von außen gedacht: Wieso eigentlich mit dem Unterleib? Man hält es, wenn man so sitzt und die Tanzenden sieht und es sich in aller Sachlichkeit vorstellt, nicht für menschenmöglich. Warum gerade so? Es ist absurd, wenn man nicht selber durch den Trieb dazu genötigt ist, man kommt sich verrückt vor, auch nur eine solche Idee zu haben, geradezu pervers.«[146]

INSZENIERUNG

Sich vor jemandem zu inszenieren kann verschiedenes bedeuten: sich als jemand anderes ausgeben, sich zu verkleiden, für begehrliche Blicke zu posieren, eine Rolle annehmen. Dabei man kann sich als Person des anderen Geschlechts, als (Kuschel-)Tier, als stark oder schwach, als draufgängerisch oder schüchtern, etc.

145) Yalom, *Und Nietzsche weinte*, S. 9

146) Frisch, *Homo Faber*, S. 93

ausgeben. Eine Inszenierung beschränkt sich häufig nicht auf das Äußerliche, sondern bezieht auch das Verhalten, das In-der-Welt-Sein ein. Es geht dabei weniger um Perfektion oder Täuschung, sondern um die Anregung der ➢ IMAGINATION (148), um ein Spiel mit unterschiedlichen Identitäten und Rollen, in der diese vertauscht und übertrieben werden können – wie bei Burlesque Shows, Verkleidungspartys oder beim Karneval. Es ist erstaunlich, wie stark die Wirkung eines neuen Kleidungstücks sein kann – wie es Macht verleiht oder verletzlich macht, je nachdem.

Diese vielfältigen Gefühle beim Sich-Inszenieren zwischen Ermächtigung und Erniedrigung lässt Siri Hustvedt ihre Protagonistin Lily durchleben:

»Ich bin schlecht, dachte Lily, und im selben Augenblick wußte sie, was sie tun würde. Sie machte alle Lichter an und riß das Fenster so heftig auf, daß sie sah, wie Shapiro den Kopf drehte und zu ihr hinüberschaute. Gut, dachte sie. Gut. Er ging an sein Fenster und beugte sich hinaus. Sie hörte Mabel nebenan eilig tippen, eine Pause machen und wieder in die Tasten hauen. Lily ging schnurstracks zum Fenster und nahm Shapiro gegenüber Aufstellung. Sie hob die Hand, löste das Band, das ihren Pferdeschwanz zusammenhielt und schüttelte ihr Haar, daß es auf den Rücken fiel. Sie sah ihn direkt an, obwohl sein Gesicht im Schatten lag, und knöpfte langsam ihre Bluse auf. Dann warf sie sie zu Boden, strich mit den Fingern über ihre nackte Schulter und biß sich fest in die Unterlippe. Das ist wunderbar, dachte sie und knöpfte ihre abgeschnittenen Jeans auf. Sie drehte sich zur Seite und wand sich aus den engen Shorts. Sie fühlte, wie der feste Stoff über ihren Hintern glitt, und dieses Gefühl, gepaart mit dem Wissen, daß er sie ansah, löste in ihr die Vorstellung aus, eine andere zu sein – ein leichtlebiges Mädchen, das bei einer Stripshow auf die Bühne springt, ein Mädchen, das alles mitmacht und unschlagbar im Bett ist. Sie mußte ihre Unterhosen festhalten, damit sie nicht mit den Shorts herunterrutschte, und tat es, so anmutig sie es konnte. Dann schleuderte sie die Shorts in Richtung ihrer Bluse, warf den Kopf zurück und lächelte. Sie hoffte, daß Shapiro das Lächeln sehen konnte. Von ihm selbst war nur die Silhouette auszumachen – der Umriß seines Kopfes und seiner Schultern im Fenster. Lily hakte ihren BH auf. Sie war froh, daß sie den Verschluß vorne hatte, so daß sie nicht hinten herumfummeln mußte. Sie ließ ihn die Arme hinunterrutschen, verschränkte dann die Hände über ihrem Busen und rollte die Schultern. Es waren geborgte Bewegungen, aber das steigerte nur ihren Spaß. Einen Augenblick lang dachte sie an Marylin, nahm den BH in die Hand und schleuderte ihn durchs Zimmer. Er flog höher und weiter, als sie vorgehabt hatte. Im Fallen blieb er am An-/Aus-Knopf des Fernsehapparates hängen, und dort baumelte er nun, einen halben Meter über dem Boden. Lily starrte auf den BH. Er war grau. Ich muß in den Waschsalon, dachte sie, und blickte auf ihren Busen, dann auf ihre Füße hinunter. Wo die Schnürsenkel sich in ihre Haut eindrückten, waren Rötungen entstanden. Sie fühlte sich nackt. Einen Moment lang erwog sie, einen Satz zum Bett hin zu machen und sich in die Decke zu wickeln, aber statt dessen, legte sie wieder die Hände über ihren Busen. O Gott, dachte sie. Ihr Herz schlug jetzt schnell, und sie atmete tief ein, bevor sie die Unterhose auszog. Du kannst jetzt nicht aufhören. Es würde wirklich blöd aussehen, als hättest du die Nerven verloren. Aber der Anblick ihrer Schamhaare ernüchterte sie noch mehr – ein dunkles Dreieck, eher rührend als erotisch. Die Schuhe rührte Lily nicht an, obwohl sie ihr die Zehen zusammendrückten wie Schraubstöcke. Mit nichts an den Schultern stand sie an ihrem Fenster und blickte über die Straße zu Edward Shapiro hinüber. Er ging vom Fenster weg. Eine Weile starrte sie auf die Rückseite seiner Leinwand, auf den Stuhl und das schwarze Telefon und fing fast an zu weinen. Aber sie hielt die Tränen zurück, wickelte sich in den Vorhang und setzte sich auf die Fensterbank. Sie roch Fliederduft in der Luft. Wahrscheinlich kam er von den Büschen vor der Bücherei an der nächsten Ecke. Ihre letzten Tage, dachte Lily. Und da hörte sie die Musik. Ein Mann begann in einer Sprache zu singen, die Lily nicht kannte, und kurz darauf antwortete ihm eine Frau. Edward Shapiro kam zum Fenster zurück, und Lily sah ihn an und hörte dem Mann und der Frau zu, die zusammen sangen.«[147]

Bei Milan Kundera ist es ähnlich ambivalent, aber am Ende lustvoller. Hier sind es zwei Frauen, die voreinander posieren:

147) Hustvedt, *Die Verzauberung der Lily Dahl*, S. 46 f.

»Neben dem Bett stand ein Nachttisch und darauf eine Art Ständer in Form eines Kopfes, wie Friseure ihn benutzen, um Perücken daraufzusetzen. Sabinas Perückenkopf trug jedoch keine Perücke, sondern eine Melone. Sabina lächelte: ›Das ist die Melone von meinem Großvater.‹

Solche Hüte, schwarz und steif und rund, hatte Teresa bisher nur im Kino gesehen. Chaplin trug so einen. Sie lächelte, nahm die Melone in die Hand und schaute sie lange an. Dann sagte sie: ›Möchtest du, dass ich dich damit fotografiere?‹

Sabina musste über diese Frage lange lachen. Teresa legte die Melone weg, nahm ihren Apparat und begann zu fotografieren.

Nach fast einer Stunde sagte sie auf einmal: ›Soll ich dich nackt fotografieren?‹

›Nackt?‹ lachte Sabina.

›Ja‹, sagte Teresa tapfer.

›Darauf müssen wir erst etwas trinken‹, sagte Sabina und ging, um eine Flasche zu öffnen.

Teresa fühlte eine Schwäche in ihrem Körper und schwieg, während Sabina mit dem Glas in der Hand auf und ab ging und über ihren Großvater plauderte, der Bürgermeister eines Provinzstädtchens gewesen war; Sabina hatte ihn nicht gekannt; alles, was von ihm übrig geblieben war, waren dieser Hut und ein altes Foto, auf dem die kleinstädtischen Würdenträger auf einer Tribüne standen; einer von ihnen war der Großvater; es war nicht klar, was sie auf der Tribüne machten, vielleicht enthüllten sie ein Denkmal für einen anderen Würdenträger, der bei feierlichen Anlässen ebenfalls eine Melone getragen hatte.

Sabina erzählt lange von der Melone und dem Großvater. Als sie das dritte Glas geleert hatte, sagte sie: ›Warte mal‹ und verschwand im Badezimmer.

Sie kam im Bademantel zurück. Teresa nahm den Fotoapparat und hielt ihn vors Auge. Sabina öffnete den Mantel.

Der Apparat diente Teresa als mechanisches Auge, um Tomas' Freundin zu beobachten, zugleich aber auch als Schirm, um ihr Gesicht dahinter zu verbergen.

Sabina brauchte eine gewisse Zeit, bis sie sich entschloss, den Mantel auszuziehen. Die Situation war doch etwas schwieriger, als sie vorhergesehen hatte. Nachdem sie eine Weile posiert hatte, ging sie auf Teresa zu und sagte: ›Und jetzt fotografiere ich dich. Zieh dich aus!‹

Die Worte ›Zieh dich aus!‹ hatte Sabina oft von Tomas gehört, und sie hatten sich ihr tief ins Gedächtnis eingegraben. Es war also ein Befehl, den die Freundin nun an die Ehefrau richtete. Tomas hatte die beiden Frauen durch denselben magischen Satz verbunden. Es war ganz seine Art, ein harmloses Gespräch unerwartet in eine erotische Situation zu verwandeln: nicht durch Liebkosen, Berühren, Schmeicheln oder Bitten, sondern durch einen Befehl, den er plötzlich erteilte, überraschend und leise, aber nachdrücklich und gebieterisch, und immer aus einer gewissen Entfernung: in diesem Moment berührte er die Frauen nie. Auch zu Teresa sagte er oft in demselben Ton: ›Zieh dich aus!‹, und selbst wenn er es nur leise sagte, selbst wenn er es nur flüsterte, war es ein Befehl, und sie war schon darum erregt, weil sie ihm gehorchte. Nun hörte sie dieselben Worte, und ihre Lust zu gehorchen war vielleicht umso größer, als es ein sonderbarer Wahnsinn war, jemand Fremden zu gehorchen, ein um so schönerer Wahnsinn, als der Befehl nicht von einem Mann kam, sondern diesmal von einer Frau.

Sabina nahm Teresa den Apparat aus der Hand und Teresa zog sich aus. Nackt und entwaffnet stand sie vor Sabina. Im wahrsten Sinne *entwaffnet*, das heißt ohne ihren Apparat, hinter dem sie eben noch ihr Gesicht versteckt hatte und den sie gleichzeitig wie eine Waffe auf Sabina gerichtet hatte. Sie war Tomas' Freundin ausgeliefert. Diese schöne Ergebenheit berauschte sie. Sie wünschte, die Sekunden, da sie nackt vor Sabina stand, gingen nie zu Ende.«[148]

KINDER

Kinder wollen, Kinder verhindern, Kinder machen, Kinder kriegen, Kinder großziehen. Wenn Kinder da sind, machen sie aus einem Paar eine ➢ Familie (109). Das kann eine willkommene Belebung des Partnerlebens bedeuten, aber auch in eine Funktionalisierung der Beziehung münden, wenn Pärchenzeit von nun an Kinderzeit bedeutet und sich alles um die Organisation der Kinderbetreuung dreht.

Wie sich die »Bühne der Zwei« durch den Zuwachs verändert, erläutert der Philosoph Alain Badiou. Auf

148) Kundera, *Die unerträgliche Leichtigkeit des Seins,* S. 63–65

die Frage *»Nehmen wir also an, dass die Liebe die Verwirklichung der Zwei als solche ist, die ›Bühne der Zwei‹. Und das Kind? Verändert oder stört das Kind nicht diese ›Bühne der Zwei‹? Ist es nicht die ›Eins‹, die die ›Zwei‹ der Liebenden versammelt, jedoch auch eine ›Drei‹, die sie fortführen, aber auch trennen kann?«* antwortet er: »Das ist eine sehr tiefgehende und interessante Frage. Ein Freund, Jérôme Benarroch, der ein Gelehrter des Judentums ist, stimmt bis auf einen Punkt mit meiner These über die Liebe überein. Er sagt immer: Ja, die Liebe ist die Prüfung der Zwei, sie ist ihre Erklärung, ihre Ewigkeit, aber es gibt einen Moment, wo sie sich auf der Ebene des Einen beweisen, das heißt zum Einen zurückkehren muss. Und die zugleich symbolische und reale Gestalt dieses Einen ist das Kind. Die wahrhafte Bestimmung der Liebe ist trotzdem, dass es ein Kind als Beweis des Einen gibt. Ich habe seinem Einwand viele empirische Feststellungen entgegengestellt, besonders diese, dass man dann den sterilen, den homosexuellen Paaren und so weiter die Liebe absprechen müsste. Dann habe ich ihm viel grundlegender gesagt: Das Kind ist tatsächlich Teil des Raums der Liebe, insofern es das ist, was ich in meinem Jargon einen Punkt nenne. Ein Punkt ist ein besonderer Moment, auf den sich ein Ereignis zusammenzieht, wo es in gewisser Weise von neuem gespielt werden muss, so als ob es in einer verschobenen, veränderten Form zurückkäme, Sie aber verpflichtet, ›Neuerlich zu verkünden‹. Ein Punkt tritt im Grunde dann ein, wenn die Folgen einer Wahrheitskonstruktion, egal ob sie nun eine der Politik, der

Liebe, der Kunst oder Wissenschaft ist, Sie plötzlich zwingen, eine radikale Wahl zu treffen, wie ganz am Anfang, als Sie das Ereignis akzeptiert und verkündet haben. Man muss neuerlich sagen: ›Ich akzeptiere diesen Zufall, ich begehre ihn, ich nehme ihn auf mich.‹ Im Fall der Liebe muss man, und zwar oft ganz dringend, seine Erklärung wiederholen. Man könnte sagen: Man muss neuerlich sehen, an welchem Punkt man ist. Ich glaube, das ist das Kind, der Kinderwunsch, die Geburt. Es ist Teil des Liebesverlaufs, offensichtlich in der Form eines Punkts für die Liebe.

Es ist bekannt, dass jedes Paar bei der Geburt einer Prüfung unterzogen wird. Die Geburt ist zugleich ein Wunder und eine Schwierigkeit. Um das Kind herum und gerade weil es eines ist, muss man die Zwei neu entfalten. Die Zwei wird sich fortan nicht mehr so in der Welt erfahren können, wie sie es tat, bevor sie an diesem Punkt angelangt war. Ich leugne überhaupt nicht, dass die Liebe sequentiell ist, anders gesagt, dass sie nicht von alleine läuft. Es gibt Punkte, Prüfungen, Versuchungen, neue Erscheinungen und jedes Mal muss man die ›Szene der Zwei‹ von neuem spielen, die Worte einer neuen Liebeserklärung finden.«[149]

Walter von Rossum beschreibt den Einfluss von Kindern auf Paare an einem Beispiel von Simone de Beauvoir und Jean-Paul Sartre, die gar keine eigenen Kinder hatten. Die beiden haben sich gegen eigene

149) Badiou, *Lob der Liebe*, S. 46 f.

Kinder entschieden, aber sie hatten eine Reihe von Liebhaberinnen und Liebhaber, die für die nötige Abwechslung in ihrer Beziehung sorgten:

»Sartre und Castor haben nie Kinder gewollt, aber dennoch eine Familie gegründet. Nicht zufällig ist die Schar der Liebhaber(innen) viel jünger als die beiden Stifterfiguren im Zentrum des Bildes, die theoretisch die beiden Eltern sein könnten; nicht zufällig sind sie psychologisch und finanziell im Banne ihrer ›Adoptiveltern‹ nicht zufällig tauschen sich Castor und Sartre über Wonne und Weh mit ihren Balgen im Detail und im elterlichem Tonfall aus. Hätte Sartre damals eine oder zwei Frauen außerhalb des erotischen Privatparks, hätte Simone einen Liebhaber oder eine Liebhaberin außer Reichweite der ›petite famille‹ gehabt, die beiden hätten sich aus den Augen verloren. So aber bleiben sie eng – und vielleicht enger denn je – aneinander gebunden.«[150]

Bei Leo Tolstoi wird in *Die Kreutzersonate* ausführlich die Frage erörtert: Wozu Kinder? Wobei zwischen unterschiedlichen Milieus unterschieden wird:

»Der Bauer braucht Kinder für die Arbeit; fällt es ihm auch schwer, sie großzuziehen, so braucht er sie doch eben, und daher gibt es für seine ehelichen Beziehungen eine Rechtfertigung. Wir wohlhabenden Leute dagegen bedürfen der Kinder nicht, sie sind eine überflüssige Sorge, verursachen Kosten, Schwierigkeiten bei der Erbschaftsteilung, kurzum: sie sind eine Last. Für unser unlauteres Zusammenleben gibt

150) Rossum, *Simone de Beauvoir und Jean-Paul Sartre*, S. 45

es demnach überhaupt keine Rechtfertigungen mehr. Wir verhindern entweder die Empfängnis auf künstliche Weise, oder wir betrachten die Kinder, wenn sie dennoch geboren werden, als ein Unglück, als eine Folge von Unvorsichtigkeit. Das letztere ist noch unsittlicher als das erste, und es gibt keine Rechtfertigung dafür. Wir sind jedoch moralisch so gesunken, daß wir eine Rechtfertigung gar nicht mehr für notwendig halten. Die meisten in unserer heutigen gebildeten Welt huldigen dieser Ausschweifung ohne die geringsten Gewissensbisse. Wozu auch Gewissensbisse? Gibt es doch in dem Leben, wie wir es führen, kein Gewissen, außer etwas in jenen beiden Dingen, die wir als öffentliche Meinung und als Scheu vor dem Strafgesetz bezeichnen. Hier kommt jedoch weder diese noch jene in Frage: vor der öffentlichen Meinung braucht man sein Gewissen nicht beschwert fühlen, weil doch alle sich so verhalten, Maria Pawlowna so gut wie Iwan Sacharytsch – denn welchen Zweck hat es, Bettler in die Welt zu setzen, oder sich der Annehmlichkeiten des geselligen Verkehrs zu berauben? Scheu vor dem Strafgesetz oder Gewissensbisse in dieser Richtung kamen gleichfalls nicht in Frage. Liederliche Dirnen und Soldatenweiber werfen ihre Kinder wohl in Teiche und Brunnen, die müssen dafür natürlich auch ins Gefängnis wandern, bei uns jedoch geht alles fein sauber und rechtzeitig vor sich.«[151]

Nicht immer handelt es sich um eine bewusste Entscheidung, wenn Kinder kommen. Und nicht immer

151) Tolstoi, *Die Kreutzersonate*, S. 70 f.

ist eine Schwangerschaft gewollt. Max Frisch schreibt in *Montauk* von den Abtreibungen, für die sein Protagonist mitverantwortlich war, und den Verwicklungen, die sich daran anschlossen:

»Was er alles nicht beschrieben hat:

Vier Abtreibungen bei drei Frauen, die ich geliebt habe. Drei Mal ohne Zweifel, daß es richtig ist. Nie ohne Schrecken. Die Rolle des Mannes dabei, der dann den Arzt bezahlt. Ein Mal: Weil ich verheiratet bin, und sie möchte meinen Freund heiraten. Ein Mal mit einem anderen Grund: es ist zu spät in unsrer Geschichte. Wir sind Freunde geblieben. Ein Mal ist es ein Irrtum gewesen; eine Schuld, so denke ich später, meine Schuld. Ich habe nicht den Mut, das Kind zu verlangen; ich sehe sie so ohne Zögern (wenn auch voller Angst natürlich) und ich bin betroffen. Ich frage nur nochmals: Du willst es wirklich nicht? Sie weiß, daß ich bei ihr bleiben möchte. Als jüngerer Mann habe ich mir Kindern nicht eigentlich gewünscht; die schlichte Nachricht, daß ein Kind gezeugt worden ist, hat mich erfreut: der Frau zuliebe. Später wird es anders, aber ich bin nicht deutlich genug mit meinem Wunsch, ich wage es nicht, da ich die Geliebte so ohne Zögern sehe. Dann stehe ich in einer nächtlichen Straße, nachdem ich noch einmal gefragt habe, und warte in Erbarmen. Alles andere, so meinte ich, wäre Erpressung. Auch das ist lange her. Die Erpressung wäre richtiger gewesen (in diesem Fall). Ein Mal rät ein Arzt dazu und gegen unseren Wunsch.«[152]

152) Frisch, *Montauk*, S. 87

Bei Lily Brett gibt es im Roman *Chuzpe* gar eine Kinderklausel:

»Jim Redding war am Telefon. Ruth wußte, daß sich das Gespräch mit ihm nicht vermeiden ließ. [...]

›Ich habe in diesen Vertrag eine Sonderklausel einfügen lassen‹, brüllte er. ›Den üblichen Juristenkram. Sie weiß, worum es geht. Ich will keine Kinder. Es ist eine Antikinderklausel. Bei mir wird nicht herumlaviert, bei mir ist alles sonnenklar‹, sagte Jim Redding. ›Ich habe ihr Pro und Contra dargelegt. Entweder sie will heiraten, oder sie will nicht heiraten.‹ ›Sie weiß also, daß die Klausel in dem Vertrag enthalten ist?‹ fragte Ruth.

›Sie ist einverstanden damit‹, sagte Jim Redding. ›Diese Antikinderklausel hat inzwischen fast jeder. In rechtlicher Hinsicht sind sie natürlich strittig, aber wenigstens macht ihr das meinen Standpunkt ein für allemal klar. Wenn sie mir damit kommen will, daß sie auf einmal schwanger ist, dann ohne mich.‹

Ohne ihn? Wie wahrscheinlich war es, daß seine Verlobte ohne ihn schwanger werden würde? fragte sich Ruth.

›Sie ist einverstanden damit‹, wiederholte Jim Redding. ›Sie weiß, wie ich über Kinder denke. Sie hat gesagt, sie will auch keine. Das Problem ist, daß sie vierunddreißig ist. Ich kenne das schon. Ich hatte drei Frauen Mitte dreißig. Jeder hatte ich gesagt, daß ich keine Kinder will. Keine hat sich daran gehalten.‹«[153]

153) Brett, *Chuzpe*, S. 278 f.

Geht es dem Mann bei Lily Brett um die unbedingte Verhinderung von Kindern, regt Pablo Picasso in dem autobiografischen Roman seiner Exfrau Françoise Gilot explizit dazu an, Kinder zu bekommen:

»›Du darfst in solchen Dingen nicht deinem Kopf gehorchen‹, sagte er. ›Du wirst dich um die entscheidenden Dinge im Leben reden. Was du brauchst, ist ein Kind. Das wird dich zur Natur zurückbringen und die Harmonie mit der übrigen Welt herstellen.‹
Ich sagte, nichts sei einfacher in meinem Alter, als ein Kind zu bekommen. Es komme nur auf die Entscheidung an, aber ich glaube nicht, daß ein Kind die Erfahrung, mit der ich mich gerade jetzt auseinanderzusetzen habe, wesentlich bereichern könne. Kinder seien mehr in negativem als in positivem Sinne nützlich. Wenn man reif werde und keine Kinder habe, werde der Mangel spürbar, weil man als gereifter Mensch von sich selbst loskommen müsse. Und die Beschäftigung mit den Problemen anderer helfe die eigenen Schmerzen zu erleichtern. Doch Kinder seien nur eine Lösung unter vielen. Es gebe schließlich noch andere Formen des Schöpferischen. Die Tatsache, daß ich es unternommen hatte, Malerin zu werden, und obendrein mit ihm zu leben und die Last der Einsamkeit tragen zu helfen, zeige, daß ich versuche, etwas aus meinem Leben zu machen, um von mir selbst loszukommen. Jeden einzelnen dieser Schritte habe ich mir aufgezwungen, und es sei klar geworden, daß ich keine Wahl gehabt habe, doch der Gedanke, ein Kind zu haben, sei etwas, das mir bis heute nie in den Sinn gekommen sei; er scheine mir

völlig irrelevant. Es sei genauso, als ob er mir sage, ich solle lernen, Schuhe zu besohlen. Darauf könne ich nur antworten, ja, natürlich, das sei sicher sehr nützlich, aber im Augenblick doch wohl nicht unbedingt nötig. Und genauso empfinde ich den Gedanken, ein Kind zu haben. Das alles versuchte ich ihm zu erklären. Pablo seufzte: ›Worte, Worte‹, sagte er. ›Du bist nur auf der intellektuellen Ebene entwickelt, auf jeder anderen bist du zurückgeblieben. Du wirst nicht wissen, was es heißt, eine Frau zu sein, ehe du ein Kind hast.‹

Ganz so optimistisch war ich zwar nicht, wenn ich daran dachte, wohin meine radikalen Versuche, mich auf eigene Füße zu stellen wie eine erwachsene Frau, bisher geführt hatten. Das sagte ich ihm. Er tat es aber ab: ›Ich habe es oft genug wirken gesehen, und ich versichere dir, du wirst vollkommen verwandelt sein. Bitte, lehn es nicht ab, bevor du es nicht wenigstens versucht hast.‹

Ich konnte nicht sofort die lebhafte Begeisterung aufbringen, die Pablo an den Tag legte, doch bevor er das Thema fallenließ, hatte ich mich entschlossen, seinem Rat zu folgen und nicht mehr auf meinen Verstand zu hören. Pablo hatte, wie ich überzeugt war, aus dem Herzen gesprochen, also konnte ich ihm mit dem Herzen zuhören. Ich verbrannte Marie-Thérèse und all die anderen unangenehmen Geschichten aus meinen Gedanken und nahm im übrigen Pablos Rat an: Ich versuchte es.«[154]

154) Gilot, *Leben mit Picasso*, S. 162 f.

Françoise Gilot wurde kurz darauf schwanger, doch nicht bei allen Frauen klappt es so schnell mit der Schwangerschaft. Annika Reich lässt in ihrem Roman *Durch den Wind* ihre Protagonistin Friederike sehnsüchtig auf eine Schwangerschaft hoffen. Das Durchführen eines Schwangerschaftstests wird dabei zu einer quasi-existenziellen Handlung:

»Friederike kaufte auf dem Weg zu Yoko einen Schwangerschaftstest. Sie fuhr damit zu einer weit entfernten Apotheke, weil sie in den umliegenden Apotheken schon so oft einen Test geholt hatte, dass sie die Blicke der Apothekerinnen fürchtete.
›Bevor wir mit dem Malen loslegen, muss ich noch was machen‹, sagte Friederike, als sie zur Tür herein kam, und kramte den Test aus ihrer Tasche.

›Bist du schwanger?‹ fragte Yoko.

Friederike schaute sie an.

›Du bist schwanger‹, sagte Yoko.

›Ich glaube‹, sagte Friederike, ›ich glaube nicht, wahrscheinlich hab ich mir mal wieder was eingeredet. Ich weiß überhaupt nicht mehr, was ich glauben soll. Ich hab alles vermasselt mit Tom. Ich müsste bald meine Tage bekommen, aber die sind ja eh nicht regelmäßig, und wenn, dann wäre es noch schlimmer als …‹

›Mach erst mal den Test‹, sagte Yoko, ›du redest wie Britney Spears im Straßengraben.‹

Friederike ging Richtung Badezimmer, drehte sich noch einmal um und sagte: ›Wenn ich jetzt nicht schwanger bin, dann …‹

Dann würde es nichts mehr werden, dann wäre Schluss. Tom hatte sein Fahrrad sicherlich über alle

Berge geschoben, und einen anderen Mann wollte sie nicht, oder würde sie nicht finden, oder …

›Darüber musst du jetzt noch nicht nachdenken‹, sagte Yoko und schob Friederike Richtung Bad.

Friederike verschwand und wartete auf den rosa Strich, der auf dem kleinen, dünnen Streifen erscheinen sollte, auf dem Streifen, der viel zu fadenscheinig war, um eine solche Entscheidung zu tragen. Ein rosa Strich, der ihr Leben verändern würde. Aber: noch nicht einmal die Fata Morgana eines rosa Strichs. Nichts färbte sich, das Weiß blieb so rein wie die ungeschriebenen Seiten ihrer Promotion, wie Neuschnee, wie …

Er erschien.

Zuerst ganz sachte, dann schnell deutlicher, dann kaum noch wegzuleugnen, bis er fast banal in seiner Deutlichkeit einfach da stand. Gerade, rosa, unbeweglich. Der rosa Strich. Der rosa Strich durchzog das Weiß. Keine Fata Morgana, ein Strich.
Sie war schwanger.«[155]

Andere wiederum werden schwanger und verlieren das Kind. Kathrin Schmidt schreibt in *Du stirbst nicht*:

»Wie ist das eigentlich mit der Weiblichkeit? Im vergangenen Jahr war sie noch einmal schwanger geworden, ihr sechstes Kind hatte sich vier Monate lang angekündigt und war dann wieder verschwunden. Sie hatte an der Fehlgeburt schwer zu leiden gehabt, obwohl es ein unbeabsichtigtes und unerwartetes Kind gewesen war. Jenseits der vierzig hatte

155) Reich, *Durch den Wind*, S. 291–293

sie die Wahrscheinlichkeit noch einmal schwanger werden zu können, wohl in den Skat gedrückt.«[156]

LEIDENSCHAFT

Was für ein abgegriffenes wie überhöhtes Wort! Leidenschaft schafft Lust und Leiden. Leidenschaft als »zügellose Bewegung des Geistes und des Körpers«.[157] Leidenschaft geht mit besonders hoher Intensität und Hingabe einher. Ähnlich wie bei der ➢ SEHNSUCHT (219) geht es um das Sich-Verzehren nach jemandem, nur dass die Leidenschaft im Vergleich zur Sehnsucht häufiger (aus)gelebt wird; es tatsächlich zur Begegnung kommt. Dies lässt darauf schließen, dass es sich nicht um eine Kopfgeburt handelt, sondern um rohe, direkte Körperarbeit. Friedrich Nietzsche, durch die Feder von Irvin Yalom, bringt es auf den Punkt: »Meine Begierden haben ihren Sitz in meinen Genitalien, nicht in einer rein geistigen Arena der Macht!«[158]

Tatsächlich äußert sich die Leidenschaft meist in ungezügelten, fast rohen Sexszenen, in denen der Körper den Geist ausschaltet, wie hier bei J. P. Toussaint:

»Ich trat aus der Kabine, aufgewühlt, beklommen, unendlich glücklich und unglücklich. Fünf Minuten

156) Schmidt, *Du stirbst nicht*, S. 208

157) Illouz, *Warum Liebe weh tut*, S. 354

158) Yalom, *Und Nietzsche weinte*, S. 257

mit ihr, und ich wußte nicht mehr, wer ich war, sie verdrehte mir völlig den Kopf, sie nahm mich an der Hand, und ließ mich um mich selbst Pirouetten drehen, bis meine Weltsicht zusammengebrochen und meine Instrumente durcheinander geraten waren, alle meine Anhaltspunkte waren ein einziges wirres Knäuel, ich marschierte in der eisigen Luft der Nacht und wußte nicht, wohin, ich sah das schwarze Wasser auf der Oberfläche des Kanals glänzen und fühlte mich mitgerissen von widersprüchlichen, ins Maßlose gesteigerten irrationalen Regungen. Ich hatte mich auf eine Bank am Uferweg gesetzt, nachdenklich betrachtete ich die kleine Flasche in meinen Händen. Ich versuchte, der Gewalt der Gefühle, die mich zu Marie trugen, zu wiederstehen, aber natürlich war es bereits zu spät, ihr Charme war erneut in Aktion getreten, und ich fühlte, daß ich mich wieder einmal in die Spirale hineinziehen lassen würde, diese Spirale wenn nicht der inneren Zerrissenheit und der Dramen, so doch der Leidenschaft.«[159]

Auch bei Ulrich Peltzer schafft die Leidenschaft eine ganz eigene Dynamik und Versunkenheit:

»[G]enau da, in diesem Moment, ergriff Nele plötzlich Christians Hand, ergriff sie vorsichtig, ergriff sie wie selbstverständlich, ohne Druck, eine warme, leicht verschwitzte Hand, um die sie behutsam die ihre schloss.

Christian hatte das Fahrrad die Stufen in den Park heruntergetragen, den man in die Vertiefung eines

159) Toussaint, *Sich Lieben*, S. 142 f.

alten Kanalbeckens hinter der Kirche angelegt hatte, Laubengänge an den Backsteinmauern, Kieswege, Blumenrabatten, und jetzt saßen sie auf einer der Bänke, die in den von Efeu und Weinlaub dicht umrankten Gängen standen, das Rad gegen die nächste Stütze gelehnt. Wäre es heller gewesen, hätte er den Schweißfilm auf ihrem Hals und ihrem Gesicht sehen können, die Schweißflecken unter ihren Armen, ihre nackten Füße scharrten leise über den Kies, die Sandalen hatte sie auf dem Gepäckträger eingeklemmt. Was ist mit dir? Sie nahm ihre Brille ab und legte sie an den Rand der Bank. Nele, du Schöne. Ihr Kopf, der mit einem Mal auf seine Schulter sank und sich dann zu ihm hob. Ihre Haare kitzelten ihn an der Wange, auf seiner Stirn, er spürte, wie eine lose Strähne seine Augenbrauen und seine geschlossenen Lider strich. Ihre Haut war ganz heiß, blieb immer wieder an seiner kleben, geöffnete Lippen, eine gewölbte Unterlippe, eine Weichheit, die sein Kinn ertastete, verschlang, kratzige Bartstoppeln, Schweiß, den sie ableckte, seine Nase, seine Schläfen, die Stirn, zitternde Hände, die ihm die Brille abzogen und ins Gras fallen ließen, um ihn dann an sich zu drücken, ihre Hände an seinem Kopf, umfassten seinen Kopf, kämmten durch seine Haare, während ein Bein über seinen Schoß kroch, bis sie auf ihm kniete, ein reißendes Geräusch, als risse ihr Rock ein, fest gespannt an ihren Schenkeln, riss ein, rutschte hoch, ihre Bluse, unter der seine Hände ihr Hüften und ihren Rücken streichelten, sprang auf, sprang weg, und Nele befreite ihn von seinem Hemd, zerrte es ihm über den Kopf und sank, stürzte, fiel auf ihn herab, ihn umarmend, ihn an ihre Brust pressend, keuchend, lauter keuchend, wie Christian keuchte, als er die Träger ihres BHs herunterstreifte, das elastische Material der Schalen, sich in den Ärmeln ihrer Bluse verheddernd, ihre nackten Schultern dann, ihre schwere Brust, die sich an ihm, an seiner Brust quetschte, rieb, Lippen, die an Lippen saugten, Spucke, Spuckefäden, Feuchtigkeit von Zungen, heftig, schluckend, alle beide.«[160]

Die Schattenseiten der Leidenschaft sind aber ebenso unbändig, ihr widmet Toni Morrison mit *Liebe* ein ganzes Buch:

»So geht es, wenn Kinder sich ineinander verlieben. An Ort und Stelle, ohne erst miteinander bekannt gemacht zu werden. Die Erwachsenen achten nicht sonderlich darauf, denn sie trauen einem Kind nicht zu, was großartiger wäre als sie selbst, und so verwechseln sie Abhängigkeit von Ehrfurcht. […] Wenn solche Kinder sich finden, noch ehe sie wissen, zu welchem Geschlecht sie gehören oder welches von ihnen hungrig und welches wohlgenährt ist; noch ehe sie die Hautfarbe von fehlender Farbe, den Verwandten vom Fremden unterschieden können, dann haben sie ein Gemenge aus Selbstaufgabe und Aufsässigkeit gefunden, ohne das sie nie mehr sein können. Heed und Christine machten diesen Fund.

Die meisten Menschen haben nie eine solche Leidenschaft erlebt, die so stark war und so früh kam. Wenn doch, erinnern sie sich ihrer mit einem Lächeln und tun sie ab als Schwärmerei, die mit der Zeit und

160) Peltzer, *Teil der Lösung*, S. 282 f.

beizeiten erlosch. Es fällt schwer auf eine andere Art an sie zu denken, wenn das wirkliche Leben mit seiner Fülle anderer Menschen, seinem Wirbel anderer Gedanken auf den Plan tritt. […] Heed und Christine waren jener Schlag von Kindern, der es nicht schafft, die Liebe zurückzunehmen oder zu lagern. Wo das so ist, schneidet die Trennung bis auf den Knochen ins Fleisch.«[161]

LIEBE AUF DEN ERSTEN BLICK

Es bedarf nur eines Blicks, um ein Einvernehmen über das gegenseitige Begehren herzustellen und in Liebe zu verfallen. So unglaubwürdig es klingt, so gerne wird diese Szene doch bemüht, um die Schicksalhaftigkeit und Tiefe einer Begegnung zu untermauern. Eva Illouz hat sich intensiv mit dieser literarischen Figur beschäftigt:

»›Liebe auf den ersten Blick‹ wird als einzigartiges Ereignis erfahren, das unerwartet ins Leben einbricht; sie ist unerklärlich und irrational; sie stellt sich bei der ersten Begegnung ein und beruht daher nicht auf einer kognitiven und kumulativen Kenntnis des andren. Vielmehr leitet sie sich aus einer ganzheitlichen und intuitiven Form von Erfahrung ab. Sie unterbricht das alltägliche Leben und löst einen tiefen Aufruhr der Seele aus. Die Metaphern, mit denen dieser Geisteszustand beschrieben wird, verweisen auf eine überwältigende und übermächtige Kraft

161) Morrison, *Liebe*, S. 278

(Hitze, Magnetismus, Donner, Elektrizität und dergleichen). Das Liebesobjekt löst überwältigende Gefühle aus, die der Liebende nicht unter Kontrolle hat, der Wert des Liebesobjekts ist so hoch, daß er oder sie unvergleichlich wird und unmöglich gegen jemand anderen einzutauschen ist; die Absolutheit und Bedingungslosigkeit der Hingabe verlangen von uns somit eine völlige Selbstaufopferung und Preisgabe des Selbst. Eine solche Version der ›verzauberten Liebe‹ ist zugleich spontan und bedingungslos, überwältigend und ewig, einzigartig und total.«[162]

Iris Hanika ironisiert diese Überhöhung geschickt in ihrem Buch *Treffen sich zwei*:

»*SOME DAY, HE'LL COME ALONG* Als sie ihn das erste Mal sah *the man I love*, war sie wie vor den Kopf geschlagen. Im ersten Moment glaubt sie an eine Erscheinung a*nd he'll be big and strong*, denn er sah genau so aus *the man I love*, wie in ihren Gedanken immer der Mann ausgesehen hatte, den sie einmal lieben würde. *And when he comes my way, I'll do my best to make him stay. He'll look at me und smile and I'll understand. In a little while, he'll take my hand, and, though it seems absurd, I know we both won't say a word.* Bloß hatte sie sich nie Gedanken darüber gemacht, was anschließend geschehen sollte. *(We'll build a little home, just meant for two, from which I'll never roam, or what would you? And so all else above, I'm waiting for the man I love.)*

Nicht, dass er ihr Typ gewesen wäre oder sie ihn wenigstens besonders schön gefunden hätte, auch in

162) Illouz, *Warum Liebe weh tut*, S. 289

ihren Hirnbildern war das nicht so gewesen. Sie hatte nur, wenn sie an den Mann gedacht hatte, den sie später einmal lieben würde, immer dieses Bild vor Augen.

Und nun war es Fleisch geworden.

Also war es jetzt soweit.

Die Liebe sollte beginnen.«[163]

Bei Uwe Timm in *Rot* sind es weniger die im Vorfeld gemachten Bilder und Erwartungen, die mit dem »ersten Blick« aufgerufen werden, als eine irritierende Selbstverständlichkeit, die dem »ersten Blick« folgt.

»Ich berührte ihren Arm, kurz nur, so habe ich sie um eine eingebrochene Steinplatte im Bürgersteig geführt, auf eine Armlänge getrennt. Als wir nach drei, vier Schritten wieder zusammenkamen, legte sie den Arm um mich, um die Taille, zog mich an sich, ich spürte ihre Hand an den Rippen. Es war ein ganz selbstverständlicher, vertrauter Griff. Von dem sie später sagte, sie habe es selbst kaum bemerkt, ein Vorgriff also. So sind wir nebeneinander hergegangen, ohne daß der eine oder andere etwas gesagt hätte. War dem etwas vorausgegangen, Berührungen? Nein. War etwas angesprochen worden, was Sympathie, Interesse signalisierte? Nein. Etwas über die Augen, die Stimme, die Hände, statistisch die Hauptsignale in der körperlichen Sympathieskala? Nein. Nur der Blick. Liegt im Staub tot das Licht. Und dann ein Einverständnis. Wir hatten uns nur kurz angesehen. Ich begleitete sie zu ihrem Wagen. Sie winkte mir ein-

163) Hanika: *Treffen sich zwei*, S. 15

zusteigen. Im Auto saßen wir einen Augenblick nebeneinander, sahen uns an, in dem Moment kam eine Gruppe Fußballfans vorbei, sie grölten einen Schlachtruf, unverständlich, und einer zeigte uns, die wir im Wagen saßen, das Victory-Zeichen.

Sie fuhr mich nach Hause, hielt vor meiner Tür, in dieser engen Straße, stellte den Motor ab und sagte, bis bald. Als ich sie zum Abschied umarmen wollte, etwas steif über die Handbremse hinweg, küßte sie mich auf den Mund – wir küßten uns, bis hinter uns ein Auto hupte.«[164]

Rainald Goetz torpediert diese Beschwörung des Einvernehmens, das auf den ersten Blick folgt. In seinem Buch *Johann Holtrop* liefert er eine viel nüchterne Begründung für das Verlieben:

»Die Himmelsmacht der Liebe ist, entgegen einer gegenteiligen Propaganda, von den Menschen mitgemacht, willentlich mit dem nicht völlig unfreien Willen aktiv auch mitgewollt. Die meisten wollen sich meistens gerne neu verlieben, deshalb geschieht es so oft.«[165]

LIEBE

Liebe ist so vieles, das ich gar nicht weiß, wo anfangen. Antja Ravic Strubel bringt es auf den Punkt: »Unter dieser Flagge konnte alles verdammt und alles

164) Timm, *Rot*, S. 63 f.

165) Goetz, *Johann Holtrop*, S. 307

erreicht werden. Denn niemand wußte wirklich Bescheid.«[166] In anderen Worten: Liebe ist Definitionssache und hat viele Gesichter. Allein Orhan Pamuk liefert schon 28 Antworten auf die Frage: »Was ist Liebe?

Liebe ist Sich-ergeben. Liebe ist der Grund der Liebe. Liebe ist Verstehen. Liebe ist Musik. Liebe und ein edles Herz sind das gleiche. Liebe ist die Poesie der Traurigkeit. Liebe ist der Blick der zarten Seele in den Spiegel. Liebe ist vergänglich. Liebe ist, niemals ›Es tut mir leid‹ zu sagen. Liebe ist eine Kristallisation. Liebe ist Geben. Liebe ist das Teilen eines Kaugummis. Liebe ist niemals sicher. Liebe ist ein leeres Wort. Liebe ist das Eingehen in Allah. Liebe ist ein Leiden. Liebe ist, dem Engel Aug in Auge gegenüberzustehen. Liebe ist Tränenvergießen. Liebe ist das Warten auf das Klingeln des Telefons. Liebe ist eine ganze Welt. Liebe ist im Kino Händehalten. Liebe ist ein Rausch. Liebe ist ein Ungeheuer. Liebe ist Blindheit. Liebe ist das Lauschen auf die Stimme des Herzens. Liebe ist ein heiliges Schweigen. Liebe wird in Liedern besungen. Liebe tut der Haut gut.«[167]

Eine recht pragmatische Antwort auf die Frage, was Liebe sei, liefert Maxie Wander in *Guten Morgen, du Schöne*:

»Manchmal braucht man auch einen Freund, mit dem man reden kann. Aber mit Freunden, die zum Reden gut sind, schlafe ich grundsätzlich nicht, auch

166) Strubel, *Tupolew 134*, S. 194

167) Pamuk, *Das neue Leben*, S. 290

wenn sie noch so gern wollen. Wenn man mit einem reden *und* schlafen kann, das ist schon Liebe, und davor habe ich Angst.«[168]

Für Milan Kundera liegt in *Die unerträgliche Leichtigkeit des Seins* der entscheidende Unterschied zwischen Liebe als Leibesakt und Liebe als Verlangen nach gemeinsamem Schlaf:

»Tomas sagte sich: Mit einer Frau schlafen und mit einer Frau einschlafen sind nicht nur zwei verschiedene, sondern geradezu gegensätzliche Leidenschaften. Liebe äußert sich nicht im Verlangen nach dem Leibesakt (dieses Verlangen betrifft unzählige Frauen), sondern im Verlangen nach dem gemeinsamen Schlaf (dieses Verlangen betrifft nur eine einzige Frau).«[169]

Audre Lorde beschreibt in *Zami* ebenfalls wie die Liebe über den wilden Genuss hinausgeht:

»Tag für Tag neben einer Frau ins Bett zu gehen und wieder aufzuwachen, umschlungen im Bett zu liegen und beim Einschlafen und Aufwachen zusammen zu sein – nicht als schnelles, verstohlenes Vergnügen, nicht als wilder Genuss – sondern wie das Sonnenlicht, Tag für Tag ein regelmäßiger Teil unseres Lebens. Ich war dabei, die vielen Arten zu entdecken, wie Liebe sich in das Leben einschleicht, wenn sich zwei Wesen nahe sind, wenn zwei Frauen einander begegnen. Wie Muriels Geruch auf meinem Pullover und die glatten schwarzen Haare, die sich in meinem

168) Wander, *Guten Morgen, du Schöne*, S. 83

169) Kundera, *Die unerträgliche Leichtigkeit des Seins*, S. 18

Handschuh verfingen. Eines Nachts weinte ich bei dem Gedanken daran, wie viel Glück wir gehabt hatten, einander zu finden, denn es war klar, wir zwei waren die einzigen auf der ganzen Welt, die verstehen konnten, was wir verstanden, und so spontan, wie wir es verstanden. Wir waren uns einig, dass unsere Verbindung im Himmel geschlossen war und dass jede von uns bereits mit mehreren Höllen dafür bezahlt hatte.«[170]

Auch bei Maria Nurowska beschränkt sich die Liebe nicht auf den Ausnahmezustand, sondern ist etwas Alltägliches, über das man jeden Tag staunen kann:

»Ratlosigkeit. Das, was mit meiner Liebe beinah von Anfang an einherging, war Ratlosigkeit gegenüber dem, was sich da vollzog. Ich mußte mich dreinschicken, das war ein Befehl, der irgendwoher tief aus meinem Körper kam. Mit einem Mann zusammensein. Mit diesem Mann zusammensein. Das zählte jetzt vor allem anderen. Folglich war ich mit ihm zusammen, ohne recht zu wissen, was das für mich und auch was es für ihn bedeutete. Sascha sprach nicht von Liebe. Aber ich wußte, daß er mich begehrte, ich fühlte es, wenn ich ihn Nacht für Nacht neben mir hatte. Wir schliefen zusammen auf seinem unbequemen, schmalen Bett. Unser Hotelleben bekam Züge von Normalität. Wir hatten unsere Küchenecke, wo wir warme Abendessen zubereiten konnten, hatten ein Badezimmer, wo auf der Leine Aleksanders Hemden und Socken trockneten und

170) Lorde, *Zami*, S. 262

auch meine Unterwäsche. Unsere Zahnbürsten standen unter dem Spiegel nebeneinander. Es war der Ausschnitt ehelichen Lebens, der mir für den Rest des Lebens genügen mußte. Wenigstens hatte ich erfahren, wie das ist, wenn man es mit einem anderen Menschen teilt. Saschas Anwesenheit störte mich nie, eher seine Abwesenheit. Wenn ich mich auf meine Vorlesung vorbereitete, lagen wir zumeist auf dem Bett. Ich lehnte den Kopf an seine Brust, und er hielt über meinem Kopf das Buch, das er gerade las. So konnten wir stundenlang ohne ein Wort daliegen. Wichtig war allein die körperliche Nähe, das Fühlen der Haut, ihrer Wärme. Der Geschlechtsakt bildete eine Art Ergänzung. Vervollständigung jenes Fühlens, wir streiften hastig unsere Kleidung ab, und er versenkte sich in mich. Ich umschlang mit meinen Schenkeln seine Hüften, so fest ich nur konnte, bat ihn, sich einen Augenblick lang nicht zu bewegen. Das waren die wichtigsten Momente meiner Liebe. Ganz so, als wäre mir gelungen, die Zeit anzuhalten ... Die Liebe wurde zu einer Brücke, die in mir all die Ebenen verband, die bis zu diesem Zeitpunkt nicht zusammengepaßt hatten. Jetzt war ich, ganz einfach ich. Zwischen mir und meinem Körper gab es vorübergehend einen Waffenstillstand.«[171]

Etwas leidenschaftlicher klingt es bei Reinhard Jirgl in *Die Unvollendeten*:

»*Liebe* ...– ohne Erbarmen sehend schleudert sie Leiber gegen:ein:ander, u wie Steine gegen Mauern

171) Nurowska, *Der russische Geliebte*, S. 102 f.

prallen, schlägt *Liebe* beim Auftreten die Scherben des Gewöhnlichen zur offenen Anschau heraus; schon bald fühlte ich Dir gegen:über im Schutthaufen meines trägen Mittelmaßes mich versinken. *Liebe* brennt das Licht Ernüchterung, scharf der Geschmack-des-Ungewöhnlichen wie Kräuter der Fremde als ein faszinierender Verdacht.– «[172]

Erich Fromm unterscheidet fünf Formen der Liebe: erotische Liebe, Nächstenliebe, Selbstliebe, Elternliebe, göttliche Liebe. Um dann zu präzisieren, was er unter reifer Liebe versteht: »Eins-Sein unter der Bedingung, die eigene Integrität und Unabhängigkeit zu bewahren, und damit auch die eigene Individualität.«[173] Das führt zu dem Paradox, »das zwei Wesen eins werden und doch zwei bleiben.«[174] Fromm begrenzt Liebe aber nicht auf die (heterosexuelle) Paarbeziehung, sondern erweitert sie auf Beziehungen zwischen Freunden, Geschwistern, die Gemeinschaft. Entscheidend ist: Erst wenn du dich liebst, kannst du die Liebe der anderen annehmen. Aber auch dann ist die Liebe etwas aktives, sich veränderndes: »Die Liebe ist eine Aktivität und kein passiver Affekt. Ganz allgemein kann man sie mit der Feststellung umschreiben, daß die Liebe in erster Linie ein Geben und kein Empfangen ist.«[175] Liebe sollte laut Fromm demnach nicht als Ego-Bestätigungsmaschine miss-

172) Jirgl, *Die Unvollendeten*, S. 198 f.

173) Fromm, *Die Kunst des Liebens*, S. 39

174) Ebd., S. 40

175) Ebd., S. 41

verstanden werden. Das setzt voraus, dass eigene Ego und seine Sehnsucht nach Anerkennung nicht auf den anderen zu übertragen. Es sollte auch nicht darum gehen, sich den anderen einverleiben zu wollen, sondern ihn so zu respektieren, wie er ist.

Julio Cortázar weist in *Rayuela* auf die Herausforderungen dieses Nicht-Einverleibens/Besitzen-Wollens hin:

»Liebe, ontologisierende, Sein schenkende Zeremonie. Und deshalb fiel ihm jetzt ein, was ihm vielleicht schon zu Anfang hätte einfallen sollen: ohne sich selbst zu besitzen, gab es kein Besitzergreifen von Andersheit, aber wer besaß sich wirklich? Wer kam denn zurück aus sich selbst, aus der absoluten Einsamkeit, die bedeutet, daß man nicht einmal mit der eigenen Gesellschaft rechnen kann und ins Kino gehen muß oder ins Bordell oder zu Freunden oder seine Zuflucht nimmt zu einem aufreibenden Beruf oder zur Ehe, um wenigstens allein-unter-den-anderen zu sein?«[176]

Wie sehr das Nicht-Besitzenwollen einer Idealvorstellung entspricht, die trotz guten Willens in der Realität nur schwer durchsetzbar ist, legt auch diese selbstkritische Aussage der Sängerin Bernadette La Hengst nahe. Sie bemerkt:

»Liebe hat ja auch etwas zutiefst kapitalistisches: Jemanden besitzen, an jemanden festhalten zu wollen und ihn so hinzubiegen, daß er in das eigene Leben

176) Cortázar, *Rayuela*, S. 113

paßt. Das ist ja eigentlich etwas ganz Schreckliches, und trotzdem passiert es immer wieder.«[177]

Auch Irvin D. Yalom klingt diesbezüglich pessimistisch, wenn er Nietzsche sprechen lässt: »›Sie werden feststellen, daß niemand *jemals* etwas ausschließlich für andere tut. Alles Tun ist auf das Selbst gerichtet, aller Dienst dient dem Selbst, alle Liebe ist Selbstliebe.‹

Nietzsches Worte sprudelten immer schneller: ›Überrascht Sie meine Bemerkung? Vielleicht denken Sie an Ihre Nächsten und Liebsten. Graben Sie tiefer, und Sie werden feststellen, daß es nicht *jene* sind, die sie lieben. Was sie lieben, ist die angenehme Empfindung, die eine solche Liebe in Ihnen selbst weckt! Man liebt zuletzt seine Begierde.«[178]

Neben dieser Selbstbezüglichkeit der Liebe kritisiert der Philosoph Alain Badiou, dass die Liebe heute immer ›kuscheliger‹ wird. Liebe würde »im Namen des persönlichen Sicherheitsgefühls [geschlossen], durch eine vorhergehende Abmachung, die jeden Zufall, jede Begegnung und letztlich jede existenzielle Poesie im Namen der fundamentalen Kategorie der Risikolosigkeit vermeidet. [...] Das Gegenstück zur Bedrohung durch das Sicherheitsdenken ist, die Liebe nur als eine Variante des allgemeinen Hedonismus, als eine Variante der Formen des Genießens anzusehen. Es handelt sich darum, jede Situation, die einen

177) Bernadette La Hengst im Gespräch, S. 13

178) Yalom, *Und Nietzsche weinte*, S. 160

unmittelbar auf die Probe stellen würde, jede authentische und tiefe Erfahrung der Andersheit, mit der die Liebe verwoben ist, zu vermeiden.«[179]

In eine ähnliche Richtung argumentiert der Philosoph Byung-Chul Han:

»Die Liebe wird zu einer Genussformel positiviert. Sie hat vor allem angenehme Gefühle zu erzeugen. Sie ist keine Handlung, keine Narration, kein Drama mehr, sondern eine folgenlose Emotion und Erregung. Sie ist frei von der Verletzung, des Überfalls oder des Absturzes.«[180]

Die Soziologin Eva Illouz liefert in ihrem Buch *Warum Liebe weh tut* jedoch die Gegenthese, wenn sie in ihrer Studie belegt, wie hoffähig und weit verbreitet das Leiden an der Liebe heute ist. Ihr eigentliches Anliegen ist es jedoch, aufzuzeigen, dass unser Bild der Liebe historischen Wandeln unterliegt und stark von den gesellschaftlichen Verhältnissen geprägt ist. Statt unser Scheitern an der Liebe nur unseren schwachen Psychen zuzuschreiben, wie es Freud nahelegte, zeigt sie auf, wie sehr die Nöte unseres Gefühlslebens durch institutionelle Ordnungen und ein Bündel sozialer und kultureller Widersprüche geprägt sind. Im Epilog resümiert sie: »Ich hoffe, gezeigt zu haben, dass die ›Angst vor der Liebe‹ oder das ›Übermaß an Liebe‹, die Ängste und Enttäuschungen , die so vielen Liebesgeschichten anhaften, ihre Gründe in der

179) Badiou, *Lob der Liebe*, S. 17

180) Han, *Agonie des Eros*, S. 20

sozialen Organisation der Sexualität, der romantischen Wahl und den spezifischen Formen von Anerkennung innerhalb der romantischen Bindung finden.«[181]

Elisabeth Raether sieht das genauso – umschreibt es aber etwas alltagstauglicher:

»Dabei könnte die Liebe, wenn man sie nicht als Rührstück begreift, wichtige Antworten über uns selbst geben. Denn die Art, wie wir unser Liebesleben gestalten, sagt viel aus über unsere Voreingenommenheiten, unsere unausgesprochenen Erwartungen, aus denen sich reale Machtverhältnisse und soziale Strukturen ergeben.«[182]

Dafür, wie sehr zum Beispiel die Massenmedien unsere Vorstellungen von Liebe prägen, liefert Juli Zeh ein Beispiel in ihrem Roman *Nullzeit*:

»Eines Tages – ich lebte schon einige Jahre mit Antje zusammen – hörte ich den Werbeprofi Donald Draper in der Fernsehserie ›Mad Men‹ zu seiner Frau sagen: ›Was du Liebe nennst, haben Typen wie ich erfunden, um Nylonstrümpfe zu verkaufen.‹ Fortan ging es mir besser. Fortan fühlte ich mich nicht mehr defizitär. Liebe hielt ich für eine Mischung aus sozialer Absprache und psychosomatischer Reaktion. Ich glaubte, dass Menschen wie Antje Liebe empfänden, weil man ihnen an jeder Ecke erzählte, das müsse so sein. Seit wir zum ersten Mal miteinander geschlafen

181) Illouz, *Warum Liebe weh tut*, S. 425

182) Hensel/Raether, *Neue deutsche Mädchen*, S. 202

hatten, sagte Antje ›Ich liebe dich‹ zu mir. Endlich war ich in der Lage, mit ›Ich liebe dich auch‹ zu antworten. Ich hatte einfach beschlossen, das langjährige Funktionieren einer Kameradschaft ›Liebe‹ zu nennen. Und war sogar relativ sicher, dass Antje und ich dasselbe meinten.«[183]

Christa Wolf liefert dagegen in *Der geteilte Himmel* ein Plädoyer für die Innigkeit und Besonderheit der Liebe:

»Das Unvergängliche in ihrer Liebe trat immer schärfer hervor, frei von Täuschung, Wunsch und Irrtum, durch Wissen und Entschluß gesichert. Das ist kein schwankender Boden mehr, auf dem ich gehe, dachte Manfred. Zum erstenmal betrete ich festes Land. Sie schafft es, sie macht mich im Leben fest. Wie habe ich nur denken können, man könnte das Vermögen glücklich und unglücklich zu sein, durch irgend etwas anderes ersetzen? Wie kann man sich nur an Teilnahmslosigkeit gewöhnen?«[184]

Wie sehr die Liebe aber auch eine Herausforderung ist, die Angst macht und dunkle Seiten hat, wird bei Per Olov Enquist deutlich:

»Aus der Liebe kann Licht kommen, oder Dunkel. Die Liebenden können ihr Licht teilen, oder ihr Dunkel; daraus dann Leben oder Tod. Es ist nicht zu verstehen.«[185]

183) Zeh, *Nullzeit*, S. 95 f.

184) Wolf, *Der geteilte Himmel*, S. 73

185) Enquist, *Das Buch von Blanche und Marie*, S. 122

Dieses Dunkel macht Angst und mahnt zur Zurückhaltung:

»Man könnte sich eine Liebe vorstellen, die nur in einem selbst eingeschlossen wäre. So denke ich oft in Stunden der Verzweiflung und Melancholie. Als wenn man eine Glasglocke über das Leben stülpte. Vielleicht würde es dann weniger weh tun. Warum liebst du Tiere mehr als Menschen, fragte ich Charcot einmal. Er war empört, und stritt es ab. Liebst du mich mehr als einen Hund, sagte ich da.

Ich wollte ihm ja weh tun, damit er verstand. Blanche, sagt er, du bist unglaublich stark, und ich habe Angst vor dir. Aber du darfst nicht die Schwäche von jemanden ausnutzen, der dich mehr liebt, als er das Leben liebt.

Wie sehr liebte er denn das Leben? Ich weiß es nicht.«[186]

Etel Adnan entwirft in *Im Herzen eines Herzen eines anderen Landes* verschiedene Bilder für die Liebe – vom Staat bis zum Kurzschluss – um die unterschiedlichen Zustände zu beschreiben, die die Liebe annehmen kann:

»Der Staat. Ein Mann und eine Frau bilden zusammen schon einen Staat. Mit ihnen gibt es alles: ein Autoritätsprinzip, eine Regierung, Verhaltensregeln, Botschaft und Vertretung, Diplomatie, Waffen, Friedens- und Kriegszeiten.

Sie stellen auch, um die Dinge schwieriger als bei Staatsangelegenheiten zu machen, zwei verschiedene

186) Ebd., S. 191

Spezies dar. Wenn sie sich treffen, ignorieren sie einander manchmal. Manchmal klettern sie aufeinander wie ein Affenpaar. Zu anderen Zeiten weht ein kühler Luftstrom, von einem zum anderen: Das ist Liebe. Und dann gibt es noch Zeiten, in denen bei Kontakt ein Kurzschluß entsteht und sie einander verbrennen und nichts hinterlassen außer einem Fleck auf der Sonne.«[187]

Ulrich Plenzdorf weist darauf hin, dass Liebe nicht auf ein romantisches Gefühl beschränkt ist, sondern viele Gründe haben kann:

»Erst viel später sah Paul, dass [...] es auch noch andere Gründe als Liebe gibt, wenn eine Frau zu einem Mann geht, zum Beispiel das Vorhandensein von Kindern, die keine Mutter haben, aber eine brauchen; das Bestreben, sich zu etablieren, eine Familie zu haben, sein zu wollen, wie alle sind; wie alle immer mal wieder den Satz sagen zu können: ... mein Mann; Angst vor Einsamkeit und so weiter.«[188]

Schwierig wird es, wenn die Liebe auf Biegen und Brechen ersehnt wird, denn die eingegangenen Kompromisse sind selten befriedigend. Wie bei Iris Hanika in *Musik für Flughäfen*:

»Ich wollte Liebe in meinem Leben, und weil ich keinen Mann fand, den ich hätte lieben können, gleichzeitig aber glaubte, ohne Liebe nicht sein zu

187) Adnan, *Im Herzen eines Herzen eines anderen Landes*, S. 13

188) Plenzdorf, *Legende vom Glück ohne Ende*, S. 216

können, habe ich mir immer welche gesucht, mit denen ich Liebe spielte. Er war der einzige, der richtig reagiert hat. Wie ein Arschloch. Dafür bin ich ihm geradezu dankbar. Denn danach hat es aufgehört mit der Liebe.«[189]

Monika Maron entwirft in *Animal Triste* eine Frau, die beschreibt, wie es sich anfühlt von der Liebe ausgeschlossen zu sein:

»Natürlich habe ich immer gewußt, daß ich keine Jugendliebe hatte. Ich muß es gewußt haben, denn ich war es ja, die sie damals, als ich jung war, vergebens erwartet und gesucht hat. Neidvoll sah ich das leichte und unkomplizierte Glück aus Verliebtheit, Verlobung und Hochzeit um mich herum, von dem ich auf unbegreifliche Weise, durch charakterliche Veranlagung oder etwas ähnlich Unergründliches, ausgeschlossen war. Ich sehnte mich nach dem Glück und verachtete es zugleich. Wahrscheinlich verachtete ich auch die Glücklichen, und ich frage mich bis heute, was oder wer meiner Seele die Düsternis eingehaucht hat, der Krieg, in den sie mich geboren haben, oder die unerträgliche Lebenswut meiner Mutter, wer kann das wissen. Jedenfalls hatte ich keine Jugendliebe, was mir nicht aufgefallen war, bevor ich Franz traf. Erst seit ich Franz kenne, bedeutet der Satz etwas. Ich hatte keine Jugendliebe. Ich habe etwas versäumt.«[190]

189) Hanika, *Musik für Flughäfen*, S. 43

190) Maron, *Animal Triste*, S. 57

Dass es mit der Liebe nicht aufhören muss, auch im hohen Alter nicht und nicht nach dem Tod des über allem geliebten Partners, dafür spricht sich Friederike Mayröcker aus:

»Ich habe eine riesige Sehnsucht nach Liebe, ich verliebe mich auch ständig. Als Ernst noch gelebt hat, hat er das aufgefangen. Heute kommt die Liebe ganz plötzlich, meistens über die Augen, über den Blick. Ich verliebe mich in Menschen und Tiere, ganz egal ob sie mich wiederlieben. Das macht mir nichts aus. Ich will ja gar nichts von denen.«[191]

MACHT

Was macht Macht? Wie wird Macht ausgeübt und wie wirkt sie sich aus? Oftmals wird Macht erst sichtbar, wenn sie ungleich verteilt ist. Wenn einer der Partner mehr Reichtum, mehr Einfluss oder auch mehr Erfahrung besitzt. Macht muss sich also nicht zwangsweise in physischer Gewalt ausdrücken, sie kann auch in der Sprache walten oder sich vermitteln, wenn man den anderen am Telefon warten lässt oder den anderen an der langen Leine hält. Auch die Zurückhaltung von Sprache und Informationen kann Macht ausdrücken. Eva Illouz schreibt, dass emotionale Herrschaft »dann ausgeübt [wird], wenn eine Seite eher fähig ist, die emotionale Interaktion zu kontrollieren, weil sie distanzierter ist sowie über ein größeres Potenzial ver-

191) Friederike Mayröcker im Gespräch, S. 26

fügt, selbst auszuwählen und die Wahl der anderen Seite zu beschränken«.[192] Macht geht dann mit Ungleichheit einher – an Liebe oder Stärke zum Beispiel. Deswegen ist die andere Seite der Macht die Abhängigkeit. Hier ist die Gefahr groß, jemanden auszunutzen und zu verletzen, wie in diesem kurzen Zitat von Audre Lorde angedeutet wird: »Nur weil du stark bist, heißt das nicht, dass du andere von dir abhängig werden lassen darfst. Das ist nicht fair, denn wenn du nicht das sein kannst, was sie wollen, sind sie enttäuscht, und du fühlst dich schuldig.«[193] Da fällt mir glatt das Gedicht von Theodor W. Adorno ein: »Geliebt wirst du einzig, wo schwach du dich zeigen darfst, ohne Stärke zu provozieren.«[194]

Ulrich Plenzdorf schildert in *Legende vom Glück ohne Ende* jedoch, wie schnell sich ein Gefühl von Überlegenheit einstellen kann, auch wenn es nicht gewollt ist, und wie sich das für denjenigen anfühlt, der unterlegen ist:

»Das Schlimme war, […] dass sie wirklich alles im Griff gehabt hat. Auch Paul. Das konnte er nicht vertragen. Aber zum Vorwurf konnte er es ihr auch nicht machen. Er konnte ihr nicht sagen: ›Sei gefälligst unglücklich und hysterisch und laß dich gehen und leide und kümmere dich nicht um mich und wünsch mich zur Hölle und geh fremd und saufe.‹ Er hat sich

192) Illouz, *Warum Liebe weh tut*, S. 198

193) Lorde, *Zami*, S. 193

194) Adorno, *Minima Moralia*, S. 255

gesagt, daß er selber hysterisch ist, weil er den Verlust seiner Selbstständigkeit nicht ertragen konnte.«[195]

Bei Doris Lessing ist die Tatsache, dass sich der Geliebte nicht unterwirft, ein Zeichen für die Besonderheit der Liebe:

»Und dann verliebte ich mich in meinen Arzt, was unausweichlich war, wie ich es jetzt sehe, aber damals ein Wunder, denn es geschah zum erstenmal; und der Grund, warum ich das Wort ›Liebe‹ gebrauchte, gerade so, als wäre ich nicht schon zweimal verheiratet gewesen und hätte nicht eine ganze Menge Männer in meiner Phantasie gehabt, war der: *Ich hatte ihn nicht in der Hand*, zum erstenmal blieb ein Mann er selbst, ich konnte ihn nicht dahin bringen, wohin ich wollte, und ich war nicht mit seinen Lippen und seinen Händen vertraut. Nein, ich mußte abwarten, daß *er* entschied und Schritte unternahm; und als er dann mein Liebhaber wurde, benahm ich mich so schüchtern wie ein junges Mädchen, ich konnte immer nur darauf warten, daß sein Handeln meines freisetze.«[196]

Stefan Zweig zeigt in *Maria Stuart*, wie erotisch dieses Spiel mit Macht sein kann:

»[K]einen Mann lieben Frauen ja leidenschaftlicher, als den sie gleichzeitig fürchten und bewundern, bei dem ein leichtes, rieselndes Gefühl von Grauen und Gefahr die Lust ins Geheimnisvolle steigert. Ist

195) Plenzdorf, *Legende vom Glück ohne Ende*, S. 284

196) Lessing, *Ein unabgeschickter Liebesbrief*, S. 107

aber ein solcher Gewalttäter nicht nur ein ›mâle‹, ein stierhaftes wildes Mannstier, sondern ist, wie bei Bothwell, das Nackt-Brutale gleichsam umhüllt von höfischer, von persönlicher Kultur, ist ihm außerdem Klugheit und Gewandtheit zu eigen, so wird seine Gewalt zur Unwiderstehlichkeit. Überall und anscheinend ohne Mühe hat dieser Abenteurer seine Abenteuer. Am französischen Hofe ist seine Beliebtheit berüchtigt, aus dem Kreise Maria Stuarts hat er sich bereits einiger Adelsdamen bemächtigt, in Dänemark hat eine Frau ihm ihren Gatten, Gut und Geld geopfert. Aber trotz all diesen Triumphen ist Bothwell keineswegs ein wirklicher Verführer, ein Don Juan, ein Frauenjäger, denn er jagt ihnen gar nicht ernstlich nach. Siege dieser Art sind seiner Kampfnatur viel zu ungefährlich und zu leicht. Bothwell nimmt die Frauen nach räuberischer Wikingerart nur als gelegentliche Beute, er nimmt sie gewissermaßen zwischendurch, wie er trinkt und spielt oder ein Pferd reitet und kämpft, als lebenssteigernde Kraftprobe, als männlichstes aller männlichen Spiele, er nimmt sie, aber er gibt sich ihnen nicht hin, er verliert sich nicht an sie. Er nimmt sie, weil Nehmen und Mit-Gewalt-Nehmen die natürlichste seiner Machtlust ist.«[197]

Bei Toni Morrison schlägt dieses Machtgefühl in Demütigung um:

»Romen hielt die Augen geschlossen und schluckte den Speichel hinunter, der ihm in Vorfreude auf Juniors Säfte in den Mund geschossen war. Nur über

197) Zweig, *Maria Stuart*, S. 164

sie zu reden, machte ihn schon spitz. Mochte sie ihn nun belasten oder nicht, auf jeden Fall machte sie ihn fertig! Jetzt, wo sich ins Zärtliche das Raue mischte, wo Obszönitäten das leere Wortgewäsch der Sehnsucht abgelöst hatten, jetzt war er der Boss. Er konnte sie schlagen, wenn er wollte, und trotzdem würde sie an ihm auf Tauchstation gehen. Komisch. Sie war ihm ein wunderbares Schoßtier. Gib ihm zu fressen oder zeig ihm die Peitsche – es kommt angekrochen, so oder so.«[198]

MANN/FRAU

In der Liebe hat man es häufig mit Geschlechterklischees zu tun: der verführerische Mann, die unschuldige Frau, der Macho-Mann, die Femme Fatal, der unbeholfene Liebhaber, die Über-Mutter. Es sind Rollenverteilungen und -zuschreibungen, die die Rituale des Kennenlernens, Verliebens und Zusammenseins prägen und unsere Vorstellungen von Liebe bestimmen. Diese Zuschreibungen befinden sich in steter Veränderung, auch wenn sich einige Klischees hartnäckig halten. Das Ergebnis der Auflösung dieser Rollen ist eine große Freiheit – und Verunsicherung; alles ist nun Verhandlungssache: Wer macht jetzt den ersten Schritt? Wer bezahlt? Und wer macht den Abwasch? Darf ich mir als Frau die Tür aufhalten lassen und darf ich als Mann einer Frau rote Rosen schenken?

198) Morrison, *Liebe*, S. 221

Der Komiker Mario Barth nutzt eben diese Verunsicherung aus und füllt mit dem Herumreiten auf Slogans wie »Männer sind schuld, sagen die Frauen« Olympiastadien. Mit Ratgeberliteratur à la *Langenscheits Übersetzungslexika zur Sprache der Frauen* feiert er unglaubliche Erfolge.

Nick Hornby hält diesen Klischees entgegen: »Je älter ich werde, desto klarer wird mir, dass die Geschlechterunterschiede völlig übertrieben werden. Das sind größtenteils nur Klischees, endlos wiederholt von einer riesigen Industrie, die damit ihr Geld verdient.«[199]

Und auch Elisabeth Raethers Erfahrungen gehen in eine ganz ähnliche Richtung, wenn sie davon spricht, dass ihre Auffassungen von Männern nicht auf Einsichten aus eigener Erfahrung beruhten. »Vielmehr hatte ich ein überliefertes Bild vor Augen, zusammengesetzt aus Büchern, Filmen und den Erzählungen anderer. Diese Vorstellung von Männlichkeit war eben nichts als dies: eine Vorstellung; eine Perspektive, aus der wir die Dinge betrachten und deuten.«[200]

Im Folgenden werden einige dieser Rollenklischees zitiert. Wie früh diese geschlechtlichen Zuschreibungen ansetzen, wird bei Peter Wawerzinek deutlich, der in *Rabenliebe* über seine Zeit im Kinderheim und die damit verbundenen Vermittlungsversuche an potenzielle Pflegeeltern schreibt:

199) Nick Hornby im Gespräch, S. 28

200) Hensel/Raether, *Neue deutsche Mädchen*, S. 191

»Hinzu kommt, dass ich ein Junge bin, Jungen eher zur Adoption erwogen werden, weil Jungen besser und Mädchen schlechter zu vermitteln sind, es von den Mädchen heißt, dass sie zickig sind, Schwierigkeiten machen, in der Pubertät nicht zu steuern, einfach abhauen, sich rumtreiben, auf Jungs einlassen, Pickel bekommen und Allüren.«[201]

Max Frisch bedient in *Homo Faber* die Klischeevorstellungen des älteren Herren als lonely Cowboy, äh, lonely Schriftstellers, der am liebsten arbeitet und seine Ruhe hat und sich nichts aus Gefühlen macht:

»Ihre Vermutung, ich sei traurig, weil allein, verstimmte mich. Ich bin gewohnt, allein zu reisen. Ich lebe, wie jeder wirkliche Mann, in meiner Arbeit. Im Gegenteil, ich will es nicht anders und schätze mich glücklich, allein zu wohnen, meines Erachtens der einzigmögliche Zustand für Männer, ich genieße es, allein zu erwachen, kein Wort sprechen zu müssen. Wo ist die Frau, die das begreift? Schon die Frage, wie ich geschlafen habe, verdrießt mich, weil ich in Gedanken schon weiter bin, gewohnt, voraus zu denken, nicht rückwärts zu denken, sondern zu planen. Zärtlichkeiten am Abend, ja, aber Zärtlichkeiten am Morgen sind mir unerträglich, und mehr als drei oder vier Tage zusammen mit einer Frau war für mich, offen gestanden, stets der Anfang der Heuchelei, Gefühle am Morgen, das erträgt kein Mann. Dann lieber Geschirr waschen!

201) Wawerzinek, *Rabenliebe*, S. 142

Sabeth lachte –

Frühstück mit Frauen, ja, ausnahmsweise in den Ferien, Frühstück auf dem einem Balkon, aber länger als drei Wochen habe ich es nie ertragen, offen gestanden, es geht in den Ferien, wenn man sowieso nicht weiß, was anfangen mit dem ganzen Tag, aber nach drei Wochen (spätestens) sehne ich mich nach Turbinen; die Muße der Frauen am Morgen, zum Beispiel eine Frau, die am Morgen, bevor sie angekleidet ist, imstande ist, Blumen anders in die Vase zu stellen, dazu Gespräch über Liebe und Ehe, das erträgt kein Mann, glaube ich, oder er heuchelt. Ich mußte an Ivy denken, Ivy heißt Efeu, und so heißen für mich eigentlich alle Frauen. Ich will allein sein! Schon der Anblick eines Doppelzimmers, wenn nicht in einem Hotel, das man bald wieder verlassen kann, sondern Doppelzimmer als Dauer-Einrichtung, das ist für mich so, daß ich an Fremdenlegion denke –

Ich kann nicht die ganze Zeit Gefühle haben. Alleinsein ist der einzigmögliche Zustand für mich, denn ich bin nicht gewillt, eine Frau unglücklich zu machen, und Frauen neigen dazu, unglücklich zu werden. Ich gebe zu: Alleinsein ist nicht immer lustig, man ist nicht immer in Form. Übrigens habe ich die Erfahrung gemacht, daß Frauen, sobald unsereiner nicht in Form ist, auch nicht in Form bleiben; sobald sie sich langweilen, kommen die Vorwürfe, man habe keine Gefühle. Dann, offen gestanden, langweile ich mich noch lieber allein. Ich gebe zu: auch ich bin nicht immer für Television aufgelegt (obschon überzeugt, daß die Television in den nächsten Jahren noch besser wird, nebenbei bemerkt) und Stimmungen ausgeliefert, aber gerade dann begrüße ich es, allein zu sein. Zu den glücklichsten Minuten, die ich kenne, gehört die Minute, wenn ich eine Gesellschaft verlassen habe, wenn ich in meinem Wagen sitze, die Tür zuschlage und das Schlüsselchen stecke, Radio andrehe, meine Zigarette anzünde mit dem Glüher, dann schalte, Fuß auf Gas; Menschen sind eine Anstrengung für mich, auch Männer. Was die Stimmung betrifft, so mache ich mir nichts draus, wie gesagt. Manchmal wird man weich, aber man fängt sich wieder. Ermüdungserscheinungen! Wie beim Stahl, Gefühle, so habe ich festgestellt, sind Ermüdungserscheinungen, nichts weiter, jedenfalls bei mir.«[202]

Bei Maxie Wander werden ähnliche Rollenvorstellungen bemüht und gleichzeitig geschildert, was passiert, wenn sich diese zu verschieben beginnen:

»Mein Mann hat immer gesagt: Ich bin der Rationale, und du bist der Emotionale von uns beiden. Diesen Unterschied fanden wir eigentlich sehr schön. Wie wir aber diese typische Mann-Frau-Rolle probeweise ausgetauscht haben, klappte es nicht mehr. Auf einmal war *er* von Gefühlen überschwemmt, und *ich* gab gute Ratschläge. Meine Freunde sagen mir heute: Erika, das kann nicht gut gehen, wenn Menschen zwanzig Jahre lang eine Rolle spielen, ohne was anderes ausprobieren zu können. Vielleicht hat diese andere Frau andere Seiten in ihm angesprochen, vielleicht hatte sie in ihm nicht den geistig Überlegenen

202) Frisch, *Homo Faber*, S. 90 ff.

in jeder Lebenslage gesehen. Für mich war mein Mann immer der absolute Widerspruch. Er hatte alles, was ich nicht hatte, er hatte Selbstbewußtsein, er war egozentrisch, und ich war glücklich, ihm alles hintragen zu können. Er hatte vor keiner Situation Angst, und ich kam vor Angst um, wenn ich irgendwo fremd war und was sagen sollte.«[203]

Irmgard Keun beleuchtet in ihrem Roman *Das kunstseidende Mädchen* die Klischees bezüglich der sexuellen Vorlieben:

»Tilli sagt: Männer sind nichts als sinnlich und wollen nur das. Aber ich sage: Tilli, Frauen sind auch manchmal sinnlich und wollen auch manchmal nur das. Und das kommt dann auf eins raus. Denn ich will manchmal einen, daß ich am Morgen ganz zerkracht und zerküßt und tot aufwache und keine Kraft mehr habe zu Gedanken und nur auf wunderbare Art müde bin und ausgeruht in einem. Und sonst geht er einen ja nichts an. Und es ist auch keine Schweinerei, weil man ja das gleiche Gefühle hatte, und jeder will dasselbe vom andern.«[204]

Lily Brett zeigt in *Chuzpe* dagegen, wie überholte Erwartungen von Frauen an Männer überdauern, beziehungsweise neue Gestalt annehmen. Sie liefert gleichzeitig in ihrer Textstelle einen Beleg für das fortschreitende Ineinanderübergehen von kapitalistischer Logik mit der Sprache der Liebe, das Eva Illouz in

203) Wander, *Guten Morgen, du Schöne*, S. 204

204) Keun, *Das kunstseidende Mädchen*, S. 99

ihrem Buch *Gefühle in Zeiten des Kapitalismus* herausarbeitet:

»Sie rief Sonia an. ›Reden die Frauen in deinem Büro von Liebe, wenn sie sich über ihre Beziehungen unterhalten?‹ fragte sie.

›Klar tun sie das‹, sagte Sonia. ›Aber das Wort bezeichnet einen Warentausch. Sex und Beziehungen sind in ihren Gesprächen eine Transaktion. Als wäre ein Mann eine Investition. Sie unterhalten sich darüber, wie man richtig in den richtigen Mann investiert. Wieviel Zeit man in einen Mann investieren soll, bis man bekommt, was man will, und dergleichen. Man hört Aussagen wie: ›Er hat mich zum Essen eingeladen, aber ich finde, er hätte ein schickeres Restaurant aussuchen können, und deshalb bin ich hinterher sofort nach Hause gegangen und habe mich nicht länger mit ihm abgegeben‹ Oder: ›Ich habe mich nicht von ihm küssen lassen, weil er so ein schäbiges Restaurant ausgesucht hat; ich will auf keinen Fall Zeit in eine Affäre investieren, bei der nichts herauskommt.‹ Es klingt kein bißchen anders, als wenn sie sagten: ›Ich hole mein Geld aus dem Fonds XY zurück und stecke es in etwas Erfolgsversprechenderes.‹

›Wie alt sind diese Frauen?‹ fragte Ruth.

›Zwischen Mitte zwanzig und Ende vierzig‹, sagte Sonia.

›Sie haben eine Pawlowsche Methode entwickelt, die sie bei Männern anwenden. Aber vielleicht tun wir das alle.«[205]

205) Brett, *Chuzpe*, S. 279

Martha Nussbaum versucht zu ergründen, wie diese Pawlowschen Reflexe zustande kommen. Als Anhängerin der sozialen Konstruiertheit von Gefühlen und Verhaltensweisen verweist sie auf die Stärke dieser anerzogenen Gewohnheiten und argumentiert gleichzeitig für ihre Veränderbarkeit:

»Wenn viele wirkliche Frauen furchtsam und abhängig sind, mag das daran liegen, daß sie in dieser Weise erzogen wurden. Wenn viele wirkliche Männer possessiv und tyrannisch sind, liegt das vielleicht nicht so sehr an unveränderlicher männlicher Aggressivität, sondern daran daß die Gesellschaft es den Männern gestattet, derartige Einstellungen zu entwickeln und zum Ausdruck zu bringen. Sogar ein anscheinend so tiefsitzendes Merkmal wie die Artung des erotischen Begehrens der jeweiligen Person enthält sozial gelernte Komponenten.«[206]

MISSBRAUCH

Dieses Thema ist so schwierig, dass ich mit einer Wortauflistung vorliebnehme: Ausnutzung von Macht – Missbrauch von Kindern – Pädophilie – Kinderpornos – Unterdrückung – Angst – Gewalt – Aggression – Krieg – Grauen – Vergewaltigungen – Schuld – Unsagbarkeit.

Die Auflistung zeigt: Gewalt ist nicht nur handgreiflich, wird nicht nur physisch ausgeübt, sondern

206) Nussbaum, *Konstruktion der Liebe, des Begehrens und der Fürsorge*, S. 11

auch emotional, durch Entzug von Emotion und Aufmerksamkeit oder durch Erpressung. Auch die Androhung, sich das Leben zu nehmen, kann zu den indirekten Formen von Gewalt gezählt werden. Noch diffiziler wird Gewalt ausgeübt, wenn man den anderen überhöht und sich – statt sich mit ihm zu konfrontieren – ein Bild von ihm macht. Dann findet keine Auseinandersetzung statt, keine Begegnung, denn das Bild, das ich mir vom anderen gemacht habe, steht dazwischen. Dieses Projizieren missbraucht den anderen für die eigenen Zwecke, indem es der Selbstbestätigung dient.

Besonders die Schuldfrage ist heikel. Von Tätern wird oft die Ausrede herbeigezogen, der andere wolle es doch auch. Das ist besonders dann unglaubwürdig, wenn Macht- und Altersungleichheiten bestehen.

In ihrem Buch *Wie wir begehren* weist die Journalistin Carolin Emcke auf den Zusammenhang von Missbrauch und der Unterdrückung von ➢ Begehren (38) hin:

»In einer Welt, in der Sexualität tabuisiert wird, in der die Lust als ambivalente, unheimliche Leerstelle firmiert, kann über Formen der Lust nicht verhandelt werden. Wenn das Begehren selbst diskreditiert ist, können unterschiedliche Arten des Begehrens nicht mehr wahrgenommen werden. Die Negation der Lust führt paradoxerweise in einem solchen Kontext zu ihrer Entgrenzung. Nur wenn Begehren als Lust gedacht wird, als etwas, das mit unbedingtem Wollen zu tun hat, kann es Grenzen geben, kann jene Sexualität markiert werden, die nichts mit Wollen zu tun hat, die gegen die Wünsche und Phantasien der Einzelnen verstößt.

Das ist der Kern des Konflikts um den strukturellen Missbrauch von Kindern in katholischen Einrichtungen in Irland oder Deutschland oder den Vereinigten Staaten, aber auch der Kern der sexuellen Gewalt und der Misshandlungen von Frauen und Homosexuellen in jenen muslimischen Gesellschaften, in denen Lust und Begehren so unterdrückt werden wie weibliche oder homosexuelle Subjektivität. Wo Lust per se verboten ist, ist jede Form des Begehrens transgressiv und es lassen sich Formen von Grenzüberschreitungen nicht mehr wahrnehmen. Weil das eigene Wollen als undenkbar gilt, gerät fatalerweise auch der Blick auf das Wollen oder eben Nichtwollen der anderen, ob Frau oder Kind, aus dem Blick.

In einer sexuell repressiven Welt, ob muslimisch oder katholisch, in der das Entdecken der eigenen Lust unterbunden, die Pubertät abgebrochen oder in ewiger Zeitschleife gehalten wird, verbleiben erwachsene Männer in einem infantilisierten Zustand des Vor-Begehrens, gehüllt in einen Kokon der anerzogenen Scham. So kann sich die verbotene Lust nur mit Schuld gepaart artikulieren, wenn überhaupt, und das erklärt, warum sie sich oftmals in Gewalt entlädt. Die Scham über das eigene Begehren wandelt sich in Verachtung für das Objekt, das die verbotene Lust hervorbringt. Es ist nicht eigentlich der Zorn auf den weiblichen Körper oder den des Knaben, sondern auf das eigene unverstandene Begehren, der sich am anderen austobt.

Der Missbrauch und die sexuelle Gewalt in liberal-protestantischen Institutionen wie der Odenwald-Schule verweist scheinbar auf den umgekehrten Konflikt: wenn Hierarchien und Abhängigkeiten theoretisch abgelehnt werden, wenn der ›reformpädagogische‹ Diskurs alle realen Machtverhältnisse verleugnet, dann sind die Grenzen zwischen Schülern und Lehrern, Jugendlichen und Erwachsenen nicht mehr wahrnehmbar, verschwimmt der Unterschied zwischen bewusstem, symmetrischem Begehren und dem asymmetrischen Ausnutzen und Missbrauchen des ängstlich ahnungslosen Sehnens nach Anerkennung von dem verehrten Lehrer. Hier leugnen Täter die eigenen Taten, weil sie das Macht- und Gewaltverhältnis leugnen. Den asymmetrischen Missbrauch, die Vergewaltigung verklären sie so zu symmetrischem Begehren.

Wer nicht weiß, wie einem geschieht, wie einem geschehen wird in der Pubertät, der begehrt unbestimmt, nicht auf etwas Konkretes hin, sondern auf das Gewollt-Werden durch den Erwachsenen, den Chorleiter, den Lehrer, die Lehrerin hin. Wer in einem Umfeld aufwächst, in dem Lehrer ihre Machtposition offiziell leugnen und inoffiziell ausnutzen, dem bietet sich in dieser eingebildeten Gleichheit und Ähnlichkeit kein Fundament für Widerstand gegen Missbrauch und Gewalt.«[207]

In *Rayuela* schildert Julio Cortázar so eine ungleiche Situation und die Ohnmacht, die mit ihr einhergeht:

207) Emcke, *Wie wir begehren*, S. 79 f.

»Vom Mond bekam ich immer ein Frösteln, ich hob den Kopf, damit ich von den Sternen aus gesehen würde, ich glaubte an solches Zeug, ich war nicht älter als Dreizehn. Dann trank ich noch einen Schluck aus dem Wasserhahn und ging in mein Zimmer zurück, das oben lag, eine eiserne Treppe führte hinauf, auf der ich mir mit neun Jahren mal einen Knöchel verrenkt hatte. Als ich die Kerze auf dem Nachttisch anzünden wollte, faßte mich eine heiße Hand an der Schulter, ich hörte, wie die Tür verschlossen wurde, eine andere Hand hielt mir den Mund zu, und jetzt roch ich den Geruch nach Neger, der Schwarze befummelte mich überall und sagte mir Dinge ins Ohr, leckte mir das Gesicht, riß mir die Kleider herunter, und ich konnte nichts tun, nicht einmal schreien, denn ich wußte, er würde mich umbringen, wenn ich schrie, und ich wollte nicht getötet werden, alles, nur das nicht, sterben war die schlimmste Beleidigung, die größte Dummheit.«[208]

Toni Morrison arbeitet geschickt die unterschiedlichen Reaktionen auf einen Missbrauch heraus – von der ersten Empörung über die Frage der Glaubwürdigkeit bis zur fehlenden Solidarität der anderen Frauen:

»Der Riegel zerbröckelte nicht, bis eine der Studentinnen, die freiwillig mitarbeiteten, vergewaltigt wurde. Der Täter war ein Genosse. Die junge Frau, die sich zu sehr schämte, um sich zu wehren, flehte

208) Cortázar, *Rayuela*, S. 73

Christine an, ihrem Vater, einem Universitätsdekan, nichts zu verraten.

›Tu's nicht, ich bitte dich.‹

›Und deine Mutter?‹

›Nein, bloß nicht! Die sagt's ihm doch weiter!‹

Christine packte die Wut. Wie ein junger Dobermann im Training hatte das Mädchen auf Schutzverhalten geschaltet. Der große gute Daddy darf nichts wissen. Christine setzte sich darüber hinweg, erzählte es allen und war vor allem von Fruits Reaktion befriedigt. Alle kümmerten sich um das Mädchen, verurteilten zornbebend die Tat des Genossen und schworen, ihn sich vorzuknöpfen. Aber nichts dergleichen geschah. Als er das nächste Mal auftauchte, hieß es nur: ›Hey Mann, wie geht's denn immer?‹ Als Christine Fruit zur Rede stellte, berichtete er, was der Genosse gesagt hatte: Es sei nicht seine Schuld gewesen, das Mädchen habe ihn provoziert, so ohne BH und mit ihrem breitbeinigen Sitzen, er habe ihr ja sogar den Hintern getätschelt, damit sie merkte, was er für sie empfand, und da gab sie ihm nicht etwa ein Ohrfeige, sondern kicherte nur und fragte ihn, ob er ein Bier wollte. Fruit schüttelte traurig den Kopf über so viel Dummheit und unaufgeklärtes Denken. Aber es blieb beim Kopfschütteln. Trotz Christines Drängen schaffte er es nicht, sich den Genossen ›vorzuknöpfen‹ – geschweige denn, ihn zu ›bestrafen‹ oder ›auszuschließen‹. Ja, er hielt ihn für einen Mistkerl, aber er konnte es ihm nicht sagen. Ja, er fand, dass der Genosse ihrer gemeinsamen Sache schadete, aber er konnte sich nicht dazu durchringen, ihm das vorzuhalten. Der Übergriff auf das Mädchen wog weniger schwer als die Übertretung der unverbrüchlichen Gesetze männlicher Kumpanei. Bei einem Verräter, einem Feigling, irgendeiner verlogenen Null genügte Fruit die geringste Unbotmäßigkeit, um mit einem scharfen Tadel, dem Rausschmiss, einer Tracht Prügel zu reagieren. Hier war es anders – dieser Gewaltakt gegen eine Siebzehnjährige tauchte in seiner Liste unerwünschter Verhaltensweisen nicht einmal als Fußnote auf, weil das vergewaltigte Mädchen nicht sein Mädchen war. […] Es wäre hilfreich gewesen, hätten die anderen Mädchen ihre Mitleidsbekundungen nicht mit verstörenden Fragen gewürzt: Was hat *sie* eigentlich gemacht? Warum hat *sie* nicht?«[209]

MITEINANDER REDEN

Von den Schwierigkeiten des ➢ ANSPRECHENS (32) war bereits die Rede, der Gegenpol des Miteinander-Redens wird unter dem Titel ➢ SPRACHLOSIGKEIT (262) verhandelt. Was gibt es dann zum Reden noch zu sagen? Nichts Neues, aber dennoch: wie schwierig, aber auch wie wichtig das Miteinander-reden-Können für die Beziehung ist; wie besonders es ist, wirklich alles sagen zu können (und dass es manchmal besser ist zu schweigen); was es bedeutet, wenn immer nur einer spricht; wenn das Miteinander-Reden auf die Sprache der Körper reduziert wird; was passiert, wenn sich die ➢ GEWÖHNUNG (124) in die Dialoge einschleicht. Das schildert Siri Hustvedt in *Sommer ohne Männer*:

209) Morrison, *Liebe*, S. 236 f.

»Was gab es zu *kommunizieren*? Und die Ironie, dass Boris kommunizieren wollte, war fast nicht auszuhalten.

Ich will nicht darüber sprechen. Ich wache gerade auf. Lass mich erst meinen Tee trinken. Wir reden später. Ich kann nicht darüber sprechen. Wir haben das tausendmal durchgekaut. Wie oft hatte er diese Sätze von sich gegeben? Wiederholung. Wiederholung, nicht Gleichheit. Nichts wird exakt wiederholt, nicht einmal Wörter, weil sich im Sprechen und im Zuhören etwas verändert hat, weil bei einmal und dann wieder und wieder Gesagtem die Wiederholung selbst die Wörter verändert. Ich gehe auf demselben Boden auf und ab. Ich singe dasselbe Lied. Ich bin mit demselben Mann verheiratet. Nein, eigentlich nicht.«[210]

Für Jenny Erpenbeck in *Aller Tage Abend* bedeutet Liebe die Möglichkeit sich auszusprechen:

»*Nie hat es einen unbestechlicheren und geradlinigeren Charakter gegeben als den meines Mannes. H. hatte in den drei Jahren, die wir in der Sowjetunion sind, keinen andern Gedanken, als der Sache des Sozialismus zu dienen, den Faschismus zu bekämpfen, der Partei zu helfen.*

Erst mit ihrer Liebe zu ihm war ihr klar geworden, wie groß immer schon die Sehnsucht danach gewesen war, kenntlich für jemanden zu sein, eins mit sich zu sein und zugleich eins mit einem anderen. Alles, was sie insgeheim bei sich immer Schuld genannt hatte, hatte sie ihm bekannt, die begangene, die eingebildete, die angeborene und die gewünschte

210) Hustvedt, *Sommer ohne Männer*, S. 76

– er hatte all ihre Scham fortgelacht und damit auch ihre Erpressbarkeit. Liebe hatte Aussprechen bedeutet, und das Aussprechen Freiheit, und zum ersten Mal hatte ihre Angst, nicht zu genügen, aufgehört.«[211]

Obwohl in *Du stirbst nicht* von Kathrin Schmidt ohne Worte kommuniziert wird, findet hier ein Gespräch statt, das erst bedrückend und dann ganz leicht wirkt:

»Er sagt nichts.

Sie sagt nichts mehr.

Dabei bleibt es. Während des Besuchs fällt kein Wort. Matthes holt ein Steinchen aus der Tasche und drückt es Helene in die Hand. Irritiert ist sie nur Augenblicke, dann gibt sie es ihm zurück. Ihr Blick zittert. Er nimmt es, lächelt einen Moment, wird ernst, nimmt Helenes rechte Hand, öffnet sie gegen den leichten Spasmus und legt das Steinchen wieder zurück. So geht das einige Male. Eins teilt dem anderen so viel mit, wie das Steinchen zu fassen vermag. Eins weiß nicht wirklich, was das andere ihm mitteilen will, aber jedes hat dem Steinchen aufgepackt, was ihm am drückendsten schien, und nun sind sie im Schweigen erleichtert. So leicht ist ihnen zumute, dass Matthes eine Weile seinen Pullover auszieht und Helene wie auf Wolkenwatte in ihren Kissen liegt, schwebt, keinen Druck spürt, weder von Matratze noch Decke.«[212]

211) Erpenbeck, *Aller Tage Abend*, S. 177

212) Schmidt, *Du stirbst nicht*, S. 155

An einer anderen Stelle wird das unausgesprochene Einvernehmen zu einem »Einssein zu zweit«:

»[Ihr Sinn hätte] wahrgenommen, wie schwer es ihr gefallen war, ohne ein Berühren auskommen zu müssen, wie schwer es ihm gefallen war, sich dem Beliebigen aus ihrem Mund auszusetzen. Ihm war womöglich danach gewesen, *Butter bei die Fische* zu machen und ihr einfach gleich hier in der Küche die Klamotten abzureißen und sie einfixdrei zu ficken, dass ihnen schwarz würde vor Augen und sie dem Grün im Blau nicht länger ausgesetzt hätten sein müssen. Aber ihre Haut war alt geworden und schämte sich, so schlaff (trotz des Specks) von den Bauchseiten herabzuhängen, so faltig verkniffen von Brust bis Scham über Kinder zu reden, die heute hinreißend waren wie früher sie selbst. Sein Rücken, gekrümmt vom Alter, konnte sich einfach nicht vorstellen, sie würde ihn schön finden wie früher und ihn kneten, während der Schwanz in ihr Wache schob, aufmerksam, lauschend. Und so hatten sie beide, da sie nicht mehr in sich selbst hockten, einfach aneinander vorbei die Minuten verbracht, auf ihre jeweiligen Ziele gestarrt und gar nicht gemerkt, dass sie ein und denselben Punkt fixiert hatten: ihr Einssein zu zweit, ohne Leine und Besetzung des anderen.«[213]

Bei Susan Sontag kommt zur Sprache, was passiert, wenn jemand nicht spricht – weil das Schweigen Raum für Spekulationen und Projektionen eröffnet, lädt es zur Beredsamkeit ein:

213) Ebd., S. 326

»Ein Mensch, der sich aufs Schweigen verlegt, wird für den anderen rätselhaft; jemandes Schweigen eröffnet eine ganze Reihe von Möglichkeiten, dieses Schweigen zu interpretieren, ihm Beredsamkeit beizumessen.«[214]

Aber miteinanderreden ist auch nicht einfach. Das weiß Rainald Goetz in *Klage* zu berichten, in der er eine Szene schildert, die jeder kennt:

»[W]ie schwierig das Allernormalste sein kann, einfach nur gesprächsweise kurz miteinander zu reden. Den richtigen Zeitpunkt dafür zu finden, den richtigen Ton, die richtige Direktheit und die der Lage angemessene Gehemmtheit. Die Anstrengung, die darin liegt, trotz der Möglichkeit, zurückgewiesen zu werden, den anderen anzusprechen. Das Gewaltige der Humanität, die beim Reden verhandelt und ausgetauscht wird, wieviel Zurücknahme an Affoidem dabei stattfindet und wieviel Brutales auf die Art gezähmt und so sozialisiert wird.«[215]

NÄHE

Wie definiert man eigentlich Nähe? Und wo finde ich die Nähe, nach der ich mich sehne? Wie viel Nähe brauche ich? Und ab wann macht sie mir Angst? Wie viel Nähe ist möglich und wie viel Distanz nötig, um sich aufgehoben und zugleich autonom zu fühlen?

214) Sontag, *Gesten radikalen Willens*, S. 28

215) Goetz, *Klage*, S. 154

Oftmals wird Nähe mit ➢ Liebe (177) oder ➢ Sex (231) gleichgesetzt. Sex kann dabei die höchstmögliche Vollendung von Nähe in Form der Vereinigung der Körper sein. Oder aber ob seiner Intensität fälschlicherweise für Liebe gehalten werden. Bei Cees Nooteboom ist Sex tatsächlich Ausdruck völliger Über-Antwortung und Vertrautheit:

»Sie legte sich hin und sah ihn an, streckte den Arm aus. Scheu, davon hatte Viktor gesprochen, damals, einst, in Charlottenburg. Das war es also, Scheu. Eine Form von Schauder. Er wußte, daß, was immer geschehen würde, es nicht straflos sein würde, daß diese Frau einen Entschluß gefasst hatte, daß sie ihn nicht mied, nicht mehr vor ihm auswich, daß sie ihm nicht widerfuhr, daß dies eine Gefahrenzone war, in der er sich bewegen mußte, als sei er kaum da, in der er wissen mußte, daß er hier Zutritt erhalten hatte, daß er anwesend war, damit sie abwesend sein konnte, daß hier nach einer so absoluten Form des Vergessens gesucht wurde, daß er sich erst dann von ihr mitreißen lassen durfte, wenn diese Abwesenheit erreicht war, wenn die Körper in diesem Zimmer ihre Personen vergessen hatten.«[216]

In *Agonie des Eros* behauptet der Philosoph Byung-Chul Han jedoch das Gegenteil: Die Abstandslosigkeit beim Sex diene der Abschaffung der Nähe.[217] Sein Verständnis von Liebe setzt die Begegnung und die Überantwortung an das Unbekannte voraus. Wenn

216) Nooteboom, *Allerseelen*, S. 349

217) Vgl. Han, *Agonie des Eros*, S. 20

ich dagegen in der Distanz bleibe, in der ich die Kontrolle bewahren kann, hat das nichts mit Liebe zu tun. Es geht darum, den anderen nicht zu sehr zu wollen, sich ihm aber trotzdem voll auszuliefern. Für Han ist die Anerkennung der Unverfügbarkeit des anderen die Voraussetzung für Liebe. Jacques Derrida formuliert diese Paradoxie so: »Die Struktur meiner Beziehung zum anderen ist die einer ›Beziehung ohne Beziehung‹. Es ist eine Beziehung, in der der andere absolut transzendent bleibt. Ich kann den anderen nicht erreichen. Ich kann den anderen nicht von innen heraus kennen und so weiter. Das ist kein Hindernis, sondern die Grundvoraussetzung der Liebe, der Freundschaft, auch des Krieges, eine Grundvoraussetzung des Verhältnisses zum anderen.«[218] Aus Liebe bleibe ich in der Distanz?

Erich Fromm benennt verschiedene Situationen, die schnell eine Form der Verbindung herstellen und dadurch dazu verleiten, die Nähe überzuinterpretieren: »Das Erzählen vom eigenen Leben, von den eigenen Hoffnungen und Ängsten, das Präsentieren der eigenen kindlichen und kindischen Phantasien, die Tatsache gemeinsamer Interessen gegenüber der Welt – das alles gilt als Überwindung der Getrenntheit.«[219] Doch haben »diese Arten von ›Nähe‹ [...] die Eigenschaft, im Laufe der Zeit immer mehr zu schwinden.«[220] Die Folge ist ein ewiger Kreislauf von

218) Jacques Derrida zit. n. Illouz, *Warum Liebe weh tut*, S. 332

219) Fromm, *Die Kunst des Liebens*, S. 78

220) Ebd., S. 78

aufregendem Kennenlernen, Verlieben, Enttäuschtwerden, Neuanfangen.

Barthes interessiert sich ob dieses müßigen Kreislaufs für eine Form von Nähe, die unabhängig von partnerschaftlicher Nähe, entsteht. Im Vorwort zu *Wie zusammen leben*, fragt er: »In welchem Abstand zu den anderen muß ich mich halten, um mit ihnen eine Gemeinschaft ohne Entfremdung, eine Einsamkeit ohne Exil zu verwirklichen?«[221] Ausgangspunkt ist Barthes Interesse an der Lebensweise von Mönchen, ihre Idiorrhythmie.

Wie eine solche Gemeinschaft ein Gefühl der Nähe schaffen kann, beschreibt Botho Strauß in seinem Roman *Paare*:

»Einige Augenblicke mit Menschen waren erfüllt von Zuwendung, die unanfechtbar bleibt, und man darf sagen: jawohl, da war man nicht allein, da ist man zusammengerückt, da hat man was Gutes erlebt. In einer einzigen gelungenen Umgangsform steckt schon mehr Glück, als man verkraften kann. Kaum je sind dies Momente des körperlichen Begehrens, der Wollust gewesen. Die Erinnerung ist zärtlich, ist ein Geschenk der Sublimation.«[222]

Wie leicht (zu viel) Nähe Rückzugstendenzen und Fluchtbewegungen auslösen kann, aber auch Aus-

221) Barthes, *Wie zusammen leben*, S. 33

222) Strauß, *Paare*, S. 63

druck von Unentschiedenheit ist, macht dieses Zitat von Doron Rabinovici deutlich:

»Je enger die Beziehung zu Flora Dema wurde, um so heftiger dachte er wieder an Sonja Kramar, sehnte er sich danach, sie anzurufen. Womöglich war die Affäre mit Professor Kahlbauer bereits ausgestanden. Vielleicht bedauerte sie es mittlerweile, ihn verlassen zu haben. Es war ein wenig wie mit den Wohnungen, die er besichtigte. Gefiel ihm eine, trat er innerlich zurück, als bräuchte er mehr Distanz, um sie besser sehen zu können. Wenn er besonders begeistert war, erinnerte er sich an eine zweite, die ihm ebenfalls zugesagt hatte. War es ihm mit der Malerei und der Medizin anders gegangen?«[223]

Das Distanzhalten hat den Vorteil, dass alles aufregend bleibt, wie auch Antje Ravic Strubel in *Kältere Schichten der Luft* behauptet. Aber ist das Alleinsein tatsächlich typisch für die Jugend?

»Es waren Frauen, die zögerlich waren, die nichts von mir wollten. Sie sagten mir anfangs, ich wäre zu jung. Sie sagten, sie könnten mir nicht vertrauen, sie lebten unter dem inneren Zwang, sich nicht festzulegen, oder sie hielten grundsätzlich nichts von der Liebe. Ich lernte, hartnäckig zu sein, ohne mich zu erniedrigen. Nicht betteln, sondern provozieren, das war die Vorgehensweise. Und immer hielt ich Distanz, in der Distanz kam mir alles aufregend und gefährlich vor. Irgendwann willigten sie dann auf eine Weise ein, die ich kannte, eine Heftigkeit, der ich

223) Rabinovici, *Ohnehin*, S. 158 f.

mich ziemlich schnell wieder entzog. Ich blieb allein. Und ich hörte es gern, wenn jemand sagte, daß das in meinem Alter in der heutigen Zeit ein normaler Zustand wäre.«[224]

SCHICKSAL

Ähnlich wie bei der ➢ LIEBE (177) auf den ersten Blick, bei der durch einen Blick alles entschieden zu schein sein, gibt es Begegnungen, die als schicksalshaft empfunden werden, weil die Liebe wie vorherbestimmt erscheint. Alles Weitere bekommt dann den Beigeschmack, nicht mehr beeinflussbar zu sein. Statt aktiv zu handeln, ergibt man sich dem Schicksal, wie bei Iris Hanika:

»Gegen sein Schicksal kann man sich nicht auflehnen. Oder doch? Natürlich schon irgendwie. Aber gegen sein Liebesschicksal nicht, kann man sich nicht auflehnen, nicht. Will man ja auch gar nicht. Oder doch? Nein. Nein, nein, nein. Oder doch? Nein. Zu dem sagt man ja, ich will, ja, ich will.

Wo das Schicksal aber zuschlägt, da wächst kein Gras mehr. *Wenn du so bist wie dein Lachen, möchte ich dich wiederseh'n, möchte mir dir Sachen machen, sogar mit dir untergeh'n, sogar mit dir untergeh'n.*«[225]

Oft geht der Glaube an schicksalhafte Begegnungen und das Auserwähltsein mit einer Überhöhung des

224) Strubel, *Kältere Schichten der Luft*, S. 18

225) Hanika, *Treffen sich zwei*, S. 17

anderen einher, die an Unzurechnungsfähigkeit grenzt. Wolfgang Koeppen beschreibt in seinem Buch *Eine unglückliche Liebe* eine ebensolche Verstrickung, aus der beide Protagonisten nicht herauskommen, obwohl sie beide nicht erfüllt:

»Und Friedrich selbst blieb verrannt in dem Resultat all seines Denkens [sie ist für mich bestimmt!]: einmal werde ich doch gewinnen. Vielleicht war er ein Spieler. Wir suchen gerne die banale außerweltliche Erklärung und scheuen uns, es auszusprechen: er war von dem Schicksal [dem oft dämonischen und teuflischen, immer aber den Menschen vernichtenden, so oder so] auserwählt, diese eine, unter allen anderen auf der Erde, zu lieben.«[226]

Auch bei Ingeborg Bachmann gibt es dieses Bestimmtsein füreinander, doch ist es nicht mit demselben Anspruch auf Exklusivität verbunden, wie Koeppen ihn formuliert. In *Malina* heißt es:

»Wenn Ivan auch gewiß für mich erschaffen worden ist, so kann ich doch nie allein auf ihn Anspruch erheben. Denn er ist gekommen, um die Konsonanten wieder fest und faßlich zu machen, um die Vokale wieder zu öffnen, damit sie voll tönen, um mir die Worte wieder über die Lippen kommen zu lassen, um die ersten zerstörten Zusammenhänge wiederherzustellen und die Probleme zu erlösen, und so werde ich kein Jota von ihm abweichen, ich werde unsre identischen, hellklingenden Anfangsbuchstaben, mit denen wir unsre kleinen Zettel unterzeich-

226) Koeppen, *Eine unglückliche Liebe*, S. 47 f.

nen, aufeinanderabstimmen, übereinanderschreiben, und nach der Vereinigung unserer Namen könnten wir vorsichtig anfangen, mit den ersten Worten dieser Welt wieder die Ehre zu erweisen, damit sie wünschen muß, sich wieder die Ehre zu geben, und da wir die Auferstehung wollen und nicht die Zerstörung, hüten wir uns, einander schon öffentlich mit den Händen zu berühren, und auch nur heimlich fassen wir einander ins Aug. […] Aber weil Ivan mich zu heilen anfängt, kann es nicht mehr ganz schlimm sein auf Erden.«[227]

SEHNSUCHT

Sich verzehren nach jemanden, wobei es sich meist um Objekte handelt, »die sich allein der Vorstellungskraft verdanken und auf diese beschränkt bleiben«[228], wie Eva Illouz bemerkt. Antje Ravic Strubel beschreibt Sehnsucht und was sie mit einem macht:

»Sehnsucht ist nichts, was man wissen kann. Man kann sie nicht transportieren. Man kann sie nicht begreiflich machen, man sieht sie einem nicht mal an. Man kann sie auch nicht hören. Man wird weinerlich, aggressiv, spitz oder stumm.

Sehnsucht ist laut.

Nur hören kann man sie nicht.«[229]

227) Bachmann, *Malina*, S. 29 f.

228) Illouz, *Warum Liebe weh tut*, S. 358

229) Strubel, *Tupolew 134*, S. 261

Aber sie tut weh, und wie, wie Iris Hanika zu berichten weiß:

»Da kommt die Sehnsucht mit ihren riesenroten Boxhandschuhen und schlägt mich nieder mit zwei oder drei Geraden direkt ins aufgequollene Herz, das diesem brachialen Angriff nicht standzuhalten vermag. Es zerplatzt, und wie aus einem überreifen Granatapfel rinnt der fröhlichrote Saft von meinen Augen herunter. Der Lebensrichter zählt mich aus, die Sehnsucht läßt sich die Handschuhe aufbinden und schüttelt ihm kameradschaftlich die Hand, aber der reißt sie hoch. Mich rührt das alles wenig; ich liege am Boden und träume von dir.«[230]

Das Problem der Sehnsucht: Sie ist, laut Annika Reich, unersättlich:

»Ihre Sehnsucht war gefräßig. Unersättlich, nicht stillbar. Überall lauerte der Mangel, und überall, wo es nicht zu viel war, fühlte sie sich betrogen. Alles, was nicht dieses Zuviel fütterte, rutschte weg; alles, was nicht dieses Zuviel fütterte, stellte nur Anmerkungen zu einem Text dar, der einen einzigen Namen wiederholte, drei Buchstaben hintereinander, sich tummelnd, türmend, tausendfach: Tom.«[231]

Bei Lutz Seiler in *Kruso* ist die Sehnsucht unbestimmter, diffuser:

»Plötzlich schmerzte es Ed, dass er einfach davonging, ohne sich umzusehen. Das war absurd, und er

230) Hanika, *Musik für Flughäfen*, S. 33

231) Reich, *Durch den Wind*, S. 160

musste sich eingestehen, dass es *mehr* war. Kruso berührte etwas in ihm, das er entbehrte, vermisste, ein alter Mangel, nagend, eine Sehnsucht nach – er wusste es nicht, es hatte keinen Namen.«[232]

SELBSTBEFRIEDIGUNG

In meiner Kindheit war Selbstbefriedigung ein fader Sex-Ersatz für alleinstehende ältere Herrschaften; das Wort »Vibrator« klang so exotisch wie verboten, was auch daran lag, dass Masturbation lange Zeit aus den verschiedensten absurden Gründen verboten war und in der Kirche als Sünde galt. Über Selbstbefriedigung wurde nicht gesprochen. Das änderte sich auch in der Schule nicht. Carolin Emcke bestätigt diese Unwissenheit und Sprachlosigkeit: »Niemand sprach über Onanie und Masturbation, niemand über Arten und Formen, sich selbst und die eigenen Wünsche zu entdecken, niemand über sexuelle Praktiken, die das *telos* der Lust und nicht der Empfängnis haben könnten. Ich kann mich nicht erinnern, dass über Orgasmen (allein der Plural!) gesprochen wurde. ›Samenerguss‹ natürlich, ›Eisprung‹. Aber ›Orgasmus‹?«[233]

Vielleicht gerade weil das Thema so aufgeladen war (und die Literatur die Möglichkeit bat, diese Gebote und Verbote zu umgehen), nahmen sich Schriftsteller besonders gern dieses Themas an. Heute

232) Seiler, *Kruso*, S. 119

233) Emcke, *Wie wir begehren*, S. 41

gilt Selbstbefriedigung, also selbst verschaffte Lust, als Selbstverständlichkeit und ist ein Ausdruck von Unabhängigkeit und Selbstbestimmtheit.

Das belegt zum Beispiel die schnelle jugendliche Nummer bei Ian McEwan in *Der Zementgarten*:

»Ich schloß mich im Bad ein und setzte mich auf den Rand der Wanne, die Hosen hingen an den Knöcheln. Ich dachte an Julies hellbraune Finger zwischen Sues Beinen, während ich mich zu einem schnellen, trockenen Stich von Lust brachte. Ich blieb vornübergebeugt sitzen, nachdem sich der Krampf gelöst hatte, und mir wurde bewußt, daß die Stimmen unten schon lange verstummt waren.«[234]

Das weibliche Äquivalent findet sich bei Erik Fosnes Hansen in *Das Löwenmädchen*:

»Ich öffnete die Augen, als ich bemerkte, dass ich die Hand auf die weiche Stelle zwischen den Beinen gelegt und dass meine Finger wie von selbst den Weg in das Allerweicheste hinein gefunden hatten, und von dort, wie sie sich bewegten, funkten kleine, nasse Blitze. Die Finger wussten offenbar, was sie zu tun hatten, ohne es zu wissen, ich wurde zugleich wacher und benommener im Leib, und mit einem Mal wusste ich, dass ich einen Jungen wollte. Er dürfte auch gern aussehen wie Magnus Erlingsson. Und während Innen und Außen sich vermischten, drückte ich und presste ich, öffnete und schloss die Augen abwechselnd, bis alles auf die eine weiche Stelle

234) McEwan, *Der Zementgarten*, S. 8 f.

zuströmte und das Dunkel sich verwandelte, bis ich einschlief.

Später habe ich viel darüber nachgedacht und unterdessen – ich schreib das, ohne zu erröten, denn ich kann ja gar nicht erröten – meine nächtliche Erkundigungen mit der Hand fortgesetzt. Ich hatte einige Kenntnisse über die menschliche Biologie, und einerseits verstand ich wohl schon, wozu das alles gut war und wonach ich mich sehnte, gleichzeitig weigerte ich mich, den Gedanken zu Ende zu denken. Das lag gewiss an meinem jungen Alter sowie dem Umstand, dass ich irgendwo in meinem Bewusstsein unablässig mein Spiegelbild vor Augen sah und fortwährend den Spot und das Gejohle der anderen Kinder im Ohr hatte, Erwachsene, die mit dem Finger auf mich zeigten, glotzende, verwunderte Gesichter – und an meinem Leben hinter ordnungsgemäß verschlossenen Türen. Zugleich ereigneten sich Veränderungen mit meinem Körper, die mich zur Frau werden ließen, das war unangenehm und verwirrend und erforderte eine Reihe hygienischer Maßnahmen und halblaut geflüsterter Ratschläge und Ermahnungen seitens Hannas. Ich schob das alles beiseite und wollte nicht darüber nachdenken, inwieweit das, was ich mit meiner Hand tun konnte, mit diesen biologischen Dingen zu tun hatte. Im Gegenteil, viel eher richteten sich meine Gedanken auf meine alten Spiele und Welten, meine heimlichen Länder und die Wesen, die dort lebten, und meine Phantasien veränderten sich und wurden fleischlicher, verlockender. Es waren immer noch mein vertrautes Spiel und meine heimlichen Freunde, immer öfter drehte sich alles darum, ob und wie er sie kriegte, wie und wo es geschah. Das Unaussprechliche, das wofür ich kein Bild hatte, denn die Abbildungen in den Anatomiebüchern waren natürlich so gehalten, dass Kinder wie ich keine wirklichen Vorstellungen von den Dingen bekamen. Aber ich machte mir meine eigenen Bilder, und meine Figuren trafen sich in hohen Turmzimmern und an blanken, tiefen Seen in verwunschenen Wäldern.

Im Laufe jenes Winters wurde ich, wenn ich das verraten soll, ziemlich geschickt darin, mir auf eigene Faust, das heißt: von eigener Hand, großen Genuss zu verschaffen, und der Drang das zu tun, überkam mich immer öfter, so erschien es mir. Manchmal genügte es, in der Schule von hinten den Nacken eines Jungen zu sehen, und schon wurde es da unten ganz warm und schmelzend, und allein, indem ich die Beine übereinanderschlug, konnte ich mich in einen Zustand höchster Erregung versetzen, wovor ich mich hüten musste, da ich sonst den Rest des Tages über keine Ruhe mehr fand. Es war wunderbar und verwirrend zugleich.«[235]

Auch Per Olov Enquist beschreibt in *Der Leibarzt* das wohlige Gefühl, das die Selbstbefriedigung mit sich bringt, nämlich das Gefühl, eins zu sein mit dem eigenen Körper:

»Sie hatte angefangen zu verstehen, daß sie einen Körper hatte.

Vorher war der Körper etwas gewesen, das die Hofdamen mit taktvoll gesengten Blick zu verhüllen

235) Hansen, *Das Löwenmädchen*, S. 231 f.

halfen und das sie dann in ihrer Panzerung vor den Augen des Hofes herumführte: wie ein kleines Kriegsschiff. Zuerst hatte sie geglaubt, nur aus einem Panzer zu bestehen. Der Panzer als Königin war ihre Eigenschaft. In diese Rolle gekleidet war sie das kleine, gepanzerte Schiff, betrachtet von diesen erstaunlichen Dänen, die ihre Sprache so miserabel sprachen und deren persönliche Hygiene so abstoßend war. Sie waren alle staubig und rochen nach schlechtem Parfüm und altem Puder.

Dann hatte sie den Körper entdeckt.

Nachdem das Kind geboren war, hatte sie, wenn die Hofdamen am Abend gegangen waren, es sich zur Gewohnheit gemacht, ihr Nachtgewand auszuziehen und schamlos nackt unter den eiskalten Laken zu liegen. Dann hatte sie ihren Körper berührt; nicht um liederlich zu sein, nein, es war nicht Liederlichkeit, dachte sie, es war, um diesen Körper, der jetzt befreit von den Hofgewändern und dem Puder dalag, langsam zu identifizieren und zu erforschen.

Nur ihre Haut.

Sie hatte angefangen, ihren Körper zu mögen. Er fühlte sich immer mehr wie ihr eigener an. Nachdem das Kind geboren war und die Brüste auf ihre natürliche Größe zurückgegangen waren, hatte sie begonnen, diesen Körper zu mögen. Sie mochte ihre Haut. Sie mochte ihren Bauch, ihre Schenkel, sie konnte stundenlang daliegen und denken: dies ist, wirklich, mein Körper.

Er fühlt sich schön an.

Sie war während der europäischen Reise des Königs fülliger geworden, und gleichzeitig hatte sie das Gefühl gehabt, in ihren Körper hineinzuwachsen. Sie konnte spüren, daß man sie nicht nur als Königin betrachtete, sondern auch als etwas anderes. Sie war nicht naiv. Sie wußte, daß es in der Vereinigung zwischen ihrem nackten Körper unter der Rüstung und ihrem Titel etwas gab, etwas, das eine unsichtbare Aura von Geschlecht, Lust und Tod um sie her schuf. Die Königin war ja verboten, und Frau. Daher wußte sie instinktiv, daß die Männer geradewegs durch ihre Kleider hindurchblickten, und den Körper sahen, den sie jetzt mochte. Sie war sicher, daß sie wünschten, in sie einzudringen, und daß in dem, was da lockte, der Tod war. […]

Aber manchmal dachte sie: ich mag meinen Körper. Und ich weiß, daß ich wie ein Jucken im Glied des Hofs bin. Aber sollte nicht auch ich meinen Körper benutzen dürfen, in Freiheit, und absolute Nähe des Todes zu meinem Geschlecht fühlen und sie selbst genießen. Und manchmal nachts, wenn sie wach lag, rührte sie an sich selbst, an ihr Geschlecht, und der Genuß ging wie eine heiße Woge durch ihren Körper, den sie immer mehr mochte.

Und zu ihrer Verwunderung fühlte sie keine Scham, nur, daß sie ein lebender Mensch war.«[236]

Bei Arno Geiger ist ein bisschen Scham im Spiel, hier ist die Situation aber auch delikater, denn die Protagonistin Ingrid liegt direkt neben ihrem Partner, während sie sich selber Lust verschafft:

236) Enquist, *Der Leibarzt*, S. 170 f. und 173

»Sie starrt zur Wagendecke, einen Arm unter Peters Nacken, die andere Hand zwischen ihren aufgestellten Beinen, Zeige- und Mittelfinger an den Schaft ihrer Klitoris gedrückt, in Erkundung, was sich da noch machen läßt. Während sie den linken Arm unter Peters Nacken hervorzieht, erzeugt sie mit der rechten Hand sachte Vibrationen, sie legt die linke Hand auf den Unterbauch mit leichtem Zug nach oben, das stimuliert zusätzlich, hat sie unlängst herausgefunden, dann die Linke auf die rechte Brust, auch schön, dann runter zwischen die Beine, nicht von oben, weil dort die rechte Hand den Zugang versperrt, also von unten beziehungsweise von hinten, unter dem linken Oberschenkel durch, besser, sie legt sich mit dem Hintern drauf, aber blöderweise schläft ihr die Hand rasch ein, das weiß sie aus Erfahrung. Mit dem linken Zeige- und auch dem Mittelfinger stimuliert sie sich drinnen, was ziemlich gut ist, und dabei denkt sie an Geschlechtsverkehr, das kommt wie automatisch, wie sie doch vorher noch an Peters Schulden gedacht hat. Sie sieht rasch aufeinanderfolgende, zusammenhanglose Bilder mit Körperteilen darin und raschen Bewegungen. Die Augen hat sie geschlossen, sie ist ganz auf sich konzentriert und insgesamt sehr ruhig, keine angespannte Muskulatur, weil das kann einem glatt den O. verhauen oder wie man das nennen will. Sie atmet langsam und tief in den Bauch (unruhig Atmen kann einem ebenfalls glatt den O. verhauen). Sie spürt dann genau, wann es ihr kommt, und sowie es losgeht, atmet sie tief aus und streichelt sich währenddessen weiter und hört dann auf, sehr schön, sehr intensiv am Beginn, Kontrakturen, die an Frequenzen rasch abnehmen und nach vielleicht einer Minute verebben. Für eine weitere Minute ist ihr flau und schwindlig im Kopf, sie nimmt an, das hat mit der Abnahme der cerebralen Durchblutung zu tun. Aber auch das vergeht. Sie wischt sich die Finger an der Wehrmachtsdecke ab und rollt sich neben Peter ein, den Kopf an seiner Schulter. Sie fühlt sich wohl und doch irgendwie gedemütigt von der ganzen Heimlichkeit. Und nervös. Jawohl nervös. Weil sie schön langsam dran denken sollte, nach Hause zu fahren. Aber zu Hause erwartete sie erst recht nichts, deshalb bleibt sie noch eine Weile liegen und hängt ihren Gedanken nach – wie sie ihr Leben besser ordnen könnte. Erstens, zweitens, drittens. Aber das verbeulte Weltbild ihrer Eltern ist, wie sie findet, für sie nicht anwendbar, und da Peter in einer Übergangsphase steckt, die ebenfalls keine zuverlässigen Anhaltspunkte bietet, ist ihre Welt schwierig auszurechnen. Die Gedanken gleiten an allem Wesentlichen ab und vorbei, sie salutieren vor den Fakten, traumhaft, mechanisch. Und ähnlich ihren verschwommenen Wertmaßstäben dehnen sich nach und nach auch ihre Pupillen. Zehn Minuten nach Peter ist auch Ingrid eingeschlafen. Als sie wieder aufwacht, weil sie Regelschmerzen hat, weiß sie, noch bevor sie die Augen öffnet, daß es dunkel ist und regnet. Die Luft ist erfüllt von einem singenden, echohaften Geräusch, das von den Tropfen erzeugt wird, die der Wind in Stößen gegen das Tor weht.«[237]

237) Geiger, *Es geht uns gut*, S. 180 f.

In einer ihrer Kurzgeschichten ihres Buchs *Zehn Wahrheiten* schildert Miranda July eine Szene, in der der Vater an seine Tochter »Fingerübungen« weitergibt, die sowohl der Partnerbefriedigung als auch der Selbstbefriedigung höchst dienlich sein können:

»Bevor mein Vater starb, lehrte er mich seine Fingertricks. Es waren Griffe, mit denen man eine Frau zum Orgasmus bringt. Er sagte, er wisse nicht, ob sie für mich von Nutzen sein würden, da ich selber ja eine Frau sei, aber etwas anderes habe er nicht als Mitgift. Ich wusste, was er meinte: Er meinte Erbe oder Nachlass, nicht Mitgift. Es waren insgesamt zwölf Fingerübungen. Er demonstrierte sie mir in meiner Handfläche, wie eine Zeichensprache. Es ging dabei hauptsächlich um Tempo und Druck in unterschiedlichen Kombinationen. Auf einige der Variationen wäre ich selbst nie verfallen. Ich stellte mir vor, dass er sie erlernt hatte, als er in Übersee war. Eine abrupte Umkehr in Tempo und Richtung. Die Finger bewegungslos, für einen Herzschlag wie verstummt, dann lange, schnelle Striche, die er ›Abfetzer‹ nannte. Ich wollte mir Notizen machen, doch jedes Mal spottete er. Ob ich, wenn der Augenblick gekommen wäre, erst meine Aufzeichnungen herausholen wolle. Dann wird es mir schon einfallen, sagte er und wiederholte das Abfetzen mit seinen trockenen Fingern in meiner Handfläche. Es fühlte sich an wie eine Handmassage. Er war seiner unglaublich sicher. Ich konnte mir nicht vorstellen, diese Fingertricks allein und mit solcher Selbstsicherheit anzuwenden. Du wirst irgendeine Frau sehr, sehr glücklich machen, sagte er. Aber ich wusste, dass ich noch nie jemanden sehr, sehr glücklich gemacht hatte, und konnte mir nur vorstellen, meinen Dad zur Hilfe zu holen, wenn es so weit wäre. Aber er würde dann tot sein, und die Frau wäre wohl eine Lesbe und würde nicht wollen, dass er sie berührte. Ich würde die Fingertricks selber ausführen müssen. Ich würde entscheiden müssen, wann sie für Nummer sechs oder Nummer sieben reif war. Konnte sie die Intensität des ausgelassenen Herzschlags ertragen und sich den rasanten Freuden des Abfetzens hingeben? Ich würde hinhören müssen, um das herauszufinden. Nicht nur auf das Geräusch ihres Atems, sagte mein Dad, auch die Feuchtigkeit der Haut in ihrem Kreuz. Dieser Schweiß ist dein geheimer Bote. Den einen Moment ist sie noch knochentrocken, und im nächsten Augenblick ist Land unter! Fackel nicht lange, sonst verpasst du das Boot, spring rein, und dann Bewegung, Bewegung, Bewegung.«[238]

Und Charlotte Roche steigert in *Feuchtgebiete* noch einmal die Detailfreudigkeit, mit der sie von ihren Lieblingspraktiken berichtet:

»Das ist ein sehr seltenes Glück. Genau wie eine andere Sache, die mich aufgeilt. Wenn ich alleine in der Badewanne bin und furzen muss, versuche ich die Luftblasen zwischen den Schamlippen entlangzuleiten. Das gelingt nur selten, noch seltener als das mit dem Haar, aber wenn, dann fühlen sich die Luftblasen wie harte Kugeln an, die sich ihren Weg zwischen meinen matschigen, warmen Schamlippen bohren. Wenn das mal gelingt, sagen wir: einmal im Monat,

238) July, *Zehn Wahrheiten*, S. 181 f.

dann kribbelt mein ganzer Unterleib und meine Muschi juckt so sehr, dass ich sie mit meinen langen Nägeln kratzen muss, bis ich komme. Mein Muschijucken kann nur durch starkes Auskratzen gestillt werden. Ich kratze zwischen den inneren Schamlippen, von mir Hahnenkähne genannt, und den äußeren Schamlippen, von mir Vanillekipferl genannt, feste hin und her, und irgendwann klappe ich die Hahnenkähne nach rechts und links weg, um genau in der Mitte das Jucken wegzukratzen. Ich spreize die Biene weit auseinander, bis die Hüftgelenke knacken, damit warmes Wasser in mein Loch strömen kann. Wenn ich kurz vorm kommen bin, kneife ich mir fest in die Klitoris, von mir Perlenrüssel genannt. Das steigert meine Geilheit ins Unermessliche. Ja, so wird's gemacht.«[239]

SEX

Es folgen Beschreibungen von erfüllendem und enttäuschendem, leidenschaftlichem und pragmatischem, erlösendem und beschwerendem, herbeigesehntem und erkauftem Sex, doch zuvor gibt es mit Erich Fromm eine kleine Einführung in Sachen Sex: »Die sexuelle Orgie kann zu einem Stadium führen, das dem sehr ähnlich ist, welches durch Trance oder mit Hilfe bestimmter Drogen hervorgerufen wird. Die Riten gemeinsamer sexueller Orgien waren weit verbreitet. [...] In gewissem Maße ist das orgiastische

239) Roche, *Feuchtgebiete*, S. 22

Sexualerlebnis eine natürliche und normale Form, die Getrenntheit zu überwinden, und auch eine teilweise Lösung des Problems der Einsamkeit. Bei vielen Individuen, die das Gefühl ihrer Getrenntheit nicht auf andere Wiese dämpfen können, nimmt das Verlangen nach der sexuellen Orgie jedoch eine Bedeutung an, die von der Sucht nach Alkohol oder Rauschgift nicht allzu verschieden ist. Sie wird zu dem verzweifelten Versuch, der durch die Getrenntheit erzeugten Angst zu entkommen, und resultiert in einem immer stärker werdenden Gefühl der Einsamkeit, da der ohne Liebe vollzogene Geschlechtsakt die Kluft zwischen zwei menschlichen Wesen höchstens für einen kurzen Augenblick überbrücken kann.«[240] Sex alleine macht nicht glücklich. Das wiederholt er noch an anderer Stelle: »Die sexuelle Anziehung schafft zwar im Augenblick die Illusion der Vereinigung, aber ohne Liebe bleiben nach dieser ›Vereinigung‹ Fremde zurück, die genauso weit voneinander entfernt sind, wie vorher.«[241] So aufregend ein One-Night-Stand auch sein mag, meist fehlt es ihm an Vertrauen und ➢ HINGABE (129). Der Sexualpsychologe Christoph Joseph Ahlers bemerkt dazu: »Die sexuelle Beziehung zweier Menschen ist nicht abhängig von Neuem und Unbekanntem als Quell von Attraktion und Erregung, sondern vor allem davon, dass die beiden wirklich eine Beziehung miteinander führen, sich miteinander übereinander austauschen.«[242]

240) Fromm, *Die Kunst des Liebens*, S. 28 f.

241) Ebd., S. 80

242) Ahlers, »44 ½ Wahrheiten über die Liebe«, S. 44

Dem Unterschied von Sex in langfristigen Beziehungen und dem einmaligen Sich-Vergessen beim One-Night-Stand geht auch Mark Greif in seinem Essayband *Bluescreen* nach. Er ist der Meinung das Sex als ultimative Erfahrung überhöht werde, während das Repetitive, das Vertraute und unterschätzt wird:

»Einerseits gilt Sex in unserer Kultur als einer der Königswege zu reichen Erfahrungen; andererseits – und darüber wird selten gesprochen – hat Sex auch etwas Repetitives und damit Beruhigendes. Explizit wird letztere Alternative nur im Zusammenhang mit der Ehe thematisiert. Monogamie, die Wiederholung der sexuellen Erfahrung mit ein und demselben Partner, ein Akt der Liebe, der zugleich etwas Tröstendes hat. Der eheliche Liebesakt wiederholt sich, er verändert sich kaum, und er muss sich auch nur dann ändern, wenn die Partner sich dazu bewusst entscheiden. Diese Form der Monogamie ist nicht im eigentlichen Sinne anästhetisch, immerhin hat sie jedoch mit der Verweigerung neuer Erfahrungen zu tun. Abgesehen von dieser Ausnahme, lautet die kulturelle Vorgabe in unserer erfahrungshungrigen Welt allerdings, dass man nie zweimal mit derselben Person ins Bett gehen und dass man möglichst bei jedem Geschlechtsakt etwas Neues ausprobieren soll. Entweder man findet immer wieder andere Partner (oder besser: Helfer), oder der jeweilige Partner verändert sich in eine immer wieder neue Person, mit der man neue Erfahrungen teilen kann.«[243]

243) Greif, *Bluescreen*, S. 133f

Alain Badiou erklärt den Unterschied von Sex und Liebe in seinem Buch *Lob der Liebe* mithilfe von Lacan. Auch bei ihm kommt der Sex im Vergleich zur Liebe nicht so gut weg, weil er nicht verbindet, sondern trennt:

»Jacques Lacan erinnert uns daran, dass in der Sexualität in Wirklichkeit jeder großteils mit sich selbst zu tun hat, wenn ich so sagen darf. Es gibt natürlich die Vermittlung des Körpers des anderen, aber letztlich wird das sexuelle Genießen immer das eigene sein. Das Sexuelle verbindet nicht, es trennt. Dass sie nackt und an den anderen geschmiegt sind, das ist ein Bild, eine bildliche Vorstellung. Das Reale ist das Genießen, das sie weit, sehr weit vom anderen wegführt. Das Reale ist narzisstisch, die Verbindung ist imaginär. Also folgert Lacan, dass es keine sexuelle Beziehung gibt. Die Formulierung hat einen Skandal hervorgerufen, da damals eben jeder von ›sexuellen Beziehungen‹ sprach. Wenn es keine sexuelle Beziehung in der Sexualität gibt, dann ersetzt die Liebe die fehlende sexuelle Beziehung. Lacan sagt eben nicht, dass die sexuelle Beziehung sich als Liebe verkleidet, sondern er sagt, dass es keine sexuelle Beziehung gibt, dass die Liebe das ist, was an die Stelle dieser Nicht-Beziehung tritt. Das ist viel interessanter. Diese Vorstellung führt ihn zur Behauptung, dass das Subjekt in der Liebe versucht, das ›Sein des anderen‹ zu erreichen. In der Liebe geht das Subjekt über sich, über seinen Narzissmus hinaus. Im Geschlechtlichen treten sie letztlich in Beziehung zu sich selbst, vermittelt durch den anderen. Der andere dient Ihnen dazu, das Reale des Genießens zu entdecken. In der Liebe hingegen ist die Vermittlung durch den anderen an sich wertvoll. Darin besteht die Liebesbegegnung: Sie bestürmen den anderen, um ihn, so wie er ist, mit Ihnen existieren zu lassen. Es handelt sich dabei um eine viel tiefere Auffassung als die völlig banale Vorstellung, dass die Liebe nur ein imaginärer Anstrich über das Reale des Geschlechtlichen sei.«[244]

Antje Ravic Strubel schildert in *Kältere Schichten der Luft* eine Szene, in der ausführlich über die Verbindlichkeit von Sex diskutiert wird:

Ausgesprochen wird, dass es nicht unverbindlicher Sex ist, der gewollt ist:

»›Wenn du mit mir ficken willst, warum sagst du's mir nicht einfach.‹

Über den Boden zog ein dünner Streifen Sonne. Ich stand da, wo das Licht hinfiel. Sie war von mir weggegangen, ins Halbdunkel, ans andere Ende des Raums, ich konnte sie kaum noch erkennen. ›Du bist nicht unbedingt mein Typ‹, sagte ich. ›Aber wo du mich schon hergeholt hast. Sag mir, wie du's willst.‹ Der Raum war niedrig und besonders still. Der Nippes auf der Kommode zwischen uns wurde von Sonnenstreifen getroffen, er wirkte niedlich.

Ich hätte es gern noch einmal gesagt. Es war immer dasselbe. Es bedurfte nur einer Anspielung, vage erotisch, und schon war ich wieder an diesem

244) Badiou, *Lob der Liebe*, S. 24 f.

Punkt, an dem man es sagte, damit man Lust bekam, und deshalb Lust hatte, es zu sagen, und es war fast nicht mehr wichtig, zu wem.

›Sie sind lustig‹, flüsterte sie. ›Sind sie immer so? So, wie sie reden?‹

›Wenn ich dich so sehe. In einem abgelegenen Haus. In einem nicht unbedingt hochgeschlossenen Kleid –‹

Sie kam aus dem Halbdunkel hervor und lief einen Bogen um die Kommode. Das Licht traf sie von der Seite, als sie ein Fenster aufdrückte. Das Fenster fiel sofort wieder zu. Ich hatte sie noch nie in so einem Licht gesehen. Es drang vom Walnußlaub gefiltert und abgeschwächt durch die Fenster, und in diesem Licht war sie schön. Ihr blasses Gesicht. Die Achtlosigkeit, die wahrscheinlich erst entstand, wenn man eine ungewohnte Haltung so lange diszipliniert einstudiert hatte, daß man sie wieder vernachlässigen konnte.

Ich fühlte mich klein und ahnungslos.

›Und der Spitzname ist auch ziemlich albern.‹

›Was denn für ein Spitzname, Schmoll?‹

›Nicht, daß ich meinen Namen besonders gelungen fände. Sie haben ihn damals allem verpaßt, was einigermaßen weiblich war. So einfallsreich waren sie in den Siebzigern. Im Osten.‹

›Sie haben noch gar nicht richtig hingesehen‹, sagte sie.

›Alles, was ich sehe, ist, daß du einen ziemlichen Aufwand betreibst, um jemanden ins Bett zu kriegen‹, sagte ich. Es hätte weich klingen sollen, weich und diesem diffusen Licht angemessen, aber es gelang mir nicht. ›Du brichst in ein Haus ein, kaufst ein edles Laken, ich wette, irgendwo hast du auch noch Champagner versteckt!‹

›Du findest das albern?‹ Sie blieb stehen.

›Du denkst, das ist eine Show hier‹, sagte sie sachlich. ›Du denkst, ich ziehe eine Show ab. Für dich ganz allein. Du glaubst im Ernst, ich bin da, um dich zu amüsieren? Zu schade, du bist ein miserables Publikum. Du hast nicht mal Spaß.‹ Sie wartete. Sie kam nah an mich heran. ›Glaubst du wirklich, ich hätte dich hergelockt, um ein bißchen zu spielen?‹

›Ich habe doch gesagt, es ist ein ziemlicher Aufwand.‹

›Ich habe in meinem Leben genug gespielt. Das reicht. Ich habe es satt!‹ Es war still, die Bäume dämpften das Licht. ›Man kennt die Regeln, man kann aussteigen, man kommt jederzeit raus, man muß es nur sagen. Man sagt stop, und schon war alles nicht so gemeint. Schon war alles nur zur Abwechslung. Zum Spaß.‹

Ich war zurückgewichen.

›Dann sag mir –‹

›Was. Daß ich mit dir schlafen will? Meine Liebe, wenn ich mit dir schlafen wollte, hätte ich das längst getan. Was ich möchte, ist Konsequenz. Zwangsläufigkeit. Intensität. Nicht bloß Sex. Sex kann jeder. Jeder Idiot kriegt das hin. Verstehst du? Ich will etwas anderes. Wenn du das für albern hältst, von mir aus. Dann gehst du jetzt besser.‹ Alles Kindliche war verschwunden. Sie sah wie Mitte Dreißig aus. Es war das erste Mal, daß sie mich duzte.

›Aber du bist nicht hergekommen, um mir zu erzählen, wie albern das ist. Du bist hergekommen, weil du das Unvorhersehbare suchst. Weil du die Wiederholungen satt hast.‹

Sie wartete.

›Sehnen Sie sich denn nicht‹, sagte sie dann leise. ›Sehnen Sie sich denn gar nicht?‹

Ich ging näher, ich verfehlte ihre Hand.

›Schon gut. Da. Nehmen Sie meine Hand. Und jetzt zeige ich ihnen noch etwas.‹«[245]

Bei Antonio Skármeta geht es nur um das Eine, das *Mit brennender Geduld* ersehnt wird – und dann alle Erwartungen übertrifft:

»Beatriz bedeutete ihm, sich niederzuknien. Obwohl der Boden aus ungehobelten Holzbohlen bestand, kam er Mario wie ein fürstlicher Teppich vor, als das Mädchen an seine Seite glitt. Eine Bewegung ihrer Hände zeigte ihm, daß er seine eigenen wie eine Schale formen sollte. War es ihm auch immer unerträglich gewesen, gehorchen zu müssen, so lechzte er jetzt geradezu nach Versklavung. Das Mädchen bog ihren Oberkörper zurück, und das Ei eilte wie ein winziger Seilakrobat über den Stoff ihrer Bluse und ihres Minirocks, um plötzlich in Marios Handmulde zu landen. Er sah Beatriz ins Gesicht; ihre Zunge lag wie ein loderndes Feuer zwischen ihren Zähnen, ihre Augen waren von verhangener Entschlossenheit, und ihre Brauen zogen sich, sein Handeln erwartend, zusammen. Vorsichtig, als könnte

245) Strubel, *Kältere Schichten der Luft*, S. 54–56

ein Küken aus dem Ei schlüpfen, hob Mario das ungeborene Huhn, hielt es vor ihren Bauch, ließ das runde Ding mit dem Lächeln eines Taschenspielers über ihre Hinterbacken schlittern, führte es langsam an ihrer Pospalte entlang und balancierte es auf ihre rechte Hüfte, wobei Beatriz mit leicht geöffnetem Mund jeder seiner Bewegungen folgte. Als das Ei seine Umlaufbahn beendet hatte, hob der Junge es über die Wölbung ihres Bauches, neigte es über den Ansatz ihrer Brüste und ließ es, sich mit ihm in die Höhe streckend, in die Senke ihres Halses rollen. Beatriz klemmte es sanft unter ihr Kinn und lächelte ihn auffordernd an. Da beugte sich Mario über das Ei, nahm es zwischen seine Zähne und entfernte sich von Beatriz in der Erwartung, daß ihre Lippen das Ei aus seinem Mund befreien würden. Als er endlich ihren Mund über der Schale spürte, war ihm, als müsse er vor Wonne überlaufen. Das erste Stückchen ihrer Haut, das er benetzte, das er salbte, war das, was sie ihm in seinen Träumen als letzte Bastion nach langer Belagerung preisgegeben hatte, in Träumen, in denen er jede einzelne ihrer Poren, die zartesten Härchen ihrer Arme, die seidig fallenden Wimpern und die atemberaubende Wölbung ihres Halses geküßt hatte. Die Zeit der Ernte war gekommen, die Liebe war hart und schwer in seinen Knochen gereift, die Worte kehrten zu ihren Wurzeln zurück. Dieser Augenblick, sagte er sich, dieser, dieser Augenblick, dieser, dieser, dieser, dieser, dieser Augenblick, dieser, dieser, dieser Augenblick, jetzt. Er schloß die Augen, als sie mit ihrem Mund das Ei an sich nahm. In tiefer Finsternis umfaßte er sie von hinten, während in seinem Geist ein Schwarm Fische im Ozean explodierte. Gebadet im unermeßlichen Licht des Mondes und mit der Salbe seines Mundes auf ihrem Nacken, hatte er plötzlich die unumstößliche Gewißheit, die Unendlichkeit begreifen zu können. Er glitt an die andere Flanke seiner Geliebten und nahm wieder das Ei zwischen seine Zähne. Und jetzt, sie bewegten sich beide zum Rhythmus einer geheimen Musik, weitete sie den Ausschnitt ihrer Bluse, und Mario ließ das Ei zwischen ihre Brüste gleiten. Beatriz zog das beengende Kleidungsstück hoch, das Ei zerplatzte am Boden, als sie die Bluse über den Kopf zog und das Licht der Petroleumlampe gleichzeitig ihren nackten Oberkörper zu vergolden begann. Mario zog ihr den hinderlichen Minirock aus, und als die duftende Vegetation ihrer Spalte seine witternde Nase umschmeichelte, konnte er nicht mehr an sich halten und benetzte mit seiner Zungenspitze die zwei ihm bislang unbekannten Lippen der Geliebten. Genau in diesem Moment stieß Beatriz einen von Keuchen, Schluchzen, kehligen Tönen, einen von Musik und Fieber genährten Schrei aus, der sich sekundenlang im Erzittern ihres Körpers fortsetzte, bis er langsam verging. Sie ließ sich auf den Holzboden gleiten, legte einen Finger auf die Lippen, die sie eben geleckt hatten, führte ihn an den groben Stoff von Marios Hose, betastete die dicke Dicke seines Schwanzes und sagte mit brechender Stimme: ›Du hast mich geschafft, du dummer Junge.‹«[246]

246) Skármeta, *Mit brennender Geduld*, S. 80–83

Bei Reinhard Jirgl in *Die Unvollendeten* geht es auch hitzig – und geborgen – zu:

»Sie fanden sich und tastend hastvoll Arm & findergewirre über beider Haut – 2 Münder flüsterten und bissen mit straffen Lippen = Paaren in1ander zum Kuß –, *Du Armer* dachten ihre Fingerspitzen, als sie über schmale Schultern – Rippenbretter – Rückgratsäge abwärts glitten –, u wußten sich auch in !diesem Hunger gleich. Die Kleiderhüllen störten – !wekdamitt. Und nach den Händen packten beider Augen zu : nahe und näher – *Komm* und *Komm sei vorsichtich – !hschsch – nicht so grobb – dumusdas dseerdlicher machen wieviel dseerdlicher weisdu – schsch-h, nichsoschnell, du mu – mußd, mußd vo, mußd vor = Allem vor – h – !hh – si!h – dhtich*, dumußt-!aufpassn-?ja – : Aber seine Stimme schon so rasch voll Rauh u Nacht, und 1 Fetzen Atemheiß aus seinem Mund über ihre Wange den Hals hinab –. Die Kammer-unterm-Dach mondfarben u um keine Spur anders: *Danach*.

Nur Augen Blicke hielten länger in1ander fest. Leibanleib, die feuchte Haut auf ihren Bäuchen geilte schmatzend 1silbenflüsterlaute, Haargeringel zwirnte zwischen Lippen u Fingergitter – ihr strenggeflochtener dunkelblonder Zopf schlang auf dem Kissen davon – *Anna KOnda*, zündelte er insgeheim mit dem Kalauer in der Dunkelstille –, 1 Rinnsal Warmes, sie achte dabei ans Buchstabieren: !*so-also-ist-Das ohne Langernacht* … Anna belauschte die eigenen Gedankenworte, roch aus Winterklamm als wärens erwärmte Früchte Fleischiges von Mann-u-Frau, die rotenschweren Düfte, und tunkte hiemlich die

Fingerspitze in den Bauchnabelsee –: *Nun habe ich Das auch !anders erlebt –. –?Hast du schon: Er-Fahrung – (hatte er vorhin geflüstert).* Anna war still geblieben, nur ihren Leib durchzuckte die Antwort: *Meine Er-Fahrung heißen Nächte im Arbeitslager.* Aber !wer ?versteht schon die Sprache des Leibs. Ein Atem hob und senkte die Brüste *Hch-jaa so ist Das* –, dann Leibanleib reglos liegend in Kammer = Geborgenheit.!«[247]

Marion Poschmann fasst sich kurz und beschreibt den Akt mit einem Gewitter aus Metaphern:

»Das Hotelhandtuch flog in den Sessel. Ein kleineres Stoffstück segelte hinterher. Weitere Sturzflüge im Zimmer, Unruhe. Schwimmfüße paddelten unter Wasser, ruderten durch Entengrütze, schleimige Grünalgen. Blasenkolonien stiegen auf, das Teichwasser perlte.«[248]

Bei Michael Lentz droht die Überatmungsohnmachtsgefahr:

»›Möchtest du mit mir bumsen?‹ ›Ja‹, ›Ich auch‹, ›Schön‹, ›Die Putzfrau‹, ›ist vielleicht schon weg‹, ›Und wenn sie noch da ist‹, ›haben wir Pech – oder Glück‹, ›Nachsehen?‹, ›Ja.‹ So was! Die Treppe hoch, Wohnungstür ist offen, schade, noch da, ›Hallo?‹, keine Antwort, ›Ruth?‹, keine Antwort, ›Hat einfach nicht abgeschlossen‹, ›Scheint so‹, auf dem Küchentisch ein Zettel, habe das und das gemacht, habe das

247) Jirgl, *Die Unvollendeten*, S. 66

248) Poschmann, *Die Sonnenposition*, S. 190

und das vom Geld genommen, da stehen wir, da fiebern wir, da nehme ich dich in den Arm, hocke mich auf den Küchentisch, es ist wie ganz von vorn, mit dieser heftig atmenden Aufgeregtheit, ein wortloses Körperverstehen, ein Begreifen, ich lange dir unter den Pullover, übereinander her, ›Wollen wir uns aufs Bett legen?‹, wollen wir, alles aus, alles ausziehen, ein jagendes Herz, gar nicht wissen, was alles anfassen wollen, alles anfassen, am fünften Dezember zweitausendzwei auf Dresden zu, jetzt, sechzehn Uhr und zehn Minuten, [...] ›Ich möchte dich empfangen‹, sagst du, ich möchte eintauchen in deinen See, noch ein bisschen mehr, und ich falle in Ohnmacht, gleich ist es soweit, dann falle ich zum ersten Mal in meinem Leben in Ohnmacht, nur wenige Berührungen, umschlingende Bewegungen, die alle keine Sprache haben, die Sprache sind, die genau dazwischen stattfinden, ich spüre, ich falle in Ohnmacht, in dir, Räumungsverkauf, Totalausverkauf, Geschäftsaufgabe, Haushaltsruin, kein Platz für neue Löcher, Haushaltssperre, Aufhebung der Haushaltssperre, weil es gar keinen Haushalt mehr gibt, Abschaffung des Wortes ›Haushalt‹ in öffentlichen Zusammenhängen, Haushalt ist jetzt nur noch zu Hause, Haushaltssperre als Zustand undefiniert, als Tätigkeit, als Istzustand, [...] lasse dir nur wenig Spiel, du musst auf kleinem Raum hin- und herrutschen, auf mir, vor und zurück, so laut warst du noch nie, so arg war es noch nie, ich will das nur noch mit dir machen, das ist abgespeichert, es ist so etwas wie den Idealpunkt erreicht haben, den archimedischen Punkt, fortwährende

Überatmungsohnmachtsgefahr, wenn das noch fünf Minuten so weitergeht, falle ich weg, das wäre wohlgetan, jetzt einfach zu verschwinden, auf dem Höhepunkt der Geschlechtserfahrung sich auflösen, spurlos verschwinden, wegtreten, sich auflösen, du schießt los, Rakete, ich verehre dich, wie eine strahlende Löwin bäumst du dich auf, dein knabenhafter Körper, dein Mädchenkörper, wenn wir das so gut können, wenn das so erregend ist bis zur Schmerzgrenze, dass es den sich selbst seienden Körper so gedankenlos zusammenzieht, und alles will raus, alles von mir droht mich zu verlassen, und es ist ein wohllautes Drohen, eine Erlösung, und dein mir mitgeteiltes Ausfließen, ich nehme dich auseinander, ich packe dich ›Jetzt musst du auch kommen, willst du das?‹ ja, ich will, ich bin schon unterwegs, ich meine, wenn wir das so gut können, nicht wahr, wir müssten doch auch, es sollte dann doch immerhin, ich meine, es ist ja nicht damit getan, dass ich schreiend in dir dermaßen komme, und der Verstand ist weg, ich meine, der Verstand ist sowieso weg, du fährst mit mir nach Berlin, habe ich später das Gefühl, allein, im Zug, im Zug allein ohne dich, tatsächlich müsste ich zwei Tickets lösen, so bist du noch bei mir, du liegst noch auf mir, meine Finger riechen noch nach dir, ich rieche dich noch bis tief nach Berlin hinein, die Missionarsdarstellung, die ist nun wirklich nicht der Königsweg, dein Aufbäumen aber, dein Hochragen, diese fest verschlossenen Augen, die dann so ganz offen sind, so staunend, ich müsste mich doch mit dir unterhalten können, so bist du noch bei mir, und wer ist die

Dame, die da auf Ihnen liegt, diese Frage hätte mich nicht gewundert, im Zug, nach Berlin.«[249]

Ähnlich intensiv, vielleicht weil hier etwas Verbotenes getan wird, schildert Per Olov Enquist eine Liebesszene in *Der Leibarzt* und beschwört darin die Kunst des langsamen Steigerns der Lust:

»›Eine Grenze?‹

›Eine Grenze. Und da, wo die Grenze ist, entsteht Leben, und Tod, und deshalb die größte Lust.‹

Seine Hand hatte sich bewegt, da hatte sie seine Hand in ihre genommen und sie an ihren Hals geführt.

›Die größte Lust‹, hatte sie geflüstert, ›ist an der Grenze. Es ist wahr. Es ist wahr, was Holberg schreibt.‹

›Wo ist die Grenze‹, hatte er geflüstert.

›Suchen Sie sie‹, hatte sie gesagt.

Und da war das Buch aus der Hand gefallen.

Sie, nicht er, hatte die Tür verschlossen.

Sie war weder furchtsam noch linkisch gewesen, als sie sich ausgezogen hatten; sie empfand es noch immer so, als befinde sie sich in diesem warmen Wasser des Lebens, und nichts sei gefährlich und der Tod ganz nahe und alles deshalb erregend. Alles erschien sehr weich und langsam und warm.

Sie hatten sich nebeneinander gelegt, nackt, in dem Bett im hinteren Teil der Hütte, in dem der französische Philosoph hätte liegen sollen, aber nie gele-

249) Lentz, *Liebeserklärung*, S. 110–113

gen hatte. Jetzt lagen sie dort. Es erfüllte sie mit Erregung, dies war ein heiliger Ort, und sie würden über eine Grenze gehen, es war das äußerste Verbotene, das Alleräußerste. Der Ort war verboten, sie war verboten, es war fast vollkommen.

Sie hatten einander gerührt. Sie hatte mit ihrer Hand an sein Glied gerührt. Sie hatte es gemocht, es war hart, aber sie wartete, weil die Nähe zur Grenze so erregend war und sie die Zeit festhalten wollte.

›Warte‹, hatte sie gesagt. ›Noch nicht.‹

Er hatte an ihrer Seite gelegen und sie gestreichelt, sie atmeten ineinander, ganz ruhig und lustvoll, und sie verstand auf einmal, daß er war wie sie. Daß er atmen konnte wie sie. Im gleichen Atemzug. Daß er in ihren Lungen war und daß sie dieselbe Luft atmeten.

Er hatte in sie kommen wollen, ein kleines Stück, er war jetzt sehr nahe dran gewesen. Sie hatte seinen Hals gestreichelt und geflüstert: ›Nicht ganz. Noch nicht.‹

Sie hatte gefühlt, wie sein Glied an sie rührte, ein kleines Stück in sie hineinglitt, wieder ging, wieder kam.

›Nicht ganz‹, hatte sie gesagt. ›Warte.‹

Er hatte gewartet, fast in ihr, aber wartend.

›Da‹, hatte sie geflüstert. ›Noch nicht. Mein Geliebter. Du mußt dich an der Grenze ein und aus bewegen.‹

›An der Grenze?‹ hatte er gefragt.

›Ja, da. Spürst du die Grenze?‹

›Beweg dich nicht‹, hatte er gesagt. ›Beweg dich nicht.‹

Er hatte verstanden. Sie würden warten, aneinander schnuppern wie Pferde, die sich mit den Mäulern berührten, alles sollte sehr still geschehen, hatte er verstanden.

Und sie wurde von einer Woge von Glück ergriffen, hatte er verstanden, er sollte warten, bald würde sie das Zeichen geben, bald; er hatte verstanden. ›Die Grenze‹, flüsterte sie ein ums andere Mal, während die Lust langsam, langsam in ihrem Körper aufstieg, ›spürst du, die größte Lust, mehr, da ist die Grenze.‹

Draußen eine einbrechende Dämmerung. Er lag über ihr, fast unbeweglich, glitt beinah unmerklich ein und aus.

›Da‹, flüsterte sie. ›Jetzt bald. Komm jetzt über die Grenze. Komm in mich. Oh, jetzt geh hinüber.‹

Und so war er schließlich, sehr still, ganz in sie hineingeglitten, hatte die verbotenste Grenze passiert, und es war, wie es sein sollte. Jetzt ist es, dachte sie, wie im Paradies.

Als es vorüber war, lag sie da mit geschlossenen Augen und lächelte. Er hatte sich schweigend angezogen und einen Augenblick am Fenster gestanden und hinausgesehen.

Es war Dämmerung, und er blickte über den großen Park, hinunter ins Tal, auf den See, den Kanal, die Bäume, das Gezähmte und das Wilde.«[250]

Auch bei Siri Hustvedt weiß jemand genau, was zu tun ist:

250) Enquist, *Der Leibarzt*, S. 233–236

»Er war nicht passiv, aber er hatte es auch nicht eilig, und Lily mußte plötzlich denken, daß Peter und Hank sich beide dabei beobachtet hatten, wenn sie mit ihr schliefen, und dieser Mann tat es nicht. Sie spürte das rauhe Haar auf seiner Brust, sie ließ die Finger zu seinem Nabel wandern und berührte die Haut ringsum, und dann küßte sie ihn dort und spürte die Muskeln in seinen Schenkeln, die sie sich durchs Fenster so genau angesehen hatte. Sie berührte seine Knie und seine Waden, und er küßte ihren Hals, ihre Schultern und ihren Rücken, und er küßte ihre Kniekehlen und küßte ihre Fesseln und berührte ihr Geschlechtsteil eine ganze Weile nicht, und Lily dachte, daß sie ihn, wenn sie ihn nicht schon vorher geliebt hätte, jetzt liebte. Dann überraschte er sie. Er faßte sie innen um die Schenkel und zog sie zu sich, und sie dachte, es ist, als wüßte er Bescheid, als wüßte er alles über mich, und sie ließ ihren Kopf auf die Matratze zurückfallen. Durch das dünne Bettlaken spürte sie, wie ein harter kleiner Knopf von der Matratze sich in ihren Hinterkopf drückte, als sein Körper sich auf ihren schob. Er fummelte ein paar Sekunden mit seinem Kondom herum, aber sie schloß einfach die Augen und lauschte seinem Atem. Sie umklammerte seinen Rücken. Beide schwitzten auf dem weißen Laken, und Lily stellte sich sich selbst im Fenster vor, als sähe sie sich mit seinen Augen, und sie sah sich wieder vor sich, wie sie ihre Shorts herunterzog, und sie biß ihn in den Hals, nicht fest, sondern ganz leicht. Während sie sich liebten, sprach sie stumm mit sich selbst, erzählte sich, was sie gerade machten, und das erregte sie noch mehr, und als sie ihren Orgasmus fühlte, schrie sie auf, aber sie wußte nicht, wie laut, und es war ihr auch egal, und Sekunden später schaute sie ihm ins Gesicht und sah seine Pupillen unter seinen Liedern verschwinden und spürte das schwache Zucken seines Orgasmus und dann das Gewicht seines Körpers auf sich. Sie roch sein Haar – Shampoo und Zigarillos. Im gedämpften Licht betrachtete sie die Haut auf seinen Schultern, die winzigen Unebenheiten und Flecke. Sie fuhr mit dem Finger darüber und dachte, daß er wie niemand anders sei.«[251]

Bei Cees Nooteboom hat das Miteinander-Schlafen zugleich etwas Ekstatisches und Schmerzhaftes, etwas Fragiles und Berauschendes. Hier offenbaren sich die Körper, zeigen sich in ihrer Verletzlichkeit:

»Sie stand auf, zog ihren Mantel aus, und danach, während er zusah, sich nicht rührte, den Pullover, die Schuhe. Vor dem Fenster stehend, legte sie alle Kleidungsstücke nacheinander auf einen Stapel, bis sie nackt dastand, ganz still, und sich zu ihm umdrehte. ›Das bin ich‹, sagte sie.

Die Narbe war violett in diesem Licht, doch das war es nicht, was seinen Atem stocken ließ. Sie hatte jetzt, durch ihre Nacktheit, eine völlig andere Funktion erhalten, stand auf der weißen Haut wie eine Schrift, ein Spruch, er mußte hin und sie berühren. Sie bewegte sich nicht, streckte die Arme nicht aus,

251) Hustvedt, *Die Verzauberung der Lily Dahl*, S. 87 f.

spürte, wie er mit seinem Finger über diese Kerbe, diese Wunde strich, wie der Finger ihren Umriß erkundete, ein Mund. Eine Hand legte sie ganz sanft an seine Brust, und als er sich, schweigend, lautlos, ausgezogen hatte, schon dieselbe Hand ihn ebenso leise, aber gebieterisch, zum Bett, als wäre er jemand, der zu Bett gebracht werden mußte, die Hand drückte ihn rücklings auf die Matratze, in einer langsamen, fließenden Bewegung fühlte er, wie er rückwärts fiel, sah, wie sie über ihm erschien, sich auf ihn legte, die Narbe ganz nah an seinen Augen, wie sie ihn vollständig zu bedecken schien; später wußte er noch, daß sein Gefühl dabei eines der Bestürzung und Ungläubigkeit gewesen war, als könne es nicht wahr sein, daß diese Frau ihn streichelte und küßte, als sei es nicht wahr, daß sie sich jetzt über ihn schob und ihn damit in Besitz nahm, ohnmächtig machte, nichts von diesen Handlungen schien mehr mir ihm zu tun zu haben, vielleicht hatte dieses Gesicht mit den geschlossenen Augen, vielleicht hatte dieser Körper, der sich in Ekstase immer weiter zurücklehnte, ihn ja vergessen, auf ihm ritt eine Frau, die etwas zu murmeln, zu raunen schien, eine Stimme, die sich mit dem Trauerchor der Musik vermischte, eine Stimme, die schreien würde und dann auch schrie, und im selben Moment, als sei es ein Befehl gewesen, kam er mit einem Schmerz, der, als müsse das so sein, sofort erstickt wurde, weil sie mit ihrem Kopf neben dem seinen auf das Kopfkissen schlug, noch immer murmelnd oder fluchend, flüsternd.«[252]

252) Nooteboom, *Allerseelen*, S. 275–277

Auch bei Katja Lange-Müller gibt es Explosionen, Machtgefühle und lustvolle Abwesenheiten:

»Ich erwachte davon, daß mir deine Hand unter den Hosenbund fuhr und über den Bauch strich, nicht forsch und fordernd, nicht wie die eines Herrenschneiders, der prüfte, ob das neue Stöffchen fein genug ist, auch nicht so, als massiere sie einen von Verdauungsstörungen geplagten Säugling, aber schon so ähnlich. Und schließlich taten wir es, weder beiläufig noch enthusiastisch, sondern wie etwas, das nun dazugehörte, weil wir zueinander gehören wollten. Dieses erste Mal, und dann immer wieder in solchen intimen Momenten, hast du mich – durchaus eher im medizinischen Sinne des Wortes – behandelt; du hast mich behandelt, als müßtest du mich beruhigen und besänftigen, obwohl ich nie nervös oder gar wild war. Ich wußte ja, daß ich schnell kommen und mich auf deinen Schwanz verlassen konnte, der das Klischee nicht Lügen strafte, sondern tatsächlich so war wie deine Hände: kräftig, warm und nicht übermäßig empfindsam.

Ganz ergeben lagst du unter mir, hast weder gestöhnt noch deine Augen geöffnet für einen Blick in meine, aber dich, als du merktest, daß ich fertig war, aus mir zurückgezogen, mich bei den Hüften gepackt und ›von der Palme geholt‹, wie du es nanntest. Ich fragte mich, ob du in den zehn Jahren Knast vergessen hattest, daß Frauen die Pille nehmen, und dich, ob es dir denn schon gut genug ginge.

›Kannst gerne weitermachen‹, sagtest du. Doch als dir klar wurde, wie ich dich verstanden hatte, hieltest du mich mit einer Hand am Schopf fest und von deinem Schwanz fern und zogst dir mit der anderen eine meiner Hände, dummerweise die rechte, dorthin, wo du meinen Mund nicht haben wolltest. Ich akzeptierte, kam aber auch ins Grübeln – und wieder fragte ich mich, nicht dich, ob du womöglich Angst hättest, ich könnte dich beißen oder mich einfach bloß dämlich anstellen; dabei waren meine oralen Fertigkeiten das einzige, worauf ich wirklich stolz war. Na gut, den werde ich schon noch überzeugen, dachte ich, als ich zu Ende brachte, was du mir immerhin erlaubt hattest – und irrte mich ein weiteres Mal.

Für dich war Sex, wie ich bald merkte, die selbstverständlichste Sache der Welt, doch nicht die wichtigste. Auch ich, du weißt es, mochte Sex, allerdings nur, wenn ich nicht oder nicht sehr verliebt war. Was mir, wie möglicherweise den meisten Menschen, daran am besten oder eigentlich ausschließlich gefiel, waren die Orgasmen, Explosionen von solcher Wucht, daß mir die Sicherungen rausflogen und mein Denksystem für Momente weg war vom Netz. Diesen Momenten verdanke ich die tiefsten Räusche meines Lebens; eine so umfassende Abwesenheit von mir selber, jedem und allem hat das gründlichste Besäufnis nicht bewirken können. Die Kater verschlangen mich, spuckten mich aber auch wieder aus, unversehrt, wie ich meinte, und an deren Rändern konzentrierte ich mich auf die Regie. Interessanter, als selbst berührt zu werden, fand ich es, den anderen zu manipulieren. Nichts sonst verschaffte mir dieses Gefühl von Macht und Bedeutung.«[253]

253) Lange-Müller, *Böse Schafe*, S. 54 f.

Mist nur, wenn die Lust entflammt, aber der erlösende Sex verweigert wird – wie bei Katharina Hagena:

»Langsam holte er die Hand aus dem Wasser und zog mit dem Zeigefinger die Linie meiner Schlüsselbeine nach. Max ließ den Arm wieder sinken. Er stand ganz nah. Ich drückte meine Arme fester an mich. Er beugte sich vor und küsste mich auf den Mund. Warm fühlte er sich an und weich und gut. Ich musste nach seinen Schultern gegriffen haben. Schwindlig war mir. Max zog mich an sich. Als meine Brüste seinen Oberkörper berührten, fühlte ich, wie er seinen Körper anspannte. Was ich selbst daraufhin alles so tat, konnte ich nicht mehr mit Bestimmtheit sagen, und auch nicht, wie lange ich es tat. Bald jedoch landeten wir auf dem schmalen Sandstreifen des Ufers. Ich spürte die Kühle des Wassers auf seinem Körper unter mir, seinen Schwanz in der nassen Badehose, seine Lippen auf meinem Hals. Als ich ihm dabei half, die Badehose auszuziehen, hielt er mich plötzlich an den Händen fest:

- Ich habe mit Klientinnen keinen Sex im Freien.

- Ach nein? Merkst du nicht, dass du gerade dabei bist, mit einer Klientin Sex im Freien zu haben?

- O Gott. Ich habe mit Klientinnen keinen Sex. Punkt. Weder im Freien noch sonst wo.

- Bist du sicher?

- Nein. Ja! Iris, was machst du mit mir?

- Sex im Freien?

- Iris. Du machst mich irre. Mit deinem Geruch und deinem Gang und deinem Mund und deinem Gerede.

- Mit meinem was?

Ich rollte mich auf den Sand. Max hatte wahrscheinlich recht. Es war eine dumme Idee, er war Miras kleiner Bruder. Er war außerdem mein Anwalt und der Anwalt meiner Tanten, wir mussten noch darüber sprechen, was mit dem Haus geschehen würde, wenn ich es nicht nähme. Was wir da jetzt taten, würde alles unnötig verkomplizieren. Die Beziehung zu seiner Schwester und Rosemarie war auch kompliziert gewesen. Wie kompliziert, dass wusste er gar nicht. Ich legte mir die Hände auf die Augen. Unter meinem Zeigefinger spürte ich die Narbe über meiner Nasenwurzel.

Da fühlte ich seine Finger auf meinen Händen.

- Nicht Iris, komm her. Was ist los. Hey, da.

Max' Stimme war weich und warm, genau wie sein Mund.

- Iris, du kannst dir nicht einmal im Ansatz vorstellen, wie gern ich mit dir Sex am See hätte. Ich wage gar nicht erst, dir zu sagen, dass ich auch gerne schon Sex im Hühnerhaus, Sex in deinem Bett, Sex in meinem Badezimmer, Sex im Baumarkt und, Gott steh mir bei, Sex auf dem Friedhof mit dir gehabt hätte.

Ich musste grinsen unter meinen Händen.

- Ah ja?

- Ja!

- Im Baumarkt, hm?

- Ja!

- So mit weißer Farbe, die zwischen meinen Brüsten herunterrinnt?

- Nein. Das war eher die Hühnerhaus-Phantasie. Im Baumarkt sah ich all diese Schrauben und Muttern und Bohrmaschinen und Dübel und –

Ich richtete mich auf und sah, wie Max versuchte, sein Gelächter zu unterdrücken. Vor lauter Anstrengung fing er schon an zu zucken. Als er meinen Blick auffing, platzte er laut heraus. Ich schlug ihm mit der Faust gegen die Brust, er fiel auf den Rücken, lachte weiter. Dabei hatte er meine Arme gepackt und mich mitgezogen, sodass mein nackter Oberkörper schon wieder auf seinem lag. Es war wie ein Stromstoß. Jetzt lachte er nicht mehr.

Ich hätte sofort mit ihm Sex im Freien haben können. Stattdessen stieß er mich von sich, schüttelte den Kopf und ging schwimmen. Ohne sich umzusehen, kraulte er los. Da stand ich auf, warf mir mein Kleid über und fuhr weg.«[254]

Sylvia Plath schildert ebenfalls eine Sexszene, die alles andere als romantisch ist:

»›Mein Kleid …‹

›Dein Kleid!‹ Die weiche Erde gab nach und paßte sich meinen Schulterblättern an. ›Dein Kleid!‹ Marcos Gesicht senkte sich wie eine Wolke über meines. Ein paar Speicheltropfen trafen meine Lippen. ›Dein Kleid ist schwarz, und der Dreck ist auch schwarz.‹

Dann warf er sich auf mich, als wollte er seinen Körper durch mich hindurch in die Erde rammen.

254) Hagena, *Der Geschmack von Apfelkernen*, S. 176–178

›Jetzt passiert es‹, dachte ich. ›Jetzt passiert es. Wenn ich hier einfach liegenbleibe und nichts tue, passiert es jetzt.‹

Marco packte den Träger über meiner Schulter mit den Zähnen und riß mir das Kleid bis zur Taille herunter. Ich sah schimmernde nackte Haut, ein bleiches Segel, das zwei blutgierige Gegner trennte.

›Fotze!‹

Der Staub legte sich, ich konnte den Kampfplatz überblicken.

Ich begann mich zu winden und zu beißen.

Marco drückte mich mit aller Kraft auf die Erde.

›Fotze!‹

Ich trat mit meinem scharfen Schuhabsatz nach seinem Bein. Er drehte sich um und tastete nach der schmerzenden Stelle.

Ich ballte die Finger zur Faust und schmetterte sie ihm an die Nase. Es war, als würde ich gegen den Stahlpanzer eines Schlachtschiffes schlagen. Marco setzte sich aufrecht. Ich fing an zu weinen.

Er zog ein weißes Taschentuch hervor und betupfte seine Nase. Wie Tusche breitete sich Schwärze auf dem bleichen Stoff aus.

Ich saugte an meinen salzigen Fingerknöcheln.

›Ich will zu Doreen.‹

›Marco starrte mit leeren Augen auf den Golfplatz.

›Ich will zu Doreen. Ich will nach Hause.‹

›Fotzen, lauter Fotzen.‹ Marco schien ein Selbstgespräch zu führen. ›Ja oder nein, es ist immer das gleiche.‹

Ich versetzte Marco einen Stoß gegen die Schulter.

›Wo ist Doreen?‹

Marco schnaubte. ›Geh zum Parkplatz. Sieh hinten in den Wagen nach.‹

Dann fuhr er herum.

›Mein Diamant.‹«[255]

Eine weitere unvollendete erste Sexszene beschreibt Peter Wawerzinek in *Rabenliebe*:

»Sie möchte meinen Penis berühren, der sich beim Ringen und Suchen vor ihrer Wunde aufgerichtet hat, ein Zeigestock, der zwischen meinen Beinen ragt. Bianca legt die 35er-Walter-Ulbricht-Briefmarke von sonst woher geholt aufs Laken. Das Licht ihrer Taschenlampe auf meinen Penis gerichtet, erlebe ich ihn wie nicht so oft im Leben. Sie greift meinen Penis, betastet die Haut, sucht die Haut nach hinten zu verschieben, dass es schmerzt, mich aber nicht aufschreien lässt. Ich halte dem Schmerz stand. Bianca sagt: Jetzt du. Greif mich an. Ich will der Bianca nicht zwischen die Beine fassen. Ich will ihre Wunde nicht berühren. Ich weigere mich, den Finger an ihr Fleisch zu legen. Bianca ermahnt mich, niemanden davon zu erzählen. Ich bin entlassen.«[256]

Nüchtern geht es auch bei Clemens Meyer in *Als wir träumten* zu, der einen Bordellbesuch beschreibt, bei dem es vor allem ums Geld geht:

255) Plath, *Die Glasglocke*, S. 122 f.

256) Wawerzinek, *Rabenliebe*, S. 137

»Wir gingen rein. Gleich hinter der Tür waren ein paar Stufen und ein Absatz und dahinter sahen wir die Treppe, die nach oben führte. Wir machten unsere Jacken auf. Auf dem Absatz stand ein Stuhl, und auf dem Stuhl saß ein riesiger Kerl. Er sah aus wie der Böse im Film, er hatte ein ärmelloses schwarzes T-Shirt an, die Fresse voller Narben, und seine Arme waren so dick, dass links ein Drache draufpasste, der Feuer hustete, auf der anderen Seite war ein Totenkopf, der grinste, obwohl er in Flammen stand. Der Riese hielt den Kopf gesenkt und blickte nur ganz kurz auf und nickte, als wir an ihm vorbeigingen. Neben der Treppe war die erste Wohnungstür. Sie war verschlossen, drinnen lief ein Radio, ziemlich laut gestellt, wir konnten den Wetterbericht hören.

›Du, Rico‹, flüsterte ich, ›gib mir mal was von dem Geld.‹

Er schob mir den Fünfziger und einen Zehner in die Hemdentasche. ›Muss reichen‹, sagte er. Ich drehte mich zu dem Riesen um, er saß immer noch ganz still auf seinem Stuhl und sah aus, als würde er schlafen. Wir liefen nach oben. Rico blieb nochmal stehen und beugte sich übers Treppengeländer. ›Du, Chef, hier muss so 'ne kleine Asiatische …‹ ›Dritte Etage rechts.‹ Er sprach sehr leise. Die richtig gefährlichen Typen machten nie Lärm. Wir liefen weiter nach oben. Erste Etage. Die beiden Wohnungstüren waren offen. In der linken Tür standen zwei Frauen, eine große Schwarze mit weißem BH, die andere war ziemlich klein und blass und sah sehr jung aus. Die Kleine trug ein Lederhalsband und Stiefel, und auch das bisschen, was sie sonst noch anhatte, war aus

Leder. Vor der anderen Tür saß eine Blonde auf einem kleinen Hocker. Sie war sicher schon vierzig, sah aber noch gut aus. Sie trug keinen BH, vielleicht hätte sie besser einen getragen, aber als sie sah, dass ich auf ihre Brüste blickte, stand sie auf. Sie kam auf mich zu, sie legte ihre Hand auf meinen Rücken, sie drückte mich an sich ran, und ich spürte ihre nackten Brüste durch mein Hemd. ›Los‹, sagte sie, ›los, komm mit rein, ich mach's dir so gut, ich geb dir alles.‹ Sie zog und zerrte an mir rum. Sie hielt meinen Arm gepackt, und als ich stehen blieb und mich nochmal zu Rico umdrehte, verkrampfte sich ihre Hand um meinen Arm, und mit der anderen Hand fummelte sie an meinem Hosenstall rum. ›Ich mach's dir so gut‹, sagte sie und drückte sich an mich, ›ich lutsch ihn dir, komm doch rein, schnell, ich brauch's doch!‹ Ich sah, wie die zwei anderen Frauen bei Rico standen, die Schwarze hinter ihm, sie streichelte seinen Rücken, die Kleine rieb ihren Kopf an Ricos Brust. Auf ihrem Halsband waren Nieten. Rico wand sich zwischen ihnen raus, dann rannte er die Treppe hoch. ›Danie, wir sehen uns unten‹, rief er, und dann hörte ich nur noch seine Schritte. Ich legte der Blonden meine Hand auf die Schulter, wir gingen rein und liefen durch den Flur. Ich blickte in ein Zimmer, dort saß eine Frau auf dem Boden, vor einem Sofa, und lehnte den Kopf gegen die Polster. Sie war nackt. Sie blickte in den Flur, an uns vorbei, sie sah uns nicht. ›Komm rein‹, sagte die Blonde und öffnete eine Tür am Ende des Flurs. Wir traten in ein kleines Zimmer. Sie lief zu dem riesigen Bett, zog ihren Slip aus und setzte sich auf die Bettkante. Sie legte die Hände auf ihre Knie.

›Gefall ich dir? Ich bin so geil auf dich. Zieh dich aus, schnell!‹ Sie stand wieder auf und kam auf mich zu. Sie stellte sich vor mich und knöpfte mein Hemd auf. Sie nahm meine Jacke und schmiss sie auf einen Stuhl. Sie hing halb auf der Lehne und fiel dann runter. Die Blonde lief hin, sie beugte sich runter und hob die Jacke auf, sie klopfte an ihr rum, bevor sie sie wieder über die Lehne legte. Sie lächelte und setzte sich auf den Stuhl und rieb mit beiden Händen über ihre Brüste. ›Komm‹, sagte sie, ›ich bin so geil auf dich, fass mich doch an, komm her, ich lutsch ihn dir gut.‹ Ich ging zu ihr rüber. Sie machte meinen Gürtel auf, und ich streichelte ihre Brust. ›Hundert‹, sagte sie, ›für hundert mach ich's dir so schön.‹ Ich gab ihr die sechzig von Rico, dann suchte ich in meiner Hosentasche und gab ihr den Rest. Sie nahm das Geld und ging zu einer kleinen Kommode. Dann legte sie sich aufs Bett. ›Na komm, na komm schon!‹ Ich hatte mich ganz ausgezogen und legte mich neben sie. Ich streichelte ihre Schenkel, dann beugte ich mich über sie und leckte ihre Brüste. ›He‹, sagte sie, ›he, Kleiner, das kostet aber extra.‹ Ich rollte mich wieder zur Seite. Meine Hand lag noch auf ihrem Schenkel. Sie hatte sich aufgestützt und beugte sich über mich und rieb ihr Brüste an meinem Kinn und meinen Lippen. ›Zwanzig‹, sagte sie, ›gib mir noch zwanzig, dann darfst du mich lecken! Na komm, meine kleine, süße Muschi wartet doch schon!‹ Sie packte meine Hand und drückte sie ganz kurz zwischen ihre Beine. Sie war rasiert, und ich spürte ihre kleinen Stacheln auf meiner Haut. Ich lief rüber zu meiner Jacke und holte das Geld. Es war das letzte, was ich einstecken hatte. Ich gab es ihr und sie ging wieder zu der Kommode. Ich legte mich hin und blickte auf das Laken, als sie sich bückte und die Schublade aufzog. Neben dem Kopfkissen lag ein Kondom.«[257]

Und zum Schluss noch eine Enttäuschung von Deniz Utlu:

»Wir standen in einer Klokabine. Ihre Lippen glänzten, ich fasste ihr um die Taille und griff nach ihrer Kniekehle und zog ihr Bein hoch. Als ich das Nylon in meiner Hand spürte, hatte ich das Gefühl, dass das gesamte Blut meines Körpers in meinen Kopf schwappte – da packte sie mich an der Nase: ›Mach mal halblang, Kleiner.‹

Ich zog die Hände zurück.

›Was ist denn?‹

›Du hast dir wohl zu viele Pornos geballert.‹

›Ich dachte …‹

›Ja, merkt man.‹

›Aber …‹

›Ich wollte hier nur einen rauchen mit dir. Das haben die Beatles im Buckingham-Palast gemacht, bevor sie zu Rittern geschlagen wurden, wusstest du das?‹«[258]

Und Sehnsucht nach ➢ Nähe (212) bei Wolfgang Herrndorf:

»Aber auf einmal, während ich sie anschaue und ihr wunderbares weißes Top, habe ich das Gefühl, als

257) Meyer, *Als wir träumten*, S. 170–172

258) Utlu, *Die Ungehaltenen*, S. 102

würde ich die Nacht alleine nicht überleben. Nicht dass ich missverstanden werde – ich möchte keinen Sex. Ich möchte nur, dass jemand da ist. Dass ich nicht allein bin. Ich möchte mit jemandem im Bett liegen, der nicht komplett meschugge ist oder aus Tübingen ist, und ich will diese absurde Angst nicht haben.«[259]

SPACHLOSIGKEIT

Wenn es einem die Sprache verschlägt, wenn man sich und seine Gefühle nicht mitteilen kann – aus Schüchternheit, Angst oder Unsicherheit, wenn es einem nicht gelingt, jemanden anzusprechen oder die richtigen Worte zu finden, wenn man nicht über die »richtigen« Begriffe verfügt, um auszudrücken, was einen bewegt, kann das sehr quälend sein. Etwas anderes ist es dagegen, wenn man sich (im Alter oder aus ➢ Gewöhnung, 124) nichts mehr zu sagen hat.

Etwas Rührendes hat die Sprachlosigkeit des unbeholfenen Mario in Antonio Skármeta *Mit brennender Geduld*. Er weiß sich nicht anders zu helfen, als den großen Dichter Pablo Neruda um Hilfe zu bitten, um seine Angebetete anzusprechen:

»›Don Pablo?‹

Der Dichter zog seinen grünen Kugelschreiber hervor, drückte den Handrücken des Jungen auf den Fels und schrieb mit pompösen Lettern den Namen

259 Herrndorf, *In Plüschgewittern*, S. 153

auf die Haut des Briefträgers. Als er dann das Telegramm aufriß, schlug Mario sich die nun kostbare Hand vor die Stirn und seufzte erneut: ›Don Pablo, ich habe mich verliebt.‹

›Das hast du mir schon gesagt. Und was kann ich dabei tun?

›Sie müssen mir helfen.‹

›In meinem Alter!‹

›Sie müssen mir helfen, weil ich nicht weiß, was ich ihr sagen soll. Wenn sie vor mir steht, ist es, als wäre ich stumm. Ich bringe kein einziges Wort über die Lippen.‹

›Wie, du hast noch gar nicht mit ihr gesprochen?‹

›So gut wie nichts. Gestern ging ich am Strand entlang, wie Sie es mir gesagt hatten. Ich habe lange das Meer betrachtet, aber mir ist keine einzige Metapher eingefallen. Dann bin ich in die Strandbar gegangen und habe mir eine Flasche Wein gekauft. Na ja, die Flasche hat sie mir gekauft.‹

›Beatriz.‹

›Beatriz. Ich habe sie immerzu angestarrt und mich in sie verliebt.‹

Neruda kratzte sich mit dem Ende seines Kugelschreibers die glänzende Glatze. ›So schnell?‹

›Nein, so schnell nicht. Ich habe sie wohl zehn Minuten lang angeschaut.‹

›Und sie?‹

›Und sie sagte: ›Was gaffst du mich so an? Hab' ich vielleicht was im Gesicht?‹

›Und du?‹

›Mir ist nichts eingefallen.‹

›Gar nichts? Du hast nicht ein Wort zu ihr gesagt?‹

›Gar nichts nicht. Fünf Worte habe ich ihr gesagt.‹

›Welche?‹

›Wie heißt du?‹

›Und sie?‹

›Sie sagte: Beatriz González.‹

›Du hast gefragt, wie heißt du? Gut, das sind drei Wörter. Und die anderen zwei.‹

›Beatriz González.‹

Beatriz González

›Sie sagte: Beatriz González, und ich habe wiederholt: Beatriz González.‹«[260]

Bei Wolfgang Koeppen gibt es in *Der Tod in Rom* ebenfalls eine Barszene und einen verunglückten Versuch, die Barfrau anzusprechen:

»Er sah Haar schwarz wie Lack, ein Puppengesicht vom Lächeln belebt, er sah den roten Mund, die roten Nägel, er hatte Lust sie zu kaufen, und in dieser Straße des Reichtums mußte man als Käufer auftreten, wenn man nicht Knecht sein wollte. Aber schon stand er wieder hilflos da und wußte nicht, wie er sich benehmen und wie er es sprachlich beginnen sollte, es war nicht mit bloßem Winken getan. Er war bereit gut zu zahlen, und in Lire klang jede Summe gewaltig. Aber sollte er deutsch mit ihr reden? Sie würde ihn nicht verstehen. Italienisch sprach Judejahn nicht. Englisch hatte er ein wenig gelernt. Er verlangte aber dann in englischer Sprache nun statt Bier Whisky, einen großen Scotch. Laura reichte ihm lächelnd gedankenlos den Bon und avisierte Judejahn gedan-

260) Skármeta, *Mit brennender Geduld*, 35 f.

kenlos den schönen Mann im lila Frack. ›Einen großen King George.‹ ›Eis?‹ ›Nein.‹ ›Soda?‹ ›Nein.‹ Die Unterhaltung blieb einsilbig. Judejahn kippte den Whisky hinunter. Er ärgerte sich. Er konnte nur befehlen. Nicht einmal einer Nutte konnte er ein paar freundliche Worte sagen.«[261]

Der Ich-Erzähler in Wolfgang Herrndorfs erstem Roman *In Plüschgewittern* ist ebenfalls unfähig zur Kommunikation und wird fast erdrückt von all den zu sagenden Dingen:

»Ich war randvoll von Dingen, die ich sagen wollte, aber ich war unfähig sie so zu sagen, dass sie einer verstanden hätte.

Wenn mir zufällig mal ein Gedanke kam, den ich für aufregend genug hielt, ihn bei einer möglichen Begegnung mit Anja ins Gespräch einfließen zu lassen, notierte ich ihn auf einem kleinen Zettel, den ich zuunterst in meiner Schreibtischschublade aufbewahrte.«[262]

Auch in *Malina* von Ingeborg Bachmann wird deutlich, wie quälend die Sprachlosigkeit zwischen einem Paar sein kann:

»Ehe Ivan geht, sitzen wir beide auf dem Bett und rauchen, er muß wieder für drei Tage nach Paris fahren, es macht mir nichts aus, ich sage leichthin: ach so, weil zwischen seinen und meinen sparsamen Äußerungen und dem, was ich ihm wirklich sagen

261) Koeppen, *Der Tod in Rom*, S. 42 f.

262) Herrndorf, *In Plüschgewittern*, S. 38

möchte, ein Vakuum ist, ich möchte ihm alles sagen, sitze aber nur hier, drücke peinlich genau das Zigarettenende in den Aschenbecher und reiche ihm den Aschenbecher, als wäre es sehr wichtig, daß er keine Asche auf meinen Boden fallen läßt.

Es ist unmöglich Ivan etwas von mir zu erzählen. Aber weiter machen, ohne mich ins Spiel zu bringen? – warum sage ich Spiel? Warum denn bloß, es ist kein Wort von mir, es ist ein Wort von Ivan – das ist auch nicht möglich.«[263]

Bei Ulrich Plenzdorf in *Legende vom Glück ohne Ende* kommt das Nicht-Reden einer Art Bestrafung gleich und ist in seiner Wirkung so massiv, dass der Erzähler von einer »Eiswand« spricht:

»In dem Moment dachte er nur daran, dass Laura nicht mit ihm reden konnte und daß er etwas tun mußte, um sie wieder zum Reden zu bringen. Und zum Reden mußte er Laura wieder bringen. Denn wenn Laura nicht redete, redete auch Paula nicht, und wenn Paula nicht mit ihm redete, konnte Paul nicht leben. Außerdem ist es nicht nur beim Nichtreden geblieben. Laura hat auch nicht mit Paul geschlafen. Sie hatte, laut Paul, eine Art entwickelt, zwischen sich und ihn eine durchsichtige ›Eiswand‹ zu errichten?«[264]

Sylvia Plath beschreibt in *Die Glasglocke* wie es zur Sprachlosigkeit kommt: die Ich-Erzählerin glaubt, nicht schlagfertig genug zu sein und verstummt. Erst

263) Bachmann, *Malina*, S. 47

264) Plenzdorf, *Legende vom Glück ohne Ende*, S. 219

im Nachhinein, wenn sie die Gespräche noch einmal durchgeht, kann sie loswerden, was sie gerne antworten würde:

»In Gedanken führte ich oft lange Gespräche mit Buddy Willard. Er war ein paar Jahre älter als ich und sehr wissenschaftlich veranlagt, deshalb konnte er alles beweisen. Wenn ich mit ihm zusammen war, mußte ich mich immer anstrengen, den Kopf über Wasser zu halten.

Diese Gedankengespräche gingen meistens von Gesprächen aus, die ich wirklich mit Buddy geführt hatte, aber sie endeten damit, daß ich ihm ziemlich scharfe Antworten gab, statt nur dazusitzen und zu sagen: ›Vermutlich.‹

Während ich da nun im Bett lag, stellte ich mir vor, Buddy würde sagen: ›Esther, weißt du, was das ist – ein Gedicht?‹

›Nein, was denn?‹ würde ich sagen.

›Ein Haufen Staub.‹

Gerade wenn er zu lächeln anfing und ein stolzes Gesicht machte, würde ich sagen: ›Das sind die Leichen, die du aufschneidest doch auch. Und die Leute, die du zu heilen glaubst, auch. Sie sind Staub und nochmals Staub. Ich schätze, ein gutes Gedicht hält eine ganze Weile länger, als hundert von diesen Leuten zusammengenommen.‹

Und natürlich würde Buddy hierauf keine Antwort haben, denn was ich sagte, stimmte. Die Menschen bestanden in erster Linie aus Staub, und ich verstand nicht, warum es besser sein sollte, all diesen Staub zu verarzten, als Gedichte zu schreiben, an die sich die Leute erinnerten und die sie sich aufsagten, wenn sie unglücklich oder krank waren oder nicht schlafen konnten.«[265]

Cees Nooteboom nimmt der Sprachlosigkeit die Bedrücktheit. Sie wird zudem aufgehoben durch die Berührung der Körper:

»Möchtest du einen Kaffee?

Nein, auch das sagte sie nicht, und ebenso nicht, daß sie noch nie jemanden in dieses Zimmer gelassen hatte. Sie sagte nichts, er sagte nichts. Sie standen sich gegenüber, er hatte nicht gewußt, daß zwei Menschen so wenig Geräusch machen konnten. An alldem war eine unausweichliche Präzision, die Stille wurde in einer Choreographie gezählt, sie mußte so lange dauern, bis es nicht mehr zu ertragen war, dann erst würde sie ihren Arm heben, mit der Hand seine Kleider berühren, sanft daran zupfen, eine winzige Geste, doch nun konnten sie gleichzeitig ihre Kleider ablegen, Geraschel, das Geräusch, das Stoff macht, wenn er fällt, wenn er gefaltet wird.«[266]

Sprachlosigkeit kann eben auch positive Gründe haben. Wie bei Iris Hanika, denn dort ist sie Ausdruck der nicht-sprachlichen Verbundenheit frisch Verliebter:

»Und was ist nun eigentlich geschehen?

Blöde Frage, denn für die Antwort fehlen die Worte, darum ist keine möglich.

Was zwischen zweien geschieht, wissen nur die

265) Plath, *Die Glasglocke*, S. 68 f.

266) Nooteboom, *Allerseelen*, S. 348 f.

zwei, die es betrifft, und denen fehlen die Worte noch mehr als allen anderen. Das ist das Überwältigende an der Liebe, das sie uns aus den Wörtern herausschleudert. Darum wollen wir uns so gerne verlieben, weil wir uns gerne mit irgendwem verstehen wollen, ohne reden zu müssen. Wir reden vielmehr nur, um im nachhinein zu begreifen, daß wir uns wirklich verstehen. Daß wir uns wirklich gefunden haben, die Seele ihre Schwester, der Körper seinen Bruder, das Herz seinen Hafen.«[267]

TRENNUNG

Eine Trennung ist im Gegensatz zum ➢ ABSCHIED (9) meist endgültiger – und zieht sich über einen längeren Zeitraum hin. Oft werden Trennungen lange hinausgezögert. Ein schleichender Prozess, der mit erheblichen Abnutzungserscheinungen einhergehen kann. Max Frisch schildert in seinem *Berliner Journal* eine solche langwierige Trennungsphase:

»Vier Menschen, aber kein Modell; sie verbrauchen viel Zeit, jetzt schon zwei Jahre, der Verschleiss nach allen Seiten. Und wieder: Die Kinder! Die Verantwortung für die Kinder. Was dazu sagen? Ich meine es nicht als Rat, nur als Erwägung so und so, Planspiele, die diese der jene Seite erschrecken; die Angst vor Trennung, während sie schon stattgefunden hat, als eine Art uneingestandene Angst vor neuen Verhältnissen. Die grosse Brutalität, ohne die eine

267) Hanika, *Musik für Flughäfen*, S. 68

Trennung offenbar nicht möglich ist, verzettelt in kleine Brutalitäten hin und her; die Erosion der Gemeinsamkeit, nicht aufzuhalten durch so viel guten Willen von beiden Seiten. Schade für alle. So unhygienisch. Es ist schade um die Menschen.«[268]

Es muss nicht immer ein Streit sein oder eine ➢ Affäre (12), die den Auslöser bildet, manchmal lebt man sich auch einfach auseinander, hat sich im vollgestopften Alltag immer weniger zu sagen. Dann kippt die ➢ Gewöhnung (124) in Ödnis um und führt zu einem schleichenden Auseinanderleben. Wie bei Doron Rabinovici in *Ohnehin*:

»Sophie fragte nichts mehr. Wenn er sie abends anrief, wartete sie gar nicht mehr seine Erklärungen ab, sondern sagte bloß: ›Ich weiß. Du mußt heute nacht durcharbeiten.‹

›Verzeih‹, flüsterte er.

›Klar doch. Wir sehen uns morgen‹, verabschiedete sie sich, und er wußte, daß sie nicht daran glaubte. Sophie und Lew; sie kannten jeglichen Einwand des anderen bereits zur Genüge; hörten jedes Wort im voraus, und diese anfangs knisternde Überstimmung war zur Vorwegnahme jeder Überraschung geworden. Was sie einst verbunden hatte, durchschnitt sie nun. Deshalb wußte Lew Feininger gar nicht mehr, ob er Sophie mied, weil er fürchtete, daß sie ihn wieder entflammen oder sich von ihm neuerlich trennen würde, und merkwürdigerweise schien

268) Frisch, *Aus dem Berliner Journal*, S. 136

es ihm, als wäre das eine vom anderen nicht mehr zu unterscheiden.«[269]

Miranda July fängt in *Zehn Wahrheiten* die paradoxe Gleichzeitigkeit von Traurigkeit, weiterhin bestehender Vertrautheit und dem Gefühl der Unabwendbarkeit in einer Trennungssituation ein:

»Ich drückte meine Gabel ins Gemüse und fing an zu weinen. Carl schaute auf, wir starrten uns über den Tisch hinweg an. Wir beide wussten: Wir durften nicht länger zusammenbleiben. Und Cut.

In den folgenden Wochen versetzten wir uns selbst in Erstaunen. Unsere Gewohnheiten liefen mühelos auseinander; ich erwachte früh im Gästezimmer; er blieb lange auf und chattete im Internet mit buddhistischen Unbekannten. Wie Zimmergenossen in der Collegezeit benutzten wir instinktiv getrennte Kühlschrankfächer für die Lebensmittel, die wir nun auch getrennt einkauften. Es stellte sich heraus, dass uns noch nicht einmal dieselben Dinge schmeckten. Wir suchten beide neue Wohnungen und meldeten uns bisweilen auf dieselben Anzeigen. Und unsere wenigen Intimitäten wurden einfach ausgesetzt. Wo war all das hin, was wir immer gemacht hatten? Wurde es recycelt? Wurde es jetzt von einem Pärchen in China gemacht? Sind in genau diesem Moment ein Schwede und eine Schwedin beim Fußdrücken? Wir halfen einander beim Umzug, erst brachten wir Kartons in die neue Einzimmerwoh-

269) Rabinovici, *Ohnehin*, S. 165

nung, die er in der Nachbarschaft gefunden hatte, dann fuhren wir mit dem gemieteten Umzugswagen durch die Stadt zu meiner neuen Bleibe.

Als der Transporter leer war, umarmten wir uns, und ich dachte: In weniger als einer Minute werde ich in meine neue Wohnung gehen. Carl grüßte noch einmal durchs Wagenfenster und fuhr davon. Ich drehte mich um ging auf meine neue Haustür zu. Das war's, dachte ich. Also los.

Aber noch ehe ich an der Tür war, hörte ich ein Hupen. Er war wieder da. Ich hatte eine Pflanzkelle auf dem Beifahrersitz vergessen. Wir diskutierten, was damit werden sollte; wir hatten beide keinen Garten mehr. In mir regte sich das Gefühl, diese Kellen-Debatte würde nie enden. Ich sah uns beide als alte Leute auf dem Bürgersteig stehen, die Kelle zwischen uns. Ich nahm Carl schnell die Kelle aus der Hand und drückte sie an meine Brust. Carl stieg wieder in den Wagen, und ich ging mit der Kelle in der Hand zur Tür. Das war's, dachte ich. Jetzt bin ich allein. Ich schaute die Straße hinunter, um sicherzugehen. Ja.«[270]

Weil etwas Belastendes abgeschlossen ist, kann eine Trennung aber auch als Befreiung empfunden werden. Zugleich ist sie immer auch ein (mühevolles) Warten auf einen Neuanfang, wie bei Feridun Zaimoglu in *Liebesbrand*:

»Ich entdeckte eines Nachts, daß sie sich an das äußerste Bettende legte, sie schwieg gerade mal so lange, wie es für mich erträglich war, und dann

270) July, *Zehn Wahrheiten*, S. 209–211

löschte sie das Licht der Nachttischlampe, und auch ich löschte das Licht auf meiner Seite, ich wußte, sie wollte im Dunkeln reden, die Dunkelheit besänftigte sie. Sie sagte nicht: Es ist aus. Sie sagte nicht: Wir hatten eine schöne Zeit. Sie sagte nicht: Ich kann nicht mehr. Sie war schon längst dazu übergegangen, statt des Hasses in der Liebe Fürsorge in der Freundschaft zu empfinden, sie schlug einen unerträglich versöhnlichen Ton an. Ich war besiegt, ich war überwunden. Sie sprach davon, dass wir eine Pause benötigen und ihre Worte trieben mir die Zornesröte ins Gesicht, verdammt, schrie ich, was bist du doch für eine feige Frau, sag' es doch, du hast den ganzen Tag darüber nachgedacht und dir einen Plan zurechtgelegt, und jetzt finde ich mich in deiner Szene wieder, ich liege wie ein entmannter Romantiker im Bett, du bist angezogen, ich bin, wie immer und üblich zwischen uns, nackt ins Bett geschlüpft, in der Hoffnung … lassen wir das, es ist dein Bett in deiner Wohnung, und es ist deine Szene, wahrscheinlich hast du meinen Wutausbruch vorausgesehen, und gleich wirst du feige schluchzen, so wie du feige geschwiegen hast, du hast feige das Licht gelöscht, es ist dir unerträglich, mich anzusehen, was glaubst du, was ich tun werde?! …

Ich schlüpfte aus dem Bett, zog mich an und stürzte aus dem Schlafzimmer, und dann fiel mir ein, daß ich die wenigen Sachen, die ein Mann in der Wohnung seiner Freundin verstreut, unbedingt wiederhaben wollte. Diesmal sollte es vernünftiger ablaufen, meine Tasse, mein Wasserglas, meine Strickjacke, meine vier Sätze Unterwäsche, meine Strümpfe, meine Cordhose, meine Bildbände, ich wollte sie nicht als Schutt einer Möglichkeit der Liebe hinter mir lassen, sie würde einen Teil meiner Spuren verwischen, und ich stellte mir vor, wie sie sehr bald, schon morgen, ihrer besten Freundin sagen würde: Er hat nicht einmal hinter sich aufgeräumt, ich werfe seinen Müll weg! Ich stand in ihrer Küche und dachte über meine Kleinigkeiten nach, ich riß einen Zettel aus meinem Notizbuch, schrieb … gar nichts. Ich warf die Wohnungstür hinter mir zu, und dann klingelte ich, und als sie mir aufschloß, sagte ich: Schade, meine Schöne, ich konnte es nicht verhindern, und sie nickte nur traurig und ließ es zu, daß ich ihre Wangen flüchtig mit dem Handrücken berührte, mein Zorn war verflogen, ich war nur ein Mann im Treppenhaus, wieder ein Ende, wieder warten auf einen Anfang, um wieder ans Ende einer Möglichkeit der Liebe zu gelangen. Draußen hatte ich zu ihrem Schlafzimmerfenster hochgesehen, dann hatte ich ein Taxi bestellt, dann in einem Hotel die Restnacht verbracht, dann war ich in meine Stadt gefahren, dann hatte ich in meiner Wohnung Kaffee getrunken und mich über meine Freiheit gefreut. Ich war frei. Weshalb nur?«[271]

Wolfgang Herrndorf relativiert das Drama der Trennung *In Plüschgewittern*:

»Diese Trennungen sind ja alle gleich. Der einzige Unterschied war, dass es mich damals mitgenommen hat. Es war kurz nach dem Abitur. An sich war die Sache längst vorbei, aber es war, wie gesagt, meine

271) Zaimoglu, *Liebesbrand*, S. 54 f.

erste Liebe, und damals wusste ich noch nicht, dass so etwas ohne großen Knall enden kann. Beziehungsweise woran man das merkt, wenn es so weit ist. Wir waren ein Jahr zusammen und haben uns wirklich schlimm gelangweilt. Schließlich habe ich es ihr gesagt. Dann haben wir geweint, und einen ganzen Tag haben wir miteinander geredet, diesen ganzen Weißt-du-noch- und Wie-wir-uns-kennengelernt-haben-Scheiß, unglaublich philosophische Dinge. Und das komische ist, und darum erzähle ich das, dass nichts davon in meinem Kopf hängen geblieben ist. Nicht ein einziges Wort. Nada.«[272]

UNENTSCHIEDENHEIT

Unentschiedenheit bedeutet, sich nicht entscheiden können – weder *für* oder *gegen* eine Sache/Person/Situation. Diese Gleichzeitigkeit von Wollen und Nicht-Wollen, dieses Gefühl des Hin-und-Hergerissenseins führt häufig zu Überforderung und Lethargie. So wie bei Barthes: »Ich habe keine Hoffnung, aber dennoch … Anders ausgedrückt: ich wähle hartnäckig das Nichtwählen; ich lasse mich lieber treiben: ich fahre fort.«[273]

Ähnlich paradox geht es bei Ann Cotton zu:

»N: Zurück – Stopp – das ist es ja. Mein Abgang. Ich reiste mit einem Rollkoffer. Mit diesem höllischen

272) Herrndorf, *In Plüschgewittern*, S. 12

273) Barthes, *Fragmente einer Sprache der Liebe*, S. 235

dumpfen Lärm. Peinlich. Ich verließ die WG mit meinem Rollkoffer und sagte auf die schlechteste Weise auf Wiedersehen. Noch bevor ich um die Ecke war, wollte ich wieder zurück.«[274]

Bei Ulrich Plenzdorf beruht die Unentschiedenheit auf Überforderung: Weil Paula ständig von drei Stimmen drei verschiedene Optionen ins Ohr geflüstert bekommt, verfällt sie in Apathie und trifft gar keine Entscheidung mehr:

»Paula hatte oft große Schwierigkeiten mit den drei Paulas. Es ist ihr mit der Zeit immer schwerer gefallen, den Überblick zu behalten. Paula 3 war der Meinung, wenn du Pauls Frau so weitermachen läßt, sind Pauls Tage vor deiner Tür gezählt, das steht doch wohl fest. Und Paula konnte sich dem nicht verschließen. Pauls Frau sammelte Punkte. Sie sammelte sogar bei Paula Punkte. ›Ich hab' die Frau bewundert. Und ob ich an ihrer Stelle so viel Größe gehabt hätte, Paul nicht von der Treppe zu ziehen, und wenn es an den Füßen gewesen wäre. Das fragt sich doch sehr‹, hat Paula gesagt. Paula 1 wollte Paul noch eine Weile vor ihrer Tür haben, denn das tat ihr gut, obwohl ihr das Herz blutete. Aber dann ist Paula 3 gekommen und hat geflüstert: Es hat Zeiten gegeben, da war er morgens wach und hat dich begrüßt! Und Paula 2: Am besten, du tauschst deine Wohnung mit der Ladenwohnung unten, da muß Paul auf der Straße liegen, und das geht selbst in der Singer nicht. Oder

274) Cotton, *Der schaudernde Fächer*, S. 56

noch besser, du ziehst gleich zu Saft, dann hat die liebe Seele Ruh'. So war Paula hin- und hergerissen und nicht fähig, etwas zu unternehmen.«[275]

Bei Assia Djebar in ihrem Buch *Die Ungeduldigen* ist die Protagonistin unentschieden, weil sie hin und hergerissen ist zwischen dem Reflex wegzulaufen und ihrer Vorfreude auf ein Wiedersehen:

»In diesem Augenblick sah ich, wie Salim um die Ecke bog und auf mich zukam. Die Menge hinderte ihn daran, mich zu sehen. Jäh wandte ich mich um und eilte davon.

Erschreckt, die Zähne zusammengepreßt, erreichte ich den Boulevard, der am Hafen entlang lief. Ich lehnte mich gegen die Mauer, versuchte, wieder ruhig zu atmen, und schalt mich eine blöde Gans. Eine ganze Woche lang hatte ich an die Verabredung gedacht; ich hatte mich entschlossen hinzugehen. Nun durfte ich nicht zurückweichen. Dennoch konnte ich mich des Gefühls nicht erwehren, wie wenig mich diese Geschichte interessierte. Dieser Fremde, der mich erwartetet, hatte mit meinem Traum nichts zu schaffen. Warum eigentlich war ich gekommen? Verärgerung folgte meiner Exaltiertheit.«[276]

Ähnlich beschreibt Katharina Hacker in *Skip* das Verstreichen von Handlungsmöglichkeiten in dem Moment, in dem man noch nicht ganz weiß, was man will oder Angst hat in eine Sache reinzugehen:

275) Plenzdorf, *Legende vom Glück ohne Ende*, S. 105

276) Djebar, *Die Ungeduldigen*, S. 38

»Die Wochen verstrichen, ich fragte nicht nach ihr in der Galerie, ich versuchte nicht, sie in der Nähe der Dizengoff Street zu treffen, ich ging auch nicht aus abends, in der Hoffnung, sie in einer Bar zu sehen.«[277]

Stephan Thome liefert in *Grenzgang* ein weiteres Beispiel für diese Art von Vermeidungsstrategien:

»›Bist du dir eigentlich transparent?‹ Sie ist zu spät gekommen und kann jetzt nur noch blöde Fragen stellen. Statt die Dinge in die Hand zu nehmen, solange sie noch im Fluss sind, wartet sie ängstlich ab, bis alles vorbei ist, und räumt dann die Trümmer beiseite. Sie hat ihren Exmann nicht angerufen, um sich auf die Begegnung mit Thomas Weidmann vorzubereiten, sondern um dieser ein weiteres Mal aus dem Weg zu gehen. Weil offenbar alle Schritte, die sie tut, vor allem dazu da sind, die Schritte zu unterlassen, die sie tun müsste.«[278]

UNGLÜCK

Unglück kann sich in Apathie, Alkoholexzessen, Schlafanfällen, Schwermutsattacken, Verzweiflung und Herzschmerz äußern. Das »Liebesleid ist für jeden komisch, außer für den, der an der Liebe leidet«, bemerkt Jeffrey Eugenides treffend.[279] Es wird von anderen höchstens eine Zeit lang toleriert, dann

277) Hacker, *Skip*, S. 249

278) Thome, *Grenzgang*, S. 331

279) Eugenides, *Die Liebeshandlung*, S. 133

aber für lächerlich erklärt und als romantische Verklärung abgetan.

Iris Hanika bringt dieses Gefühl drastisch auf den Punkt:

»Und dann war es, als hätte mir einer das Herz zertreten. Hat ja auch einer. Als hätte jemand die Liebe abgehackt. (Nur daß ich sie selber hätte abhacken müssen.) Es war ein körperlicher Schmerz. Mein Herz verkrampfte sich, bis ich keine Luft mehr bekam. Ich habe gehechelt, dann geschluchzt.

Gehechelt, dann geschluchzt.

Konnte kaum noch atmen. Als hätte mir jemand das Herz zertreten. Als wäre mir die Liebe mit der Axt abgehackt worden. Als wäre mir bei lebendigem Leibe die Liebe abgehackt worden, mit der Axt amputiert. So hat das weh getan.

Gehechelt, dann geschluchzt. So hat das weh getan.

Dann lag ich im Bett und löste mich auf. Meine Seele flog davon. Ich konnte mich nicht bewegen, war aber nicht schwer dabei, sondern leicht. Es war ja nur meine körperliche Hülle, die noch da war. Sie war zwar schwer, aber natürlich viel leichter als meine Seele in Wirklichkeit.«[280]

Auch Miranda July neigt in *Zehn Wahrheiten* nicht zu Untertreibungen:

»Ich zerrte das Telefon hinter mir her ins Bett und schlief drei Tage lang. Ab und zu machte ich die

280) Hanika, *Musik für Flughäfen*, S. 34 f.

Augen auf, bis mir alles wieder einfiel, dann versank ich wieder in Bewusstlosigkeit. In meinen Träumen tunnelte ich einen Weg zu ihr – wenn ich nur tief genug graben würde, würde ich sie finden. Die Tunnel wurden immer enger, während ich durch sie hindurchkroch, bis sie zu hoffnungslos verhedderten Haarsträhnen wurden, an denen ich nur noch herumzerren konnte.

Am Nachmittag des dritten Tages klingelte das Telefon. Ich zog es aus den lehmigen Tiefen des Bettes. Kaum dass sie meine Stimme hörte, sollte sie wissen, dass ich im Sterben lag. Ich meldete mich mit einem Laut, der so ängstlich und erbärmlich klang, dass er durch die Sprache rasselte wie Kieselsteine. Hallo.«[281]

Das Unglück kann Frauen wie Männer treffen, wie Doron Rabinovici in *Ohnehin* eindringlich zeigt:

»Er war in den letzten Wochen durch die Lokale gestrichen, um Sonja mit Wein und Wodka fortzuspülen, hatte im Zimmer ihre Spuren getilgt, seine Regale, Schubladen und Taschen von jedem Foto, jedem Blatt, das ihm von ihr geblieben war, gereinigt, alles eingepackt, verschnürt und im Landhaus seiner Eltern, im Keller verstaut. Sein Vater hatte nur müde gelächelt und ihm dann eine Abhandlung des Ovid in die Hand gedrückt. Rezepte gegen das Liebesleid. In diesen Ausführungen schlug der Dichter vor, auf paradoxe Weise die Erinnerung zu überlisten, indem das Gedächtnis in den Dienst des Vergessens genom-

281) July, *Zehn Wahrheiten*, S. 100 f.

men würde. Der verschmähte Liebhaber sollte sich möglichst lebhaft veranschaulichen, wie hassenswert die Angebetete in Wirklichkeit doch war. Hatte sie weibliche Rundungen? Dann war sie dick. War sie zart und schlank? Sie war dürr. Und erst ihr Charakter! Wußte er nicht mehr, wie berechnend, raffgierig, launisch, engherzig und, darüber konnte es keinen Zweifel geben, treulos sie war?

Den größten Verstoß gegen die Anleitungen des Ovid beging Stefan jeden Tag aufs neue, und er konnte nichts daran ändern, denn der Dichter hatte dem Liebenden eingeschärft, er müsse jeglichen Ort meiden, an dem die alten Gefühle wachgerufen würden, wo die Glut unter der Asche wieder aufzuflackern vermochte, auf jeden Fall habe er alle Plätze zu umgehen, an deren er sie, was das Schlimmste wäre, wieder treffen könnte. Stefan arbeitete jedoch mit Sonja Krama, pflegte mit ihr Kranke, sah sie bei den Besprechungen und Visiten, mußte ihre Blicke kreuzen und konnte ihnen nicht standhalten und nicht ausweichen. Kam sie ihm nah, wollte er fort, war sie nicht da, vermißte er sie.«[282]

Die Soziologin Eva Illouz sucht in ihrem Buch mit dem sprechenden Titel *Warum Liebe weh tut* nach den Gründen dafür, wie die Liebe zu einer chronischen Quelle von Unbehagen, Desorientierung und sogar Verzweiflung werden konnte. Ihre These: Unsere privaten Niederlagen sind nicht nur unseren schwachen Psychen zuzuschreiben, vielmehr sind unsere Wech-

282) Rabinovici, *Ohnehin*, S. 15 f.

selfälle und Nöte unseres Gefühlslebens durch institutionelle Ordnungen geprägt. Ihr Ziel ist, zu zeigen, dass die Liebe von konkreten gesellschaftlichen Verhältnissen geformt und hervorgebracht wird und das sie auf einem Markt ungleicher Akteure zirkuliert, womit sie auf die Unterschiede zwischen ➢ MANN/FRAU anspielt.

Während sich Illouz von einer psychologisch-biografisch fundierten Erklärung für das Leiden an der Liebe abgrenzt, liefert Jeffrey Eugenides in seinem Buch *Die Liebeshandlung* eine solche psychologische Erklärung für das Liebesleid seines Protagonisten:

»Wer in einem Haushalt aufwächst, in dem er nicht geliebt wird, weiß nicht, dass es dazu eine Alternative gibt. Wer bei emotional verkümmerten Eltern aufwächst, die eine unglückliche Ehe führen und dazu neigen, ihr Unglück über die Kinder kommen zu lassen, weiß nicht, dass sie das tun. Es ist einfach sein Leben.«[283]

In *Stadt der Engel* lässt Christa Wolf ihren Protagonisten Peter Gutman darüber spekulieren, warum man am Leiden festhält:

»Wer garantiert mir denn, daß ich mit dieser wunderbaren Frau, mit der ich stundenlang über den Ozean hin sehnsüchtig telefoniere, überhaupt etwas anzufangen wüßte, wenn sie mir plötzlich erreichbar wäre? Kann es nicht sein, daß ich das Leiden daran, daß wir nicht zusammen leben, brauche um sie mir vom Leib zu halten? So wie ich meinen Perfektionis-

283) Eugenides, *Die Liebeshandlung*, S. 440

muswahn brauche, damit er mich hindert, das Buch über meinen Philosophen fertigzuschreiben.«[284]

Auch bei Giacomo Leopardi hat das Leiden, das er in seinem *Tagebuch der ersten Liebe* beschreibt, eine Seite, die nicht nur unangenehm ist:

»Gestern Abend hatten mich die drei Tage lang unablässig dauernde Melancholie, die häufige und lange Anspannung des Gehirns, drei durchwachte Nächte, innere Unruhe und die ungewohnte Appetitlosigkeit ziemlich geschwächt und meinen Kopf verblödet; trotzdem freute ich mich an diesem Zustand der immer gleich bleibenden Melancholie und Nachdenklichkeit, denn ich sehe auch, daß mein Gemüt sich aufschwingt und die weltlichen Dinge, die Meinungen und die Verachtung der anderen geringschätzt und daß mein Herz empfindsamer, weicher, poetischer ist.«[285]

Was hilft gegen das Unglück? Das ideale Heilmittel für Liebeskranke ist natürlich die Lektüre der *Sprache der Liebe*, wie Jeffrey Eugenides belegt:

»Ein Reparaturhandbuch fürs Herz, mit nur einem Werkzeug, dem Gehirn. Wenn man seinen Kopf gebrauchte wenn man sich bewusstmachte, wie Liebe kulturell konstruiert war, und man begann, die eigenen Symptome als rein mentale zu begreifen, wenn man anerkannte, dass ›Verliebtsein‹ bloß eine Idee war, dann konnte man sich von dessen Tyrannei

284) Wolf, *Stadt der Engel*, S. 138

285) Leopardi, *Tagebuch der ersten Liebe*, S. 9f

befreien. Madeleine wusste das alles. Das Problem war nur, es funktionierte nicht. Sie konnte den ganzen Tag lang Barthes' Dekonstruktionen der Liebe lesen, ohne dass ihre Liebe zu Leonard auch nur das winzigste bisschen abnahm. Je mehr sie in der *Sprache der Liebe* las, desto verliebter fühlte sie sich. Sie erkannte sich auf jeder Seite wieder. Sie identifizierte sich mit Barthes' schattenhaftem ›Ich‹. Sie wollte nicht von ihren Gefühlen befreit werden, sondern bestätigt sehen, wie bedeutungsvoll diese waren.«[286]

UNSICHERHEIT

Liebe geht mit Unsicherheit einher: Sei es weil man sich seiner eigenen Gefühle unsicher ist oder nicht weiß, ob der andere sie erwidert. Erich Fromm bringt es auf den Punkt: »Einen Menschen zu lieben, heißt, sich selbst zu geben, ohne eine ›Sicherheit‹ der Gegenliebe zu haben, aber im Glauben, daß die eigene Liebe im geliebten Menschen Liebe hervorrufen wird.«[287] Liebe ist immer ein Wagnis, eine Zone der Ununterscheidbarkeit, in der alles wabert. Vor allem in der Anfangszeit, in der man sich kennenlernt, sich offenbart und damit ausliefert. In der man versucht, die Zeichen zu lesen und zu deuten, Gewissheit über die Gefühle und die Zuneigung des anderen zu bekommen. Weil das so schwer auszuhalten ist, driftet man ab in die ➢ UNENTSCHIEDENHEIT oder

286) Eugenides, *Die Liebeshandlung*, S. 129

287) Fromm, *Die Kunst des Liebens*, S. 164

entflieht der Situation. Wie in Ann Cottons kurzem Dialog:

»N: Ein Ausweichen?

K: Etwa vor dem Blick des anderen?

N: Ich schäme mich der Umwege. Umwege furchen mein Gesicht, ihre Vermeidung erzeugt neue Umwege.

K: Ich geriet in die Fänge einer großen Selbstunterschätzung. Ich brach das Ding ab, bevor es anfangen konnte. Ich fürchtete so sehr, es könnte nicht funktionieren, dass ich mir Gewissheit verschaffte, bevor es jemand merken konnte, um mich aus meinem embarrassing Zustand zu retten.«[288]

Die Unsicherheit nimmt zu, wenn Regeln und Rituale, die das Kennenlernen durch ihren vorgegeben Ablauf in sichere Bahnen lenken und dadurch erleichtern, fehlen. Laut Eva Illouz hat die heutige hochgradig individualisierte Dynamik des Kennenlernens und der Geschmäcker zur Folge, dass es zu einer Vervielfachung und Unberechenbarkeit der Kriterien gekommen ist, was wiederum dazu geführt hat, dass Liebe zu einem Terrain ontologischer Unsicherheit und Ungewissheit geworden ist.[289] Das fängt schon mit der richtigen Ansprache an. Ein Problem, das Homosexuelle schon länger kennen, was Michel Foucault anschaulich auf den Punkt bringt: »Über welchen Code können zwei Männer sehr unterschiedlichen Alters miteinander kommunizieren? Sie stehen

288) Cotton, *Der schaudernde Fächer*, S. 56

289) Vgl. Illouz, *Warum Liebe weh tut*, S. 228

einander ganz ungeschützt gegenüber, ohne sprachliche Konventionen und ohne irgendetwas, das die Bedeutung der Bewegung, die sie einander näher bringt, garantieren könnte. Sie müssen ihre noch formlose Beziehung von A bis Z erfinden.«[290]

Carolin Emcke beschreibt Ähnliches in Bezug auf das Kennenlernen von Frauen; sie kann dieser Offenheit aber durchaus etwas abgewinnen. Befragt, was sie an diesen Kennenlernsituationen anziehend findet, antwortet sie: »weil es keine historisch tradierten Praktiken gibt, weil es all diese Kategorien: aktiv, passiv, männlich, weiblich nicht gibt, weil es keine Vorgaben gibt, wie wir miteinander zu schlafen haben, was uns erregen soll, oder so wenige, dass sie mir meine Phantasie nicht begrenzt haben, weil sich die Sexualität, die Lust selbst erfinden lässt, in dem Moment, in dem zwei Frauen miteinander schlafen, weil es überraschend bleibt, weil es nicht belastet ist von historischen Rollenmustern, gegen die sich jede wehren würde, weil alle Machtspiele, die vielleicht im Rausch der Lust entstehen können, offen sind und symmetrisch.«[291] Positiv formuliert bedeutet Unsicherheit Offenheit. Diese Offenheit wiederum ist die Voraussetzung der Begegnung mit dem anderen. Byung-Chul Han geht noch einen Schritt weiter, wenn er behauptet, dass das Fremde das ist, was uns anmacht, was uns reizt: »Der Eros gilt dem Anderen im empha-

290) Foucault, »Freundschaft als Lebensform«, S. 87

291) Emcke, *Wie wir begehren*, S. 142 f.

tischen Sinne, der sich ins Regime des Ichs nicht einholen lässt.«[292]

Der Öffnung auf das Andere steht die Sehnsucht nach Liebe als (Sicherheits-)Phalanx gegen die bedrohlichen Einflüsse und Mächte von außen entgegen. Es gibt genügend Bilder von Paaren, die suggerieren: Uns kann keiner was anhaben! Manifest wird dieses Bild vom Pärchenglück im Einfamilienhaus mit Carport und Buchsbaumhecke, Familien-SUV und Funktionskleidung in gleicher Farbe. Eva Illouz erklärt das so: »Wenn wir lieben, dann befreit uns dies von den Einschränkungen und Schwierigkeiten, die damit einhergehen, nicht zu wissen, was wir denken und fühlen sollen. Eine leidenschaftliche Liebe beendet diesen Zustand der Unschlüssigkeit, erlöst uns von der ›Hemmnis der Unentschlossenheit‹.«[293]

Bei Christa Wolf in der *Der geteilte Himmel* kommt beides vor: die Unsicherheit der Gefühle, aber auch die Imagination der Liebe als Bastion vor den Unwägbarkeiten des Lebens – in diesem Fall den äußeren Umständen in der DDR der 1960er Jahre:

»Er mußte sich ihrer immer neu versichern. Er fuhr leicht mit den Fingerspitzen über ihr Gesicht, über die Stirn, die zart eingebuchteten Schläfen, von den Augenbrauen zu den samtig behaarten Wangen. Sie lehnte sich zurück. Ihre Haut wußte den Weg

292) Han, *Agonie des Eros*, S. 5

293) Vgl. Illouz, *Warum Liebe weh tut*, S. 439

seiner Finger voraus. Durch ihn, durch seine Lippen, Augen und Hände hatte sie sich kennengelernt, von dem warmen Haar, das in seinem Griff knisterte, bis zu den dünnhäutigen Fußsohlen. Er hörte nicht auf, über sie zu staunen, und sie sah, daß er ihr zuliebe tat, was er noch nie einem Menschen zuliebe getan hatte. Er aber fand sie immer wieder ergriffen von seiner Zärtlichkeit.

Wie alle Liebenden hatten sie Angst um ihre Liebe. Sie fühlten sich kalt werden bei einem gleichgültigen Blick des anderen, ein ungeduldiges Wort verdunkelte beiden den Tag.

Wenn sie die Augen öffneten und in dem schwachen grünen Radiolicht jeden Gegenstand des Zimmerchens deutlich sahen, alles fest und an seinem Platz geblieben, während sie in großer Bewegung und weit weg gewesen waren, dann sagte Manfred leise: ›Was wünscht du dir jetzt?‹

›Immer das gleiche‹, sagte Rita. ›Eine einzige Haut um uns, einen Atem für uns beide.‹«[294]

VERHÜTUNG

Ein heikles Thema, das sich in der Literatur nur selten findet, ist die Frage der Verhütung. Wahrscheinlich weil die Frage ob und wie nicht gerade zu den romantischsten Momenten beim Näherkommen oder gar beim Vollzug gehört, weswegen sie entweder ganz

294) Wolf, *Der geteilte Himmel*, S. 92

vermieden oder möglichst schnell hinter sich gebracht wird.

Wie bei Patrick Selim Baumeister in seiner kurzen Erzählung *Jeunesse dorée*:

»Er teilt sich das Taxi mit dem Model, zuerst soll sie nur abgesetzt werden, aber er geht doch noch mit hoch und fickt sie, dort oben in ihrer schönen Dachterrassenwohnung, unter den Sternen, schreit sie und krallt ihre kostbaren Fingernägel in seinen kostbaren Rücken. Leise schallt ein wenig Musik zu den beiden herüber, als er in ihr kommt. Ohne zu fragen.«[295]

Bei Cees Nooteboom in *Allerseelen* wird die Verhütungsfrage gestellt, aber die Antwort ist so bestimmt wie vage. Es bleibt dem Mann nichts anderes als zu vertrauen. Keine einfache Sache, wo so viel auf dem Spiel steht.

»Sie hatte sich wie beim vorherigen Mal schweigend ausgezogen, danach hatte er, fragend, etwas über Pille oder Kondom gesagt, und sie hatte das beiseite geschoben und geantwortet, das sei nicht nötig. ›Du hast kein Aids, und ich habe kein Aids, und Kinder kann ich nicht kriegen.‹ Als er dann doch noch gefragt hatte, woher sie das so genau wisse, hatte sie geantwortet: ›Weil ich keine will.‹ Darüber hätte er gerne mit ihr gesprochen, aber wieder hatte sie sich in voller Länge auf ihn gelegt, und als er versuchte, sie hinunterzubugsieren, sie sanft zu schieben, sie zu streicheln, hatte sie sich gewehrt, als hätte sie sich ein-

295) Baumeister, »Jeunesse dorée«, S. 5

gegraben, und nein, nein, NEIN gemurmelt, und ihm war klar geworden, daß, sollte er es nicht belassen, sie gehen würde, und wieder war alles wie beim ersten Mal, nur hatte er sich diesmal hineinsinken lassen, ein doppeltes Feuer, gefolgt von dem gleichen abrupten, schweigenden Abschied, jemand, der sich etwas geholt hat, bekommen hat, was er wollte, wieder verschwindet und in den darauffolgenden Wochen das gleiche tun würde.«[296]

Auch bei Ulrich Plenzdorf in *Legende vom Glück ohne Ende* ist es die Frau, Paula, die keine Lust auf Verhütung hat. Aber sie riskiert dadurch ihr Leben, weil sie eine weitere Schwangerschaft nicht überleben würde:

»Paula war zu eng gebaut. Professor Ludwig hatte ihr die Pille verschrieben und ihr das Versprechen abgenommen, sie auch zu nehmen. Aber leider hat sie sich nicht daran gehalten, da war nicht mit ihr zu reden. Ihre Rede war immer: ›Mit Pille fühl ich mich nicht mehr als Frau, und von der Liebe habe ich nur die Hälfte.«[297]

Bei Franz Hessel in *Heimliches Berlin* ist die Verhütung ebenfalls eine Notwendigkeit – und eine ziemliche Einschränkung:

»[E]in zweites Kind konnten wir nicht haben, wir waren kaum imstande, das eine so zu pflegen und zu kleiden, wie es seine holde Babymajestät verlangte. Wie mußten lernen, einander auszuweichen in dem,

296) Nooteboom, *Allerseelen*, S. 315 f.

297) Plenzdorf, *Legende vom Glück ohne Ende*, S. 164

was sonst seligste, vertrauendste Hingabe war, und diese Entwöhnung, Einschränkung, Vorsicht hat etwas in mir vereinsamt und mich fremd gemacht, nicht nur dieser einen Frau gegenüber, sondern dem ganzen Geschlecht. Es ist ein Grausen in der Lust, die zerschellt, verbrandet, statt zu münden.«[298]

VERLASSEN

Jemanden verlassen, aber auch Verlassenwerden oder sich verlassen. Die Herausforderung steckt im »lassen«, im Loslassen. Weil dies einfacher gesagt ist als getan, ist diese Phase der ➢ TRENNUNG (269) häufig von ambivalenten Gefühlen gekennzeichnet: Wut und Enttäuschung vermischen sich mit Hoffnung auf eine Rückkehr und Versöhnung. Jean-Philippe Toussiant beschreibt genau diese Ambivalenz des Endes, die das Auseinandergehen so schwierig macht:

»Wir bewegten uns weiter in der Menge, gleichen Schritts, dem Anschein nach gemeinsam, die zusammenpassenden weißen Wollsocken in unseren Sandalen mit ihren lächerlichen identischen rotblauen Randstreifen in Höhe der Knöchel, aber jeder versunken in seine bitterbösen Gedanken und damit beschäftigt, den Vorfall zu verdauen. Wir sagten nichts – sprachen nicht mehr miteinander. Von Zeit zu Zeit schaute ich sie flüchtig an. Egal, wer Schuld hatte, vermutlich keiner. Wir liebten uns noch, aber ertrugen uns nicht mehr. In unserer Liebe war genau

298) Hessel, *Heimliches Berlin*, S. 102 f.

dies eingetreten: Taten wir uns insgesamt gesehen immer noch mehr Gutes als Böses an, so war doch das wenige Böse, das wir uns antaten, jetzt unerträglich geworden.

Auf einer Brücke hatten wir angehalten, und ich betrachtete vor mir den anbrechenden Tag. Der Tag brach an, und ich dachte bei mir, dass es mit unserer Liebe zu Ende war, es war, als löste sich unsere Liebe vor meinen Augen auf, als würde sie mit der Nacht verschwinden, im gleichsam bewegungslosen Rhythmus der Zeit, die vergeht, wenn man sie mißt.«[299]

Auch bei Michael Lentz ist dieser Schritt mit einem extremen Hin-und-Hergerissensein verbunden:

»›[V]ermisst du mich, wenn ich nicht da bin?‹, und du sagst ›ja‹, und dieses ›ja‹ löscht den Blitz, schließt den Körper, baut auf, es ist ein Oszillieren, ein Hin- und Hergerissenes, Teil, Ganzes, ich, Scherbe, du. ›Kannst du ohne sie leben?‹ fragt Valsher. Ich höre mich schweigen. Ich schweige … fiel mir auf, stellte ich fest, in Vergangenheit, in aller Abwesenheit bist du vergangen, du bist schon nicht mehr, ich habe dich abgeschafft, fällt mir endlich ein, in Eisenach, eine Minute Eisenach.«[300]

Je einseitiger dieser Schritt ist, desto schmerzhaft ist er – besonders wenn Abhängigkeiten und ungleiche Machtverhältnisse im Spiel sind. Dann wird das Loslassen-Können eine echte Herausforderung, wie für

299) Toussaint, *Sich lieben*, S. 70 f.

300) Lentz, *Liebeserklärung*, S. 49

Picasso in der Schilderung seiner Exfrau Françoise Gilot:

»Eines Tages, als Pablo mit dem Wagen unterwegs war, kam ich zu dem Entschluß, dass ich unter diesen Umständen nicht mehr weiter mit ihm zusammenleben könnte. Ich hatte kein Geld, doch ging ich auf die Hauptstraße, die nach Süden führte, um nach Marseille zu trampen. […]›Ich glaube du bist verrückt!‹ schrie er. ›Warum willst du mich verlassen?‹ Ich sagte ihm, daß ich mich in diesem Haus nicht wohl fühle. Ausserdem sei mir bereits klar, daß das Leben mit ihm nie eine natürliche, spontane Beziehung sein werde. Er sei viel zu kompliziert. […]

Pablo sah mich ungläubig an. ›Nach allem, was du aufgegeben hast, um zu mir zu kommen und mit mir zu leben, sag mir bloß nicht, daß du nur deshalb alles hinwerfen willst! Als du endlich zu mir gekommen bist, nach all deinen Zweifeln und Hemmungen, nahm ich an, es war, weil du dich entschlossen hattest, mich zu lieben. Es müßte dir lange vor diesem Tag klar gewesen sein, dass ich dich ebenfalls liebe.‹ […]

›Keine Frau verlässt einen Mann wie mich‹, sagte er. Ich sagte ihm, das denke er sich vielleicht, doch ich sei eine Frau, die das fertigbrächte, ja, ich sei schon im Begriff, es zu tun. Einen Mann verlassen, der so berühmt und reich sei wie er? Das könne er nicht glauben. Ich konnte nur noch darüber lachen, daß er eine Frau, mit der er so viele Jahre gelebt hatte, so gründlich verkannte.«[301]

301) Gilot, *Leben mit Picasso*, S. 438

Die Angst vor dem Verlassenwerden ist für Franz in Milan Kunderas Roman *Die unerträgliche Leichtigkeit des Seins* ein ständiger Begleiter – so unbegründet sie auch sein mag:

»Warum war er ihr gegenüber so unsicher? Es gab doch nicht den geringsten Anlass. Sie war es gewesen, nicht er, die die Initiative ergriffen hatte, kurz nachdem sie sich kennengelernt hatten; er war ein gutaussehender Mann; er stand auf dem Gipfel seiner wissenschaftlichen Karriere und war sogar von seinen Kollegen für seine Selbstsicherheit und seine Unnachgiebigkeit in Fachdiskussionen gefürchtet. Warum also dachte er jeden Tag daran, dass seine Freundin ihn verlassen würde?

Ich kann es mir nur so erklären, dass die Liebe für ihn nicht die Fortsetzung seines Lebens in der Öffentlichkeit war, sondern ein Gegenpol. Liebe bedeutete für ihn das Verlangen, sich dem anderen auf Gedeih und Verderb auszuliefern. Wer sich dem anderen ausliefert wie ein Soldat in die Gefangenschaft, muss zuvor die Waffen strecken. Wenn er nichts mehr hat, um den Schlag abzuwehren, so kann er nicht umhin, sich zu fragen, wann dieser Schlag ihn treffen würde. Ich kann also sagen: für Franz bedeutete die Liebe ein ständiges Warten auf diesen Schlag.«[302]

302) Kundera, *Die unerträgliche Leichtigkeit des Seins*, S. 80 f.

VERLIEBT SEIN

Im Gegensatz zum Lieben ist das Verliebtsein oftmals nur von kurzer Dauer. Es drückt die idealisierte Zeit des Schwebens und des Aufgeregtseins am Anfang einer Beziehung aus. »Ich habe Schmetterlinge im Bauch«, sagt man auch, um die Aufregung und Appetitlosigkeit zu beschreiben, die sich vor allem im Bauch bemerkbar macht. Dazu passt, wie die Soziologin Eva Illouz das Verliebtsein beschreibt. Ihr zufolge wird in dieser Phase das Gefühl gewöhnlicher Unsichtbarkeit überwunden und durch ein Gefühl der Einzigartigkeit ersetzt, das für ein gesteigertes Selbstwertgefühl sorgt.[303]

Susan Sontag fasst die ganze Ambivalenz dieses Zustandes zusammen: »Verliebt sein (l'amour fou), eine pathologische Variante des Lebens. Verliebt sein = Abhängigkeit, Besessenheit, Ausschluss anderer, unstillbares Verlangen nach Anwesenheit, Lähmung anderer Interessen und Aktivitäten. Eine Liebeskrankheit, ein Fieber (deshalb erhebend). Man wird von der Liebe ›ereilt‹. Aber wenn man diese Krankheit schon bekommt, dann besser oft als selten. Es ist weniger verrückt, sich oft zu verlieben (weniger irrig, denn es gibt so viele wunderbare Menschen auf der Welt), als nur zwei- oder dreimal im Leben. Oder vielleicht ist es besser, immer in zwei oder drei Menschen gleichzeitig verliebt zu sein.«[304]

303) Vgl. Illouz, *Warum Liebe weh tut*, S. 209

304) Sontag, *Tagebücher 1964–1980*, S. 285

Die besondere Ausstrahlung zwischen Lächerlichkeit und Innigkeit von frisch Verliebten beschreibt Siri Hustvedt in *Was ich liebte*:

»Verliebte sehen für andere oft lächerlich aus. Ihr ununterbrochenes Turteln, Anfassen und Küssen kann für Freunde, die dieses Stadium hinter sich haben, unerträglich sein, doch bei Bill und Violet störte es mich nicht. Trotz ihrer offenkundigen Leidenschaft füreinander hielten sie sich zurück, wenn Erica und ich im selben Raum waren, und ich glaube, die Spannung, die sie so erzeugten, gefiel mir am besten von allem. Ich hatte immer das Gefühl, es verbände sie ein zum Zerreißen gespannter unsichtbarer Draht.«[305]

Wolfgang Herrndorf gibt *In Plüschgewittern* ein Beispiel für den Ausnahmezustand, in dem sich frisch Verliebte befinden können:

»[U]nd dann fällt mir ein, dass Ines jetzt dasselbe denkt wie ich. Und weil sie dasselbe denkt, bekomme ich so ein komisches Gefühl, als ob in meinem Inneren etwas umklappt. Schwer zu beschreiben. Als ob eine Trennwand zwischen mir und Ines entfernt worden ist. Aber vielleicht ist das nur Einbildung. Ich weiß ja nicht wirklich, was sie denkt.«[306]

Dieses Hochgefühl und das Aufgeregtsein sind aber nicht unbedingt nur positive Gefühle. Das Verliebt-

305) Hustvedt, *Was ich liebte*, S. 72

306) Herrndorf, *In Plüschgewittern*, S. 85

sein kann schnell in ➢ UNSICHERHEIT (284) und ein Gefühl des Ausgeliefertseins umschlagen. Der pessimistische Barthes spricht gar davon, dass das Verliebtsein eine Zeit der Täuschungen, Illusionen und der tyrannischen Überwältigung ist.[307] Charakteristisch für diese Zeit ist ein Zustand des Umherflatterns, des Unterworfenseins, unter anderem aufgrund des ➢ WARTENS (298) auf den Anruf des anderen.

Leo Tolstoi entlarvt in *Die Kreutzersonate* das Verliebtsein als manipulierbares und konstruiertes Gefühl:

»Und so verliebte auch ich mich, wie sich alle verlieben. Alles war da: das Entzücken, die Rührung, die Poesie. In Wirklichkeit jedoch war diese meine Liebe einerseits ein Erzeugnis der Tätigkeit der Mama und der Schneiderinnen, anderseits ein Ergebnis der von mir verschlungenen überschüssigen Nahrung bei untätiger Lebensweise. Wären nicht die Kanufahrten, die Taillen der Schneiderinnen und ähnliches gewesen, hätte die junge Dame ein Hauskleid von schlechtem Schnitt getragen, hätte ich, wie jeder Mensch in normalen Lebensverhältnissen, so viel Nahrung zu mir genommen, als ich zur Verrichtung meines täglichen Arbeitspensums bedurfte, und wäre das Sicherheitsventil bei mir geöffnet gewesen, statt daß ich es um jene Zeit gerade aus irgendeinem Grund abgestellt hatte, dann hätte ich mich nicht verliebt, und es wäre nichts geschehen.«[308]

307) Vgl. Barthes, *Die Körnung der Stimme*, S. 321

308) Tolstoi, *Die Kreutzersonate*, S. 34 f.

In *Rayuela* von Julio Cortázar wird der Überhöhung des Verliebtseins mit großer Nüchternheit begegnet:

»Wir waren nicht verliebt. Wir praktizierten die Liebe mit einer virtuosen und kritischen Leidenschaftslosigkeit, aber danach fielen wir in ein schreckliches Schweigen, und der Schaum auf den Biergläsern wurde wie Putzwolle, wurde schal, und zog sich zusammen, während wir uns ansahen und fühlten, dass dies die Zeit war. Schließlich stand die Marga auf und lief sinnlos im Zimmer hin und her.«[309]

WARTEN

Warten, Er-Wartung, Unruhe, Gefühl von Abhängigkeit, Ungleichgewicht. Barthes beschreibt den Zustand des Wartens zwischen Aufgeregtheit und Ängstlichkeit in *Fragmente einer Sprache der Liebe*: »Ich erwarte eine Ankunft, eine Rückkehr, ein versprochenes Zeichen. Das kann belanglos oder pathetisch sein: in der Erwartung harrt eine Frau ihrem Geliebten, nachts, im Walde; ich erwarte lediglich einen Telephonanruf, aber die Angst ist die gleiche. Alles ist feierlich: ich habe kein Gefühl mehr für Proportionen.«[310]

Auch Malina wartet ganz vernarrt auf einen Anruf in Ingeborg Bachmanns gleichnamigen Roman:

309) Cortázar, *Rayuela*, S. 24

310) Barthes, *Fragmente einer Sprache der Liebe*, S. 97

»Ivan hat also keine Zeit, und der Hörer fühlte sich eiskalt an, nicht aus Plastik, aus Metall, und rutscht hinauf zu meiner Schläfe, denn ich höre, wie er einhängt, und ich wollte, dieses Geräusch wäre ein Schuß, kurz, schnell, damit es zu Ende sei, ich möchte nicht, daß Ivan heute so ist und daß es immer so ist, ich möchte ein Ende. [...] Austauschen lassen könnte ich es freilich gegen ein blaues oder rotes oder weißes, nur wird es nicht mehr dazu kommen, denn es darf sich nichts mehr in meiner Wohnung verändern, damit außer Ivan, dem einzig Neuen, mich nichts ablenkt, und nichts von dem Warten, wenn das Telefon sich nicht rührt.
Wien schweigt.«[311]

Ein ziemlich eindrückliches Beispiel für die Monotonie des Wartens auf einen Telefonanruf liefert Iris Hanika in ihrem Erzählband Musik für Flughäfen:

»Copy and paste: Auf einen Anruf warten. Auf

310) Bachmann, *Malina*, S. 42 f.

einen Anruf warten. Auf einen Anruf warten. Drag and drop.«[312]

Ebenfalls monoton gestaltet sich der Tagesablauf von Paula in Ulrich Plenzdorfs *Legende vom Glück ohne Ende*, die auf die Rückkehr ihres Geliebten hofft und sich komplett von diesem Zustand vereinnahmen lässt:

»Paula wußte von alldem nichts. Sie ist morgens aufgestanden und hat auf Paul gewartet. Sie ist in ihre Kaufhalle gegangen und hat auf Paul gewartet. Sie hat

312) Hanika, *Musik für Flughäfen*, S. 40

gegessen und getrunken und hat auf Paul gewartet. Sie hat ferngesehen und auf Paul gewartet. Sie hat mit den Kindern geredet und hat auf Paul gewartet. Sie ist schlafen gegangen und hat auf Paul gewartet. Sie hat geschlafen und auf Paul gewartet.«[313] Kurz darauf dreht sich übrigens die Situation und Paul wartet auf eine Entscheidung von Paula. Er tut dies aber aktiver, in dem er sich vor Paulas Tür hinsetzt und dort den ganzen Sommer über sitzen bleibt.

Zu einem ähnlichen Ausnahmezustand, einem ähnlichen Ver-rückt-Sein, wird das Warten bei Monika Maron in Animal Triste:

»Ich wartete auf ihn. Wochenlang wagte ich nicht, die Wohnung zu verlassen, aus Angst, er könnte gerade in dieser Stunde zurückkommen und dann, weil ich nicht da war, für immer fortgehen. Nachts stellte ich das Telefon neben mein Kopfkissen. Während ich auf ihn wartete, dachte ich nur an ihn. Jede Begegnung, alle Worte, die er je zu mir gesagt hatte, unsere nächtlichen Umarmungen spielte ich mir wieder und wieder vor. Ich konnte meinen Geliebten so nahe zu mir denken, daß ich für Stunden glücklich sein konnte, als wäre er leibhaftig anwesend. Mit der Zeit gewöhnte ich mich daran, daß ich vergeblich wartete. Wenn es möglich ist zu warten, ohne auf die Erfüllung zu hoffen, dann habe ich das getan, und eigentlich warte ich heute noch. Das Warten ist mir zur Natur geworden, und die Vergeblichkeit schmerzt mich schon lange nicht mehr. Ich weiß nicht, wie lange ich

313) Plenzdorf, *Legende vom Glück ohne Ende*, S. 59

meinen Geliebten wirklich gekannt habe, lange oder nicht sehr lange, lange genug, um vierzig oder fünfzig Jahre mit Erinnerungen zu füllen, sehr lang.«[314]

Bei Ulrich Peltzer wird das Wechselbad der Gefühle, das beim Warten entsteht, anschaulich vorgeführt: Die Aufregung, die von zunehmender Unruhe abgelöst wird, die Verunsicherung – bin ich falsch?, das in immer kürzeren Abständen erfolgende Auf-die-Uhr-Schauen und Handy-Checken.

»Er wählte die Nummern, nichts, fünf nach fünf. Ob sie es nicht fand, eine Station zu weit gefahren war, sich mit der Entfernung verschätzt hatte? Bereits da war, und er hatte es nicht bemerkt? Er schaute sich um, stand von seinem Platz auf, um über die Köpfe der Gäste zu blicken. Keine Frau ihres Aussehens, selbst von weitem nicht, ob er noch etwas zu trinken haben wolle, fragte einer der Kellner quer durch den Raum, *un bière*. Er sprach auf ihre mailbox, beschrieb, wie man nach Belleville komme, wo genau das Lokal auf der Rue du Temple sei. Neben Kohinoor Textiles, Stoffe für Saris, auf den Fensterscheiben stehe groß das Wort Loto, eine rote Markise, ich sitze so in der Mitte.

Es war zwanzig nach fünf. Zwanzig Minuten sind nichts, redete er sich ein, ganz ruhig. Kein Anruf, keine Kurznachricht. Er nippte an dem Bier, dessen Schaum schon ganz vergangen war, stellte das Glas zurück vor den eingeschweißten Blumenstrauß. Er bückte sich, um einen Spielschein vom Boden aufzu-

314) Maron, *Animal Triste*, S. 12 f.

heben, 2 CHANCES TOUTES LES 5 MINUTES, den er dann in kleine Stücke zerriss und in den Aschenbecher warf. Das Gefühl, den eigenen Körper nicht mehr zu spüren, nur noch einen Gedanken fassen zu können, keinen Gedanken mehr.

Ein erneuter Anruf, die Frau von quarante-deux, ob sie zufälligerweise im Foyer sei, das Hotel verlassen habe, eine blonde Frau mit einer Brille, mein Gott, das kriegt man doch mit, nein, eine Deutsche, ich bin ihr Mann, rutsch mir den Buckel runter. Augenblick, könnten Sie ihr ausrichten, sie soll mich sofort anrufen, wenn sie kommt, danke, halt, und rufen Sie unbedingt an, wenn Sie die Frau sehen, meine Nummer, ja, das ist eine deutsche Nummer, Nummer in Deutschland, Herr im Himmel, ich zahle Ihnen das ja, es ist, c'est très urgente.

Die Zahlen auf den Monitoren sprangen um, nächste Runde. Spielscheine wurden ausgefüllt. Alle fünf Minuten zwei Möglichkeiten.

Du darfst mich nie verlassen.

Es war bald sechs, Christian legte Geld auf den Tisch, nahm die Blumen und kaufte bei der Alten ein Päckchen Zigaretten, bevor er auf die Straße ging. Kehrte um und beschrieb Nele einem der Kellner, trug ihm auf, ihr zu bestellen, sie möge auf ihn warten, er sei in spätestens zwei Stunden zurück.

Zuerst die Rue du Temple, dann systematisch alle Seitenstraßen, Sackgassen, Passagen, er sah auf den Stadtplan, blickte hoch – ein Getümmel von Fahrzeugen, von Menschen, Gesichtern, die ineinanderzufließen schienen.

Das war wunderschön.

Er hielt eine Hand über den Blumenstrauß, damit er nicht zerdrückt würde, schob sich seitlich durch die Menge voran. Frauen mit Plastiktüten links und rechts, mit Kinderwagen, auf die sie ihre Einkäufe getürmt hatten, Gruppen herumstromernder Jugendlicher, gebratene Enten im Fenster eines vietnamesischen Restaurants.

Anflüge von Panik, von Entsetzen, vollkommene Gelassenheit.«[315]

Max Frisch schildert in *Homo Faber*, wie es für denjenigen ist, der warten lässt – in diesem Fall kostet er die Überlegenheitsgefühle aus:

»Sie setzte sich ins Café.

Ich war glücklich und trank meinen Pernod, ohne zu eilen, ich beobachtete sie durchs Glas der Veranda, wie sie bestellte, wie sie wartete, wie sie rauchte und einmal auf die Uhr blickte. [...] Ich war glücklich wie noch nie in diesem Paris und wartete auf den Kellner, um zu zahlen, um gehen zu können – hinüber zu dem Mädchen, das auf mich wartet! – dabei war ich fast froh, daß der Kellner mich immer warten ließ, obschon ich protestierte; ich konnte nie glücklicher sein als jetzt.«[316]

Bei Christa Wolf in *Der geteilte Himmel* ist das Glück endlich, was dazu führt, dass man auf das Unglück wartet – es erwartet:

»Ihm war eben klar geworden, daß das Leben

315) Peltzer, *Teil der Lösung*, S. 450 f.

316) Frisch, *Homo Faber*, S. 104 f.

mißlingen kann, daß es vielleicht schon mißlungen war. Manches, was gestern noch denkbar war, ist seit heute für immer vorbei. Auch zu den Jüngsten kann man sich nicht mehr rechnen. Wunder sind nicht mehr möglich.

Rita erbebte doch ein wenig. Sie unterdrückte den Wunsch, zu ihm zu gehen und ihren Kopf an seine Schulter zu legen. Auch der Aberglaube, ein Verzauberter sei durch Berührung zu erlösen, hatte in der Kindheit zurückbleiben müssen. Manfred versuchte nicht, sie zu täuschen. Sie hatte ihn in mancher Pose gesehen. Nun zeigte er ihr, womit sie wirklich zu rechnen hatte.«[317]

Und an anderer Stelle:

»Rita wußte jetzt: Wir sind gegen nichts gefeit. Wir sind allen Gefahren genauso ausgesetzt wie andere Leute. Uns kann alles passieren, was anderen passiert. Sie vergaß dieses Wissen wieder. Nur manchmal merkte sie, daß sie jetzt täglich auf ein Unglück wartete.«[318]

WUNSCHTRÄUME

Wunschträume sind: sich jemanden zurechtwünschen, sich als andere(n) erwünschen. Eventuelles Problem: Realitätsschock. Ähnlich wie bei der ➢ IMAGINATION können sich die Wunschträume als Illusion erweisen. Bettina Reimann beschreibt in *Franziska*

317) Wolf, *Der geteilte Himmel*, S. 133

318) Ebd., S. 186

Linkerhand exemplarisch, was beim Wunschträumen passiert:

»Um dich war ein Geruch von Abenteuer und stolzer wilder Unabhängigkeit, ich dachte, du bist, wie ich zu sein wünsche, wie ich mir Wilhelm gewünscht hätte, Wilhelm, wie ich ihn in einer Nacht sah, ein einsamer alter Gorilla, der zu niemanden gehörte, nur zu mir … Du gehörtest mir, solange ich nichts von dir wußte, ich konnte dir einen Charakter schaffen und Geschichten um dich versammeln, irgendein Mann mit den Zügen meines Bruders und mein Geschöpf; ich hatte alle Möglichkeiten der Welt, weil ich dich nicht kannte.«[319]

Leo Tolstoi schildert in *Die Kreutzersonate* weniger einen Wunschtraum als die Mechanismen der Verblendung, die einsetzen, wenn man sich etwas sehnlichst wünscht:

»Es schien mir an jenem Abend, daß sie alles, alles versteht, was ich fühlte und dachte. In Wirklichkeit lag nichts weiter vor, als daß die englische Robe und die Locken ihr ausnahmsweise gut zu Gesicht standen, daß ich den Tag in ihrer traulichen Nähe verbracht hatte und nun den Wunsch nach einer noch intimeren Traulichkeit hegte.

Merkwürdig, wie leicht die Menschen der Illusion verfallen, daß Schönheit zugleich Güte sei! Eine schöne Frau kann ruhig Dummheiten schwatzen – man hört ihr zu und hört nicht die Dummheiten heraus, sondern nur laute kluge Sachen. Sie redet und

319) Reimann, *Franziska Linkerhand*, S. 87

tut häßliche Dinge – und man findet alles nett. Redet sie nun gar weder dumme noch häßliche Dinge und ist sie wirklich schön: gleich bildet man sich ein, sie sei ein Wunder an Verstand und Tugend.«[320]

In ihrem Roman *Durch den Wind* spekuliert Annika Reich darüber, warum sich ihre Protagonistin Friederike in Wunschräumen verliert:

»Sie legte auf. Natürlich war sie umgedreht, natürlich würde sie auf das Konzert gehen, natürlich wollte sie eine Tochter mit ihm haben. Aber wenn es real wurde … Vielleicht war sie das nur einfach nicht gewöhnt, dass er auf sie zuging, vielleicht schlug sie das sofort in die Flucht, vielleicht mochte sie das auch gar nicht so gerne, vielleicht mochte sie das, was sie sich immer gewünscht hatte, gar nicht so gerne. Vielleicht war sie viel besser im Wünschen als im Leben.«[321]

320) Tolstoi, *Die Kreutzersonate*, S. 29 f.

321) Reich, *Durch den Wind*, S. 215

Als 1977 – und mit zehnjähriger Verspätung die deutsche Übersetzung – Roland Barthes *Fragmente einer Sprache der Liebe* erschienen, war dieses Buch ein Bestseller. Es war Trostlektüre, Ratgeber und literarisches Erlebnis in einem. In seinem Buch *Die Liebeshandlung* beschreibt Jeffrey Eugenides exemplarisch, welche Wirkung dieses Buch auslösen kann: »Es lag nicht nur daran, dass Madeleine diese Art zu schreiben wunderbar gefiel. Genauso wenig lag es nur daran, dass die einleitenden Sätze von Barthes unmittelbar Sinn ergaben. Es lag auch nicht nur an der Erleichterung darüber, endlich ein Buch für sich entdeckt zu haben, über das sie eventuell ihre Seminararbeit schreiben könnte. Was Madeleine kerzengerade im Bett aufsitzen ließ, hatte eher mit dem tieferen Grund zu tun, weshalb sie überhaupt Bücher las und Bücher immer geliebt hatte. Hier fand sie ein Zeichen dafür, dass sie nicht allein war. Hier wurde etwas ausgedrückt, was sie bisher nur stumm empfunden hatte.«[322]

Es ist »ein Buch übers Lieben, in dem das Wort *Liebe* nahezu in jedem Satz vorkam«.[323] Barthes selber sagt über die *Fragmente*, dass es »sich um Sprachepisoden [handelt], die im Kopf des verliebten leidenschaftlichen Individuums kreisen«.[324] Diese Episoden umfas-

322) Eugenides, *Die Liebeshandlung*, S. 84

323) Ebd., S. 129

324) Barthes, *Die Körnung der Stimme*, S. 311

sen das euphorische Verliebtsein, aber vielmehr noch das Leiden unter der Liebe. Barthes geht so weit, von einem wütenden Sprachunwetter zu sprechen, das im Kopf des Verliebten kreist. Auch deswegen ist das Bild, das Barthes vom Liebesdiskurs hat, ein wesentlich »fragmentiertes, diskontinuierliches und flatterhaftes«.[325] Um diesen Zustand in eine angemessene Form zu übersetzen, hat Barthes sich für eine Art Glossar entschieden. Dieses Glossar ist alphabetisch sortiert und nimmt damit die typische dekonstruktivistische Geste der damaligen Zeit auf, indem es keiner inhaltlichen Logik folgt, sondern auf ein nicht-hierarchisches Ordnungsschema zurückgreift.

Barthes versammelt circa achtzig Stichwörter und Zitate, die für ihn exemplarisch für die Motive und Diskurse der Liebe stehen, unter Titeln wie »Der Abwesende«, »Die Verzückung«, »Und es blitzen die Sterne«. Diese übersetzt er in Stichworte, die die Grundlage für die alphabetische Ordnung bilden. Oftmals entsprechen sich Titel und Stichwort, manchmal werden sie aber auch verrückt: »Wie war der Himmel blau« wird zu »Begegnung«; »Sobria ebrietas« zu »Habenwollen«; »Das Geisterschiff« wird zu »Schweifen». Auf einen kurzen einführenden Absatz folgen Zitate aus Büchern von Goethe über Freud bis zu Proust und Anregungen aus Gesprächen mit Freunden. Es handelt sich um eine »Montage von Bruchstücken verschiedenen Ursprungs«[326], die

325) Ebd.

326) Barthes, *Fragmente einer Sprache der Liebe*, S. 21

die verschiedenen Aspekte des Liebesdiskurses auffächern.

Trotz des lexikonartigen Aufbaus ist es ein höchst emotionales Buch. Es ist ja auch ein (verzweifelter) Liebender, der hier spricht – so jedenfalls steht es am Anfang des Glossars. Barthes verwischt hier geschickt die Grenzen zwischen persönlichem und wissenschaftlichem Schreiben. Immer wieder ist man geneigt, das Geschriebene auf die Person Barthes zu übertragen, obwohl Barthes vermeidet, »Ich« zu sagen, und stattdessen im Allgemeinen vom »Liebenden« spricht.

Dieser Liebende leidet, weil das Begehren einseitig und unerfüllt bleibt. Der in den Fragmenten eingefangene Diskurs der Liebe ist deshalb auch von extremer Einsamkeit geprägt. Barthes begründet diese Einsamkeit damit, dass dieses Gefühl des Besessenseins vom Geliebten gesellschaftlich nicht akzeptiert sei. Es gebe keine »große Sprache«, die sich des Liebesgefühls annimmt. Dies führe dazu, dass sich das verliebte Subjekt wie ein Außenseiter fühle.[327]

Marguerite Duras, die Barthes persönlich kannte, hält dieser leidenden Haltung entgegen, dass Barthes gar nicht zur Liebe fähig gewesen sei und sich mithilfe der verliebten Notizen »aus der Affäre zieht, da er nicht liebt, nichts liebt«.[328] Das Gefühl des Verliebtseins bleibe ein abstraktes. Indem Barthes ihm eine

327) Vgl. Barthes, *Die Körnung der Stimme*, S. 313

328) Duras, *Das alltägliche Leben*, S. 44

literarische Form gibt, kann er es sich auch vom Leib halten.

Ob das stimmt oder nicht, ist hier nicht von Belang. Der Erfolg des Buches kann jedenfalls als Indiz dafür gelten, dass es viele Leser und Leserinnen gibt, die dankbar sind, wenn sie realisieren, dass sie mit ihren Emotionen nicht allein sind.

In meiner Sammlung von Textstellen habe ich den Fokus von Barthes etwas verschoben. Zwei Dinge haben mich interessiert. Erstens: welche Emotionen und Handlungen für die Liebe stehen, denn es gibt eine Vielzahl von Gefühlsempfindungen und Zuständen, die die Liebe begleiten. Zweitens: die jeweilige Sprache und Form, die die Autorinnen und Autoren wählen, um über die Liebe zu schreiben. Entstanden ist ein Buch, das die Vielfältigkeit des Liebens und des Leidens am Lieben ebenso aufzeigt wie die vielseitigen Weisen des Sprechens über die Liebe. Während sich Barthes beim Zitieren meist auf wenige Sätze beschränkt, zitiere ich zum Teil ausführlicher aus den Texten. Ebenso wie er greife ich auf literarische und theoretische Texte zurück, zitiere jedoch mehr zeitgenössische Autorinnen und Autoren. Und ebenso wie er vermeide ich es, als »Ich« in Erscheinung zu treten, obwohl mit klar ist, dass die Auswahl der Textstellen sowie die Art, wie ich sie kontextualisiere, natürlich von »mir« sprechen.

Ebenso wie Barthes' *Fragmente* soll auch dieses Buch in der Einsamkeit des Leidens an der Liebe Abhilfe schaffen und zeigen, dass man weder im Verstrahltsein noch im Unglück mit seinen Gefühlen alleine ist. Und dass die Liebe unterschiedlichste Formen annehmen kann: Sie kann kurz oder lang, intensiv, zart oder flüchtig sein, sie kann sich romantisch ausdrücken oder ganz nüchtern gelebt werden. Grundsätzlich gilt: Während die einzelne Liebe vergänglich sein kann, ist es das Lieben an sich nicht. Das hat den Vorteil, dass nie alles schon gesagt worden ist, wie Max Frisch ganz richtig bemerkt, und deswegen immer wieder neu formuliert werden kann.

LITERATURLISTE

Etel Adnan, *Im Herzen des Herzens eines anderen Landes*, Frankfurt am Main 2004

Theodor W. Adorno, *Minima Moralia*, Frankfurt am Main 1964,

Christoph Joseph Ahlers, »44 ½ Wahrheiten über die Liebe«, in: *SZ-Magazin*, Nr. 52, 19. 12. 2013, S. 44

Hervé Algalarrondo, *Der langsame Tod des Roland Barthes*, Berlin 2010

Ingeborg Bachmann, *Malina*, Frankfurt am Main 1977

Alain Badiou, *Lob der Liebe*, Wien 2011

Roland Barthes, *Fragmente einer Sprache der Liebe*, Frankfurt am Main 1984

Die Körnung der Stimme. Interviews 1962–1980, Frankfurt am Main 2002

Wie zusammen leben. Vorlesung am Collège de France 1976–1977, Frankfurt am Main 2007

Patrick Selim Baumeister, »Jeunesse dorée«, in: *Hotel Literaturzeitschrift*, No. 1, 9/2011, S. 4–6

Jurek Becker, *Amanda herzlos*, Frankfurt am Main 1992

Lily Brett, *Chuzpe*, Frankfurt am Main 2006

Georg Büchner, *Dantons Tod*, Stuttgart 1995

Julio Cortázar, *Rayuela*, Berlin/Weimar 1983

Ann Cotton, *Der schaudernde Fächer*, Berlin 2013

Assia Djebar, *Die Ungeduldigen*, Zürich 2000

Fjodor Dostojewski, *Verbrechen und Strafe*, Frankfurt am Main 1996

Marguerite Duras, *Der Liebhaber*, Frankfurt am Main 1985

Heiße Küste, Frankfurt am Main 1987

Das tägliche Leben, Frankfurt am Main 1988

Ulrike Edschmid, *Das Verschwinden des Philip S.*, Berlin 2013

Carolin Emcke, *Wie wir begehren*, Frankfurt am Main 2012
Per Olov Enquist, *Der Besuch des Leibarztes*, München/Wien 2005
Das Buch von Blanche und Marie, München 2007
Jenny Erpenbeck, *Aller Tage Abend*, München 2012
Jeffrey Eugenides, *Die Liebeshandlung*, Reinbek 2011
Michel Foucault, »Freundschaft als Lebensform«, in: Ders.: *Ästhetik der Existenz*, Berlin, 2013, S. 68–73
»Von der Freundschaft als Lebensweise«, in: *Von der Freundschaft. Michel Foucault im Gespräch*, Berlin 1986, S. 85–93
Julia Franck, *Die Mittagsfrau*, Frankfurt am Main 2009
Max Frisch, *Stiller*, Frankfurt am Main/Hamburg 1965
Mein Name sei Gantenbein, Frankfurt am Main 1975
Homo Faber, Frankfurt am Main 1977
Montauk. Text und Kommentar, Berlin 2011
Aus dem Berliner Journal, Berlin 2014
Erich Fromm, *Die Kunst des Liebens*, Frankfurt am Main/Berlin/Wien 1976
Arno Geiger, *Es geht uns gut*, München 2005
Françoise Gilot und Carlton Lake, *Leben mit Picasso*, Stuttgart/Hamburg 1965
Rainald Goetz, *Klage*, Frankfurt am Main 2008
Johann Holtrop, Berlin 2012
Nadine Gordimer, *Ein Spiel der Natur*, Frankfurt am Main 1991
Mark Greif, *Bluescreen*, Berlin 2011
Katharina Hacker, *Alix, Anton und die anderen*, Frankfurt am Main 2009
Skip, Frankfurt am Main 2015
Katharina Hagena, *Der Geschmack von Apfelkernen*, Köln 2008
Byung-Chul Han, *Agonie des Eros*, Berlin 2012

Iris Hanika, *Musik für Flughäfen*, Frankfurt am Main 2005
Treffen sich zwei, Graz 2008
Tanzen auf Beton, Graz/Wien 2012
Erik Fosnes Hansen, *Das Löwenmädchen*, Frankfurt am Main 2009
Bernadette La Hengst im Gespräch, »Liebe hat etwas Kapitalistisches«, in: *Junge Welt*, 28. 9. 2012, S. 13
Jana Hensel und Elisabeth Raether, *Neue deutsche Mädchen*, Reinbek 2009
Wolfgang Herrndorf, *In Plüschgewittern*, Reinbek 2014
Franz Hessel, *Heimliches Berlin*, Berlin 2013
Nick Hornby im Gespräch, »Ich stelle mir immer Leserinnen vor«, in: *SZ-Magazin*, Nr. 2, 9. 1. 2015, S. 28
Ursula Hörner (Hg.), *Im Dreieck. Liebesbeziehungen von Nietzsche bis Duras*, Frankfurt am Main 1999
Siri Hustvedt, *Die Verzauberung der Lily Dahl*, Reinbek 1999
Was ich liebte, Reinbek 2005
Sommer ohne Männer, Reinbek 2011
Eva Illouz, *Warum Liebe weh tut*, Berlin 2011
Reinhard Jirgl, *Die Unvollendeten*, München 2007
Miranda July, *Zehn Wahrheiten*, Zürich 2008
Irmgard Keun, *Das kunstseidende Mädchen*, Berlin 2012
Alexander Kluge, *Chronik der Gefühle*, Frankfurt am Main 2009
Wolfgang Koeppen, *Eine unglückliche Liebe*, Frankfurt am Main 1991
Das Treibhaus, Frankfurt am Main 2000
Der Tod in Rom, Gütersloh 2001
Bernard-Marie Koltès, *Flucht zu Pferd bis ans Ende der Stadt*, Frankfurt am Main 1996
Christian Kracht, *1979*, Frankfurt am Main 2010
Milan Kundera, *Die unerträgliche Leichtigkeit des Seins*, Frankfurt am Main 1988

Katja Lange-Müller, *Böse Schafe*, Köln 2007
Michael Lentz, *Liebeserklärung*, Frankfurt am Main 2003
Giacomo Leopardi, *Tagebuch der ersten Liebe*, Berlin 1998
Doris Lessing, *Ein nicht abgeschickter Liebesbrief*, München 1989
Audre Lorde, *Zami*, Münster 2012
Monika Maron, *Animal Triste*, Frankfurt am Main 1997
Friederike Mayröcker im Gespräch, »Ich bin erst mit Mitte 70 ein wirklicher Mensch geworden«, in: *SZ-Magazin*, Nr. 38, 28. 9. 2012, S. 26
Ian McEwan, *Der Zementgarten*, Berlin/Weimar 1989
Pascal Mercier, *Der Klavierstimmer*, München 2000
Clemens Meyer, *Als wir träumten*, Frankfurt am Main 2007
Terezia Mora, *Alle Tage*, München 2010
Toni Morrison, *Liebe*, Reinbek 2006
Alice Munro, *Kleine Aussichten*, Berlin 2005
Cees Nooteboom, *Allerseelen*, Frankfurt am Main 1999
Maria Nurowska, *Der russische Geliebte*, Frankfurt am Main 2000
Martha C. Nussbaum, *Konstruktion der Liebe, des Begehrens und der Fürsorge. Drei philosophische Aufsätze*, Stuttgart 2002
Harald Oberbauer im Gespräch, »Wer sagt, er sei noch nie eifersüchtig gewesen, ist für mich hochauffällig«, in: *SZ-Magazin*, Nr. 2, 9. 1. 2015, S. 10
Connie Palmen, *Die Freundschaft*, Zürich 1998
Orhan Pamuk, *Das neue Leben*, Frankfurt am Main/Wien 1999
Annette Pehnt, *Mobbing*, München 2007
Pierre Péju, *Die kleine Kartäuserin*, München 2005
Ulrich Peltzer, *Teil der Lösung*, Zürich 2007
Sylvia Plath, *Die Glasglocke*, Berlin 2013
Ulrich Plenzdorf, *Legende vom Glück ohne Ende*, Frankfurt am Main 1981

Laurie Penny, *Unsagbare Dinge. Sex, Lügen und Revolution*, Hamburg 2015
Klaus Pohl, *Die Kinder der preußischen Wüste*, Zürich/Hamburg 2011
Marion Poschmann, *Die Sonnenposition*, Berlin 2013
Doron Rabinovici, *Ohnehin*, Frankfurt am Main 2004
Annika Reich, *Durch den Wind*, München 2010
Bettina Reimann, *Franziska Linkerhand*, Berlin 1974
Charlotte Roche, *Feuchtgebiete*, Köln 2008
Walter von Rossum, *Simone de Beauvoir und Jean-Paul Sartre*, Berlin 1998
Jean-Paul Sartre, *Die schmutzigen Hände*, Leipzig 1989
Bernhard Schlink, *Das Wochenende*, Zürich 2008
Kathrin Schmidt, *Du stirbst nicht*, Köln 2009
Lutz Seiler, *Kruso*, Berlin 2014
Jorge Semprun, *Der weiße Berg*, Frankfurt am Main 1987
Kaja Silverman, »Melancholia 2«, in: Helmut Friedel (Hg.), *James Coleman*, München/Ostfildern-Ruit 2002, S. 16–33
Antonio Skármeta, *Mit brennender Geduld*, München 1997
B. F. Skinner, *Futurum Zwei*, Reinbek 1972
Susan Sontag, *Ich schreibe, um herauszufinden, was ich denke. Tagebücher 1964–1980*, München 2013
Botho Strauß, *Paare*, München 2004
Antje Ravic Strubel, *Tupolew 134*, München 2004
Kältere Schichten der Luft, Frankfurt am Main 2007
Sturz der Tage in die Nacht, Frankfurt am Main 2012
Stephan Thome, *Grenzgang*, Frankfurt am Main 2009
Uwe Timm, *Rot*, Köln 2001
Leo Tolstoi, *Die Kreutzersonate*, Hannover 1952
Jean-Philippe Toussaint, *Sich lieben*, Frankfurt am Main 2003

Deniz Utlu, *Die Ungehaltenen*, Berlin 2014

Robert Walser, *Feuer*, Frankfurt am Main 2005

Maxie Wander, *Guten Morgen, du Schöne*, Frankfurt am Main 2007

Leben wär' eine prima Alternative, Darmstadt/Neuwied 1980

Peter Wawerzinek, *Rabenliebe*, Berlin 2010

Christa Wolf, *Der geteilte Himmel*, München 1994

Stadt der Engel, Berlin 2010

Irvin D. Yalom, *Und Nietzsche weinte*, München/Zürich 2005

Feridun Zaimoglu, *Liebesbrand*, Frankfurt am Main 2010

Juli Zeh, *Adler und Engel*, Frankfurt am Main 2001

Nullzeit, Frankfurt am Main 2012

Stefan Zweig, *Maria Stuart*, München 2007